东江流韵

李婷 著

成都时代出版社
CHENGDU TIMES PRESS

图书在版编目（CIP）数据

东江流韵 / 李婷著 . -- 成都 ： 成都时代出版社，
2023.5
ISBN 978-7-5464-3195-6

Ⅰ . ①东… Ⅱ . ①李… Ⅲ . ①中国文学－当代文学－
作品综合集 Ⅳ . ① I217.1

中国国家版本馆 CIP 数据核字 (2023) 第 000816 号

东江流韵

DONGJIANG LIUYUN

李　婷/著

出 品 人　达　海
责任编辑　兰晓蓥蓥
责任校对　蒲　迪
责任印制　黄　鑫　陈淑雨
装帧设计　悟阅文化

出版发行　成都时代出版社
电　话　（028）86742352（编辑部）
　　　　　（028）86615250（发行部）
印　刷　成都市兴雅致印务有限责任公司
开　本　145 mm×210 mm
印　张　8.5
字　数　210千
版　次　2023年5月第1版
印　次　2023年5月第1次印刷
书　号　ISBN 978-7-5464-3195-6
定　价　78.00元

序

悠然流韵动心弦

憨仲

六年前，我第一次接触这个来自圭江岸边的桂东南女子时，就被她灵动而有韵致的文字所打动。我凭直觉预感到，她的才华一定会在文坛上留下浓墨重彩的一笔。

记得《圭江流韵》付梓之际，她曾向我透露欲写出"流韵三部曲"的雄心，书写自己的娘家、婆家、小家三地的风土人情、人文景观及自己的情感世界。我知道，作为一个女人，既要照顾好家庭，还要拼命工作，又想在业余爱好上展现风采，谈何容易啊？然而，李婷做到了。这位人们眼中的纤弱女子在短短四年间，便写出了《圭江流韵》《彭蠡流韵》两部大作。在全国文学赛事中，她频频摘金夺银，先后加入了中国散文学会、东莞市作家协会、九江市作家协会、江西省作家协会，并在文坛上取得了骄人的成就。

就在文友们为其惊叹之际，更叫我讶然的事儿接踵而至——一部厚厚的《东江流韵》书稿，自岭南莞城"飞"到了我的案头，一并收到的还有再来篇序言的嘱托。我恍然大悟，她的第三部散文集《东江流韵》已经完稿。我心中免不了一阵窃喜，因为几年前的预感终于成为现实。李婷好样的！我在心中为她竖起了大拇指。盛情难却之余，我利用国庆假期抓紧将书稿一睹为快，然后再来篇读后感，实为一大快事。

李婷的这部书稿，与其前两部有着异曲同工之妙。这部新作条理清晰地分为"香都流韵""东莞寻古""惠穗印象""悠然行走""琴瑟乱弹"五辑，可谓匠心独运，各有千秋。大概是她心中盛有人文情怀的缘故，所以将体现东莞风土人情的篇章排放在前边，由此可以折射出她的内心是多么的钟情于这片令她魂牵梦萦的土地，以及那条流淌不息的东江。

在其生花妙笔之下，我看见了凝碧拥翠的观音山、巍然大观的黄旗山、独一无二的牙香街、魅力无穷的金鳌塔、道法自然的海月岩……；领略了凤岗碉楼的沧桑风韵、沙角炮台的战火风云、逆水流龟村堡的铮铮风骨、芙蓉古寺的无尽玄妙……；感知了余荫山房的独特神韵、白云山的深刻内涵、六榕寺的幽幽古风、罗浮山的仙风道骨、惠州古城的千年风采……；体味了峨眉山的秀甲天下、半月里的畲族风情、杜甫草堂的悠扬诗韵、醴泉寺的范公高风……；觉悟了"帮人也是帮自己""别忘了，人都有老的时候"的乱弹真谛。

于"空山新雨后，天气晚来秋"的意境里，翻读着"山，还是那座山；人，还是那个人。因为自然的变化，一切也在悄悄变化着。似为这白云山添加了不少人为的景观，自然的东西也随之消失了不少。我呢？来此游玩的心态不也顺其自然地悠然了不少吗？""走累了，来到绿荫蔽日的榕树下，浸一壶香茗，竹椅上一躺，合上眼睛休息会儿，一任凉爽的夏风拂去浑身的燥热，退却闹市的嘈杂，让自己进入一种惬意迷蒙的沉醉中。""在我看来，对婚姻的取向和选择，人品应该是第一位的，男女地位是等同的。夫妻比翼双飞，在同一频道上互相欣赏、理解、尊重、信任、支持和并进，这样的婚姻才会和谐、美满、幸福和牢固。"《东江流韵》书稿中类似这般令我回味的语句比比皆是，我从中感悟到了李婷是个有思想的人，更是个性情中人。

如今，李婷的文学创作已经驶入了梦想的快车道。希冀着，她能为社会提供更多、更优质的精神食粮，为她的人生价值再添砝码。于此，寄语李婷：志当存高远，老朽为你呐喊助威，为你叫好点赞。

辛丑仲秋于古齐蜗居

目录

香都流韵

东莞寻古

惠穗印象

悠然行走

琴瑟乱弹

香都流韵

凝碧拥翠的观音山

　　幽静、清新、心旷、神怡，是这次观音山之行给我的别样感受。

　　说起来，我身居东莞20载，和丈夫、儿子到此游山玩水放飞心灵已是多次，对于山上的景观可以说熟稔于心。白驹过隙间，儿子长大了，漂洋过海求学于美国。伴随着年龄的增长和事务的增多，我慢慢地由好动转为喜静。过去喜欢的好去处观音山，竟然荒疏得有些陌生。昨晚，辗转反侧，夜不成寐，浮想联翩，三口之家游观音山的美好时光又呈现眼前，勾起了我长长的甜美回忆。我这向来我行我素的性格，自然是一如既往。走，明天再去观音山欣赏美景。

　　一夜的大雨稀里哗啦，把我的心浇了个透。还好，到了早晨，太阳竟然主动示好，露出了一丝笑脸。洗漱、装备了一番，通往樟木头的专线大巴上晃着我的身影。正当我窃喜之际，半路上一声春雷，老天爷又由着性子把一盆盆天水倾倒下来。我心里那个滋味啊，俨然喝下了半碗黄连水，苦不堪言。

　　谢天谢地，当那座我熟知的"南粤第一门楼"向我悠然走来的时候，累了的天公也停歇了下来，水雾朦胧，给景色平添一缕柔情。于这样的氛围中，我的心境少了几分浮躁，多了几分宁静。我决意放弃观光车的轻松，信马由缰，来一个物我两忘、随心所欲的游览。老天爷仿佛了解我的心思一般，在我沿弯曲的山路悠然行走之时，收起了刚才那暴躁的脾气，洒下的春雨也温柔了许多。我撑一把红色尼龙伞，山道上如跳动着一团火焰。

于我来说，走南闯北间，德天瀑布、赤水大瀑布、泰山瀑布、荔波小七孔瀑布等瀑布，我领略了不下十几处，然而，却都不如今天在观音山观瀑台所见到的观音山瀑布群能震撼我心。这里是我们东莞城区最大、最集中的自然瀑布群，落差高达380米的仙泉瀑布宛如白练腾空，银花绽开，飞珠溅玉，蔚然壮观；普渡溪顶端的36级瀑布，更是升腾跌宕，空灵澄澈，变化多端，玄妙奇幻；还有那些林林总总不知名的山壁细流、高低错落的小瀑布，无不灵动奇异，充满着诗情画意，向世人呈现美轮美奂的画面。置身于其间的我，似乎有一种误入天宫仙境之感，眼界大开。瞧这边，银链飞落，声如天籁；看那边，水流赛老君白须，随风飘洒。这几道水流好像心头有火急大事，匆匆地飞身直跳，一不小心，撞在岩石上，水花四溅，如珠撒玉碎般晶莹可爱。恍然间，李太白的"飞流直下三千尺，疑是银河落九天"的吟唱声，在耳畔响起。

烟雨迷蒙中来到老仙岩，山势峻拔陡峭起来，660多级台阶的攀升中，峰回路转，移步易景。大概因了这场雨，百米间不见游人踪迹，完全没有了摩肩接踵、游人如织的热闹气息。冷清幽静的氛围，着实令我有点儿不习惯。于这般鲜有的意境中，我恰恰捕捉到了曼妙的意象。令人叹为观止的耀佛岭秀竹林、变化多端的八仙游山丛林、有着凄美传说的感恩湖，也依次被我收入眼底。沿石级步道一路前行，绿意盎然，景色迷人；空气清新，沁人肺腑；林荫蔽道，古木参天。清心怡人的别样情愫，弥漫心田。顿觉天人合一，心无旁骛。

隐身于仙泉瀑布山谷中的回音壁，是大自然的精妙作品。半圆形的石壁，光滑微斜，好像父亲那宽阔的胸膛。面对着伟岸的石壁，我情不自禁地呼喊着"老爸"，我清晰地听到了石壁很有磁性的回声。回声竟然重叠三次，袅袅不绝于耳。在我呼唤之际，有人也站在不同的位置鹦鹉学舌，然而回声迥异，或柔声细语，或声如洪钟。年轻人不停地发出呼声、歌声、击掌声，合奏出一曲没有节拍的交响乐，久久回荡在莽林山谷间，妙不可言。

　　一路的景点，我按照自己的喜好，由着自己的性子，或驻足徘徊，或浮光掠影，或用心感受，或漠然置之。在百鸟园、吟风亭、一线天、送子泉、怡心亭、慈云阁等景观，以及那些从历朝历代走来的古树名木的陪伴下，经过两个小时的脚程，在饥肠辘辘的情况下，我终于到达了观音山的顶峰——葱翠拥抱的观音广场。

　　在这占地面积万余平方米的开阔地带，佛教主题景观莲花池、放生池、十八罗汉、吉祥金鼓，既散逸又相依。我急不可耐地享用了一顿斋饭后，才打着惬意的饱嗝，聆听着诵经的梵音，漫步于奇花异草间，极目四望，群山苍苍，碧海茫茫，顿感心头澄澈清明，一派超尘脱俗。眼前的这尊观音菩萨圣像，是目前全国乃至全世界最大的花岗岩观音菩萨雕像。这尊精雕细琢、巧夺天工、风格典雅、栩栩如生的雕像，主体高达33米，颇具盛唐建筑的风采，集艺术价值与历史标识为一体。

　　满目青翠，空气清新；鸟鸣枝头，赏心悦目。于这样的光景里，不仅仅是我被观音山的美景所陶醉，历朝历代的那些文人骚客，亦尽被各自眼前的美景所吸引，纷纷吟唱着长歌短句，穿越时空隧道，朝这边走来。瞧！王维刚刚抑扬顿挫出"空山新雨后"，韩愈又随口吟唱出"天街小雨润如酥"；苏东坡"水光潋滟晴方好"话音刚落，李贺的"麦雨涨溪田"又紧接跟上；这边晏殊"烟淡雨初晴"，那里司马光"四月清和雨乍晴"；翁卷的"绿遍山原白满川"毫不示弱，汪藻的"处处浮云将雨行"

别具风采；文同看到了"雨后双禽来占竹"，蒋捷却感知着"春在溟蒙处"。

而我呢？沉浸在观音山雨后无尽的诗意里，长醉不醒。

东莞的这方青山绿水，凝聚成一山的仙域与禅意。几多回咀嚼品味，她为我呈现了一幅幅优美画面，让我想起了一首首唐诗宋词。

巍然大观的黄旗山

　　东莞有座黄旗山，一度被誉为"岭南第一名山"。她有着诸多的别名，如祖山、主山、镇山、朝山、文笔山。唐朝以来，这里一直是东莞民众踏青、登高的好地方。明朝后，因这里儒、释、道文化气息浓郁，自然景观优美，民俗风情独特，成为"东莞八景"之一。可以说，对于黄旗山，我是十二分的喜欢。因此，每每有空暇，定会约三两知己，前来游览一番。有时候，喜欢参禅悟道的我也会独自走进香火旺盛的黄旗观音古寺或黄岭道院，感受一下博大精深的宗教文化。抑或是爬上葱翠碧绿的山顶，体味"黄旗山上挂灯笼"的美好传说。对这处名胜古迹，我可谓了如指掌，因此当有人问我黄旗山有什么看头时，我会毫不迟疑地说黄旗观音古寺、黄岭道院，还有山顶的那个大灯笼。

　　观音古寺始建于北宋年间，距今已有一千多年的历史，历经数代人的扩建重修，保存至今。现在的古寺是20年前重修的，占地面积五千多平方米，牌坊亭台、殿堂楼阁，一应俱全，香火极其鼎盛，远近的寺庙难匹敌。每逢初一、十五，东莞的许多老人和妇女就会成群结队前来烧香，观音诞辰之类的节日更是人头攒动，摩肩接踵。如果是清明、春节等重大节日，那就简直是车马塞途，拥挤不堪，烧香的烟雾几乎笼罩住了半个山头。特别是除夕夜，当地有争上头炷香的习俗，许多善男信女蜂拥而至场面更是绝无仅有。每每来黄旗观音古寺，我图的就是个心境和氛围，听几曲梵乐，念几句佛语，上三炷高香，心静神定，物我两忘。如此惬意，何乐而不为呢？

我是一个拥有多重信仰的人，并不会去刻意地追求佛法里的圆满，或是道教里的修成正果，只是将其作为一种文化圣境去瞻仰罢了。因之，有时我会带上一本《道德经》或《南华经》，抑或是《冲虚真经》走进黄岭道院。显然，黄岭道院与香火旺盛的观音古寺相比，寂然落寞是显而易见的。相传黄岭道院的始建年代与观音古寺相仿，也是建于北宋年间。据说，宫观当年背依黄旗山主峰，气势雄伟，巍峨壮观。三皇宝殿、三师宝殿、三官宝殿、圆通大殿、黄大仙殿、斗姆殿等宫殿内，供奉的道教仙班祖师一应俱全。道院左右两道小岭构成天然的青龙与白虎，暗合着有"孟章神君""监兵神君"镇守道观的威严之势。庙前开阔爽朗，山脚之下积水成湖，波光潋滟，四季如画。整座道院与自然山水浑然一体，是一块难得的风水宝地和修身养性的绝佳之处。颇有讽刺意味的是，如此美妙的悟道之地游人却寥若晨星，罕有人至。漫步在道院里，感受着传统文化如今遭受的冷遇，我心中莫名地隐隐作痛。独自躲在道院一隅，翻几页《道德经》，让"居善地，心善渊，与善仁，言善信，政善治，事善能，动善时。夫唯不争，故无尤"的大智慧弥漫心头，顿时心清气爽，一派澄澈。

东莞人都知道，"黄旗山上挂灯笼"是过去当地的八景之首，是令人称奇的一绝。相传，黄旗山山顶有一棵巨大的千年老榕树，树身有个枯洞，每到秋后，萤火虫便会集于此，夜深人静之际，远远看去犹如山顶挂有发光的灯笼一般。由是，这一天下奇观的传闻不胫而走，成了远近闻名的一大胜景。斗转星移，时过境迁，老榕树寿终正寝，这一胜景也随之消失了。然而，"黄旗山上挂灯笼"的美好传说，却一代代口口相传了下来。为了让这一美景再现于世，人们用现代材质在山顶放置了一个巨型大灯笼，每到夜晚此处就会灯火通明，在东莞城区的任何一个地方都可以看到它。说来，这旗岭之峰仍为东莞新城制高点，旗峰山重峦耸翠，雄拔挺秀，林深花茂，亭台楼阁，曲径通幽，可谓日出旗峰、月含珠阁、霓虹吐彩、灯灿银河，不失为新时代珠三角一颗熠熠生辉的明珠。今年春天来得早，提前为黄旗山之行埋下了注脚。由是，沐浴着和煦的春风，敞开着闭锁一冬的心房，意气风发地朝着旗峰之巅奋力攀登。也许是去触摸那美好的民间传说，也许是去感知"春眠不觉晓，处处闻啼鸟"的诗意，抑或什么都不是，就是在幽静的氛围中嗅着清新的空气发个呆，顺其自然地跌落进"庄周梦蝶"的无我境地。

儒家学说统治了中国文化两千多年，从京城的孔庙到遍布各地的文庙、夫子庙，儒学可以说无处不在。虽然东莞没有建水文庙、正定文庙、德阳孔庙、衢州孔庙的儒家殿堂，甚至连我家乡北流那样的孔庙都没有，但东莞的儒学氛围比任何一家宗派都浓郁。城里消失了的明伦堂、学宫早已没有踪影，而遗留在黄旗山的儒家遗存却仍历历在目。还有山中的泉亭庵、廉泉亭、廉泉水，无一不与儒家文化有关。据说饮用了廉泉水后人们会保持廉洁。说到儒家倡导的廉洁，其实是有其根源的。《周礼》中就提出"以听官府之六计，弊群吏之治，一曰廉善，二曰廉能，三曰廉敬，四曰廉正，五曰廉法，六曰廉辨"，若官吏能够做到善、能、敬、正、法、辨六个方面，便是"廉吏"。民众对于"廉"字也是十分珍爱的，将其"清白高洁"的定义亦奉为圭臬。所以人们在游览黄旗山时，都爱汲一壶泉水回家，与家人分享，以求有一个洁身自爱的好家风。说到廉泉，并非这里的专利。据我所知，安徽合肥有，江西赣州有，陕西汉中也有。为此，宋朝的大才子东坡居士还写下了一首脍炙人口的《廉泉》诗。就在我伫立泉畔之际，那抑扬顿挫的韵律不由得在耳畔响起："水性故自清，不清或挠之。君看此廉泉，五色烂摩尼。廉者为我廉，我以此名为。有廉则有贪，有慧则有痴……"

黄旗山，是个适合修身养性、静思清神的好地方，佛家的文化内涵、道教无形大象、儒家和谐妙理，在这里都可以找到答案。满山的故事、满山的智慧，一朝半夕是不会领悟到的。

独一无二的牙香街

　　香雾缭绕着一尊洁白无瑕的"女儿香"汉白玉雕塑，她臂挎竹篮，温文尔雅，浑身散发出阵阵迷人的芳香。这是我近日去中国绿色名镇寮步旧城，置身于古朴典雅的牙香街看到的一幕。

　　寮步这地方，现在是东莞的一个镇，与市区毗邻。早在新石器时期就有先民在此繁衍生息，先秦时期属于百越之地，秦朝隶属南海郡番禺县，东汉时属交州管辖。古时候，这里有一条叫寒溪河的河流，从寮步穿越东莞，最终流向东江，注入大海。唐朝贞观年间，先民在寒溪河上游搭茅寮而居渐成商埠，因"步"跟"埠"音义相通——"埠"的意思就是水边的码头——所以这个地方被当地人叫作"寮步"。寮步这一地名，一直从古沿用至今。可以说，寮步镇是名副其实的千年古镇。在这片古老的土地上，庵公祠、香慧寺、南阳公祠、劝虎归山碑、霞边苏式建筑群、浮竹山文阁等古迹，向人们诉说着它深厚的文化底蕴。

　　牙香街的名称，跟莞香木有着密切的联系。当初香农在采集莞香木时，总是用镰刀把莞香木砍成一片一片的，形似马牙。这种形状的莞香木买回去后容易点燃，一片马牙状的莞香木，可以慢慢地燃烧大半天。燃烧后散发出的白烟，具有淡雅的香气，整个屋子里都能闻到它的香味。

不长的牙香街就坐落于寮步镇上，有着国家级非物质文化遗产的光环，是一条历史悠久的文化老街。明朝时期，寮步依托寒溪河的水运便利，将莞香远销江浙、京城及东南亚等地。因为有交易，一些人便开始在街上开设前店后户的商铺，店面用来制作香料，后面用来住人。鼎盛时期的寮步，拥有香料店铺两百余家，围绕着牙香街，前后共有13条制作与贩卖莞香的街道，成就了广东四大名市之寮步"香市"的美名。小小的寮步镇，常年香气袭人，被誉为"莞香祖源""沉香圣地"，名扬天下。因此，莞香成为当时的上贡佳品。清朝乾隆十七年（1752），时任两广总督的阿里衮，搜刮了民脂民膏后，向乾隆皇帝进贡了15件宝物，其中莞香制品就占了3件。为此，阿里衮深得乾隆皇帝的赏识，荣升为户部尚书、协办大学士。至今，故宫史料上还有关于进贡莞香的记载。

明末清初的时候，广东有四个有名的市场，它们分别是罗浮的"药市"、寮步的"香市"、广州的"花市"，以及廉州的"珠市"。唯寮步的"香市"最为出名，甚至影响到了香港。牙香街并不算长，不过区区500米而已，街的宽度也就2~3米，然而其繁华程度却不是能用空间来衡量的。《广东新语》记载：当莞香盛时，岁售逾数万金。这是令人何等讶然的交易数字啊。由此可以看出，莞香的受欢迎程度是不容小觑的。

说到莞香，不能不在此赘言几句。作为一种古老的香料，其历史非常悠久。莞香不仅仅气味芳香，还具有行气镇痛、温中止痛、纳气平喘等功效，常用于治疗气逆胸满、喘急心绞痛、积痞、胃寒呕吐等病症，所以莞香的药用价值很高，被誉为"植物中的钻石"。据史书记载，莞香树，又名白木香、土沉香，唐朝时传入岭南，宋朝时普遍种植，因为主要集中在东莞地区，所以莞香树出产的香料又名莞香。从莞香树采凿的木香分为白木香、镰头香、沉香、牙香。初次凿取下来的香块叫"白木香"；旧伤口凿出来的叫"镰头香"；从一些老树头中凿采并铲去没有油质部分留下的叫"沉香"；"牙香"是凿多年开采的老香树，富有油质，似一条马牙形，是莞香之精品。香树结香的过程分为两种，一种是自然结香，另一种是人工结香。由于遭受大风、雷电等，香树断裂，伤口处结出的香为自然香；人为因素使香树受伤，使得伤口处分泌油脂，渐渐结出的香为人工香。不管哪种形式，结香时间越长，香品质量越高。

东莞的莞香，来源于广东岭南特有的莞香树木。这种树木，据说在宋代时已经在岭南地区大面积种植了。奇怪的是，同样的树种，种植在广东的岭北地区，却无法结香，只有种植于岭南的树木才有香味。而东莞地区的莞香木，是其中结香质量最好的。一般来说，普通的莞香，一克卖十几元，中等的可卖几十元，珍品的话，价格远超黄金。然而黄金能保值，放多少年都没问题，而莞香是需要被点燃的，它只有焚烧起来时才能散发出迷人的香味。所以人们常说，莞香是个"易耗品"。

我知道，无论是贵州的青岩古镇、丙安古镇，家乡的扬美古镇、大圩古镇，还是云南的巍山古镇、独克宗古城，山东的周村古商城、台儿庄水城，以及林林总总的古村落，都有一个共同的特点，那就是必定处在水路交通枢纽的位置。寮步的牙香街也是如此，它扼守住了寒溪河的咽喉，是水路交通的枢纽。不过它跟其他的古城、古镇、古村还有所不同，牙香街不单单是船运的落脚点，它还是向外扩散、输出东莞本地最有名的莞香的始发地。正是因为有着寒溪河水陆码头的便利，方才有了牙香街的名扬天下。据说，香港就是因为莞香一度在九龙港那边极度红火而得此名的。

穿过四柱三门石牌坊，鲜明的岭南风格的建筑一路铺陈开来，不时让人眼前一亮。历史的原貌，保持着凝重质朴、古韵盎然的意味，给人以穿越时光隧道、重返明清繁华的错觉。置身于古香古色的牙香街内，既能随处嗅到静心沁脾、萦绕幽远的淡淡香味，还能不时听到一曲曲悠扬的琴筝雅乐从幽深的巷道口缓缓飘来。漫步在牙香街石板路上，感知着古典风韵，与"义香堂""问心斋""莞香馆""香天下""洁香居""女儿香""如意沉香"等堂馆一一照面，感知着世界上独一无二的"香街"，沉醉不已。恍惚间，明末清初著名学者、诗人、"岭南三大家"之一的屈大均吟唱着《以莞香结赠吕黍字系以诗》飘然而至。任由"百年香有胆，生结一精华。得从珠官手，来自莞女家。但令存一气，不必作双霞。日夕君怀袖，人疑处处花"的铿锵韵律，在芬芳馥郁的牙香街上久久回旋。

　　一千四百多年来，牙香街就是这样，不管你来还是不来，那迷人的香味都一直存在着。当你走近寮步的这条"香街"后，是不是感觉它在世界上是举世无双的呢？

水濂山走笔

　　说起东莞南城的水濂山，妇孺皆知，它充满了人与自然和谐相处的无尽魅力。有着东莞"后花园"之称的这座峰头，对我有着巨大的吸引力。

　　水濂山，旧称彭峒山。其方圆十里，山峦延绵，林木葱翠，飞瀑流泉，景色优美，文化深厚。因其泉丰树茂、气候宜人，山体具有亲水性，更显得清秀灵动、婀娜多姿。明清以来，吸引着诸多文人雅士登临赏景，留下了"彭峒水帘好景致"的佳句。据清代《东莞县志》等史料记载，山上建有宋代的西山寺、东山寺及东山书院，半山腰亦有观音寺、白衣观、吕祖庙等庙观，儒释道宗教文化，极其浓郁。香火曾盛极一时，被明代礼部左侍郎陈琏誉为"城外小蓬莱"。"彭峒水帘"之佳境，明代被推为东莞八景之一。

　　如今的水濂山，经过政府的精心规划打造，已经成为市民休闲娱乐的好去处，是东莞市六大森林公园之一。除却原有的白衣庙、水濂古庙、水濂洞天、彭公楼、天池等名胜古迹外，又在青山绿水间点缀上了邀月亭、黄花亭、春晓亭、濂泉阁、水濂阁、亭连廊等观山赏景的亭台楼阁，使得水濂山自然景色与人文景观融为一体。无论是行走在绿色长廊的蜿蜒山路，还是置身于香火袅袅、梵音声声的寺院，抑或是伫立于观景亭台、楼阁廊桥，都会有别样的收获。

水濂山的湖光山色、文化积淀，都是我的最爱。一有空闲，我就会约上三五好友到这山上来，或寻找彭公修道的遗迹，感怀道法自然的真谛；或走进大雄宝殿，烧香拜佛祈求平安；或游走幽静的蝴蝶谷，追逐"庄周梦蝶"之乐趣；或拾级曲折山道，得自然天趣露野况味；或湖畔临水照影，畅想知鱼之乐的崇高思想；或凭吊古峒山寺遗址，体味宗教文化的无形大象；或凭吊东江纵队宿营旧址，接受红色文化的熏染；或登高望远饱览众山，抒"不畏浮云遮望眼"之气度。每每来此，总会有不一样的收获。

大概是对水濂山景观太熟知的缘故，无论是令人称绝的"水濂洞天"，还是美妙无限的奇花异草，今天似乎对我都没有多大的吸引力。信马由缰的心境，只把关注点放在了"彭峒水帘"和"水濂高阁"上。缘由是近年来有些干旱，数百年令人称颂的飞瀑流泉，竟然一度销声匿迹了，这不能不说是每一个东莞人心中的痛。前些日子，岭南大地普降喜雨，听说水濂山胜景得以恢复，我这个粉丝怎么能错过这天赐良机呢？至于那水濂高阁，主要是最近心情有些压抑，想到山巅登高望远释放一下。其他的景色看与不看，那就是随机的安排了。

彭峒水帘，是水濂山的最大看点。拾级而上，身子被漫山遍野的浓绿团团包围着，顾不得一路景致，心中只惦记着"无限风光在险峰"。飞流直下、形如水帘的一方绝妙在前边等着我呢。说来，主峰海拔不足四百米的水濂山，与周边其他峰头相比，貌似并没有别异之处，然而就在我快要及达山顶之际，耳听得淙淙铮铮，声如琴弦，好似重重叠叠的海浪涌上岸滩，又像阵阵山风掠过松林，如天籁穿越时空，曼妙无比。抬头看去，但见峭壁若削，古藤缠绕，葱茏的绿幕上一道十余丈的银色飞瀑激流直下，煞是壮观。叹为观止之时,我脑海中不断涌现着赵孟頫"飞泉如玉帘,直下数千尺"、王勃"断山疑画障,悬溜泻鸣琴"、李梦阳"瀑布半天上,飞响落人间"的诗句,此情此景,诚然就是这些名句的情景再现。回味着诗情画意般的"彭峒水帘"之妙境,大有一种诗仙"桃花流水窅然去,别有天地非人间"的慨然。

巍然屹立于山巅的水濂阁,以其庄重而又典雅的面貌在迎接着我。虽说它气势巍峨、面目庞然,飞檐翘角却不失灵动别致。它既彰显着现代、潮流、科学的思想理念,又蕴藏着厚重、高古、雅致的民族元素,尤其是上圆下方的巧妙形态,暗合着"天圆地方"的动静互补之阴阳,是一座古今艺术完美结合的经典之作。健步登阁,豁然开朗,恰如天公摊铺在岭南大地上的一幅水墨丹青。极目远眺:楼房林立,鳞次栉比;大岭、莲花,隐约仙境;阡陌纵横,山岚晕染。凭栏俯瞰:流泉飞溅,珍珠散落;古庙掩映,佛号声声;林木荫翳,花草茂盛;湖泊池水,宛若碧玉。触景生情,我不由地发出了"此景只应天上有,人间能得几回见"的感慨。

就在我沉浸于水濂美景的时候,不知引发了谁的诗兴,从时隐时现的山道上传来一阵抑扬顿挫的吟诵声:"阁楼峣千尺,阶陡客见愁。天池涵秀水,悬泉泄清流。瀑声冲霄汉,蛟影匿渊薮。庙堂烧香者,不知何欲求?"虽说这些诗句不及大德先贤的内涵丰富,却也抒发出今人对水濂山景观的一番感受,为我的水濂山之行画上了一个圆满的句号。

铜岭山上榴花红

对于一般人来说，东城的榴花公园算不上什么名胜古迹，然而对我来说，却是心中的一份惦念。由是，我于榴花正红的季节，驱车来到了这处东莞市重点文物保护单位，寻找我心中的最爱。

榴花公园，地处东城、石龙、石碣之间，莞龙公路与莞碣公路的交会点铜岭，是纪念英雄熊飞将军于此率领义民抗击元军的集爱国主义教育与休闲游乐于一体的园林式生态公园。公园内不仅仅有琉花寺、榴花塔、抗日亭、铜鼓角等文物遗迹，还有花溪银塘、神仙床、七娘潭、松林清风等自然风光，以及流传于当地的美丽传说。周边还有鳌峙塘的许公岩、徐景唐故居、海潮庵、余屋进士牌坊等旅游景点。不得不说，这一片是散心游玩的好去处。

常言道，近水楼台先得月，的确如此。走进榴花公园，山脚下的琉花寺率先进入了我的视野。这是一组雄伟壮观的绿色琉璃瓦佛教建筑群，具体历史并不为人知，依山抱湖、绿树簇拥的环境，营造出一种禅意。看外观，也许是近代的仿古建筑，但是梵音萦绕，香火袅袅，还是让我感受到了此处佛教文化的浓郁氛围。门前这尊洁白的汉白玉观音像恬静慈祥，四大金刚中的两位站在房檐下晒着暖暖的太阳，弥勒大佛笑呵呵地迎接着我的到来。沿着长长的廊道一路前行，身边的湖水、翠竹、串钱柳不住地与我打着招呼，透过稀疏树叶撒下的阳光，落在清澈的湖面上，波光粼粼。长廊里供奉着几尊菩萨，不时有善男信女们虔诚地跪拜许愿。前边的绿荫掩映着殿堂，按照一般规律，那里一定供奉着释迦佛祖。由于这次心里牵挂的是熊飞将军，廊道尽头的石桥也便成了我的终点。

或盲人瞎马的缘故，或自以为是的原因，出了寺院，我便按顺时针方向游览。行不多远，便见左手边一道牌坊。打眼看去，只见四柱三门中间坊梁上镌刻着"榴花抗日纪念亭"几个鎏金大字，左右小门楣上则分别刻有"抗战先锋"和"民族忠魂"八个隶书字。穿过门坊，一座造型别致、庄重大方、寓意深刻的两层现代形体纪念亭赫然而立，亭顶覆有红色精致小瓦，显得灵动而不失典雅，充分体现出抗日英烈的铮铮铁骨及民族气节。亭中安设有一方黑色大理石碑，碑上详尽地记载了纪念亭的建设意图。

《榴花抗日纪念亭志》写道："一九三八年十月，日本侵略军发动入侵华南战争，十二日在大亚湾登陆。石龙、广州、虎门相继沦陷，莞城危在旦夕。中共东莞中心县委迅速组织和派出以王作尧为队长、袁鉴文为指导员的东莞抗日模范壮丁队及在此之前成立的社训总队，奔赴大岭山、虎门和石龙前线。十九日，由社训总队政训员何与成、颜奇率部分抗日模范壮丁队和壮丁常备队共二百人奔赴榴花一线，在峡口、京山、西湖、鳌峙塘等地鏖战二十天，毙伤敌数十人。县委书记姚永光也率模范队一部增援、反复打退渡江来犯之敌。十一月十三日，为打击在江北烧杀抢掠之敌，何、颜又率领四十余人，主动渡江出击，在石碣刘屋抗日自卫队的配合下，同日军骑兵浴血奋战。战士王尚谦等十一人壮烈牺牲，刘屋自卫队亦牺牲十一人。敌遭打击后退回石龙。榴花之战，是日军登陆华南以后，中国共产党领导东莞县人民抗日武装对入侵日军进行的一次有组织的抵抗，极大地激发了民心士气……"一口气读完碑文，对这座纪念亭陡升敬仰之情。我看到，石碑下面摆满了鲜花，是人们对民族英魂的崇敬。

铜岭山顶的巍然榴花塔向我不住地抛媚眼，吸引着我向这座七层八面的高耸古塔靠近。据有关资料记载，榴花塔高30米，是明朝万历年间，由附近的茶山袁昌祚、温塘袁应文为了镇东江水

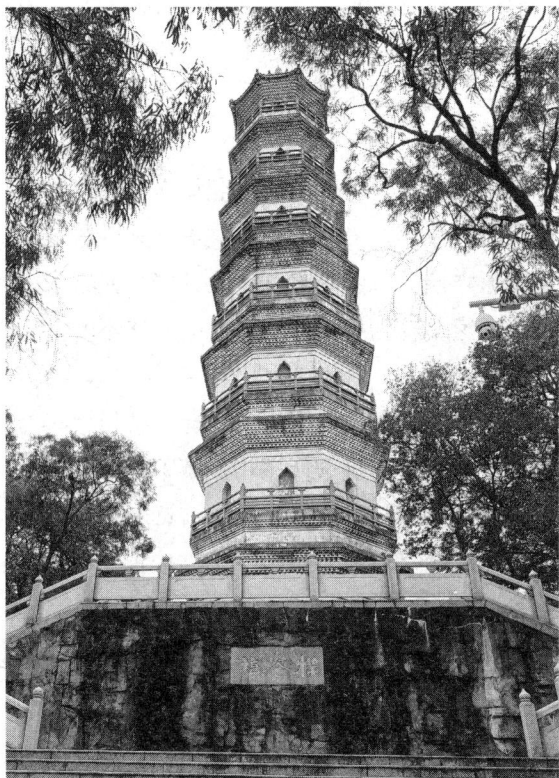

神仙床、七娘潭的传说，英烈的鲜血，铸成了这矗立山巅的榴花高塔，它俯瞰着东江滚滚而去，高唱着英雄的赞歌。

患而倡议集资兴建的。此地为茶山、增埗、温塘三乡交界，皆为花溪、寒溪汇入东江的出峡口，犹如八封卦开流向，故而灾害频繁。因为铜岭相距峡口较近，附近山川皆围绕铜岭而聚拢，因此选择在铜岭建塔而镇之。因塔旁原是抗元英雄熊飞的故里——榴花村，故而人们都称该塔为榴花塔。中华人民共和国成立后，榴花塔已被东莞市政府列为重点文物保护单位。

沿山路拾级而上，高耸的榴花塔形如春笋，瘦削挺拔，塔顶如盖，塔刹似瓶，古朴典雅，宏伟壮丽，直插云霄。我抚摸着斑驳的榴花塔碑记，遥望长空，熊飞将军的光辉形象不由浮现眼前。熊飞，字翼之，号花溪，东城榴花村人。有武略，善骑射。南宋德祐二年（1276），熊飞愤于国破家亡，率义军北上投奔文天祥，败于江西。同年五月在其岳父李用及莞城人士赵必琭支持下再度起兵，在铜岭大败敌军，刀斩元将姚文虎，乘胜收复东莞，进攻广州，当年底退守韶关，因叛将刘自立开城降元叛宋，元兵鼓噪入城，熊飞取民家桌椅为屏障堵巷口力战，终不支，于兵溃之际投水自溺而死，谱写了一曲壮丽的赞歌。

追忆着一桩桩发生在铜岭附近的抗元、抗日战事，伫立于铜岭山顶的我被他们的民族气节所感染，禁不住心潮起伏，汹涌澎湃。恍然间，新莞名士柏先宇先生吟唱着诗句朝这边走来："东江腾兮，过南越。莞草舞兮，香四方。铜岭青兮，榴塔矗。榴潭绿兮，龟鹅泳。白烟升兮，榴寺喧。熊飞起兮，抗元军。枪弹鸣兮，驱日寇。榕枝茂兮，成林荫……"音调铿锵，令人回味无穷。

拜谒东江纵队旧址记

　　日寇的铁蹄践踏着祖国的大好河山，抗日的怒潮风起云涌。在中国共产党的正确领导下，广东省东江地区创建了一支人民抗日武装队伍，它就是活跃在岭南地区的广东人民抗日游击队东江纵队。朱德总司令在《论解放区战场》中将东江纵队与琼崖纵队和八路军、新四军并称为"中国抗战的中流砥柱"。

　　忆往昔，峥嵘岁月。历史不会忘记：1938年的10月，当日军侵占东江下游各县及广州时，中共香港海员工委书记曾生受八路军驻香港办事处主任廖承志委派，率30多名共产党员、香港进步工人、华侨知识青年到达惠阳县（现为惠阳区）坪山地区，组织人民进行抗日武装斗争。12月2日，在该县周田村成立惠（阳）宝（安）人民抗日游击总队，曾生任总队长。此后，以此抗日武装为骨干力量，努力践行着毛泽东"星星之火，可以燎原"的思想，先后在岭南将各地抗日队伍整编为东江纵队，形成了一支坚不可摧的抗日队伍，并恢复建立起惠东宝、阳台山、大岭山等革命根据地，发展到抗日队伍人员共万余人。其转战东江一带，深入港九敌后，挺进粤北山区，成为中外闻名的一支顽强的抗日武装，广东人民解放斗争的一面旗帜。他们在各地向日伪军展开广泛出击，挫败了日伪军对大岭山根据地发动的"万人扫荡"，并击退日伪军对阳台山根据地的多次进攻。东江纵队在抗日战争中进行大小战斗1400余次，歼灭日伪军9000余人，建立了总面积约1.5万平方千米、人口约450万的抗日根据地和游击区，有2500余名指战员光荣牺牲。

我所在的东莞市大岭山，是广东人民抗日游击队东江纵队第三大队机关所在地，至今保留着大队部、会议室、大家团结报社、交通站、粮食加工场、操场等多处抗日革命根据地旧址。这里是东江纵队主要领导人指挥东宝地区抗日游击战争的机关所在地，在中国华南地区抗战过程中具有重要的历史地位；先后被批准为东莞市、广东省以及全国重点文物保护单位；是"南粤锦绣工程"（广东省文化建设工程）项目之一、广东省省级抗日战争专题博物馆、重要的爱国主义教育基地。

怀着崇敬的心情，我在清明时节来到了大岭山下的大王岭村，拜谒东江纵队革命旧址，缅怀抗日先烈。大岭山，位于东莞市西南部，珠江口的东北部，属于低山、丘陵地貌。最高峰为海拔530.1米的茶山顶。这里峰峦叠嶂，山高林密，地形复杂，十分适合开展游击战，为抗日战争提供了有利的环境。山脚下的大王岭村，是一个依山而建的典型岭南特色山村，于清初形成客家村落。村民均为刘姓人氏，是从广东兴宁迁徙于此的。经过数百年的繁衍生息，目前已发展至3000多人。大多数村民早已搬出老村，陆续外迁或住进附近的新建楼房。然而，弥漫着高风古韵的村庄，旧貌犹存，彰显着昔日抗日救国的风姿。

游走在这个屋舍俨然、背倚青山的美丽村落，除却刘氏祖先在此开疆扩土、建设美好家园的情景外，仿佛还看见他们日出而作、日落而息的"有良田、美池、桑竹之属。阡陌交通，鸡犬相闻。其中往来种作，男女衣着，悉如外人。黄发垂髫，并怡然自乐……"世外桃源般的生活。也许是快到中午的缘故，村子里并没有多少游客。我盲人瞎马般地沿着巷子中略有凹凸而磨得光滑的青石板路，自由散漫地往前行走着。炽热的阳光铺洒在巷子里古老的房面上，与浓密的小叶榕相映生辉。有些粉饰老墙的灰浆已经脱落斑驳，靠近水渠的墙基也长满了青苔，战争年代在墙上留下的枪眼依稀可见。一砖一瓦，记录着这里曾经历过的峥嵘岁月。路旁轻轻摇摆的花草告诉我，这里经历过血雨腥风。

　　谁也不会想到这个曾经名不见经传的山村，在20世纪40年代，由于它特殊的地理位置、淳朴刚毅的民风，聚集了一群胸怀爱国热情、勇敢抵御外侮的仁人志士，演绎出了一幕幕惊天地、泣鬼神、彪炳史册的历史传奇和战争血泪史。这些经过修缮且保存完整的陈旧砖瓦房，以及冷静空寂的古老街巷，也许激不起多少游山玩水之人的兴趣，但却能使我产生汹涌澎湃的朝拜心潮。所到之处，无言的村落有着诸多令我忍不住想下跪叩拜的地方。修旧如旧的大队部里，木桶、粮袋、箩筐、铁叉、油灯、木床、桌椅、公文包……每一件简单的用品都能说出一段感人至深的故事；一户看似普通的民居中，仍然能够嗅到散发出来的淡淡油墨芳香，20期激励战士奋勇杀敌的《大家团结报》，就是从这里走向了战场；大岭山百花洞前，某天拂晓，600多名日伪军偷袭抗日武装的战斗在此打响，两天一夜中数次交锋，成为日寇进军华南最丢脸的一仗；一处几十平方米的农家泥瓦房小商店，成为部队与部队、地方与部队的联系枢纽，不断传递着抗日信息，这便是抗日交通站。置身于历经了战争风云的大王岭村，我感受到：粗大的老榕树挂满了刺鼻的硝烟，狭窄的巷道里回响着密集的枪声，火红的木棉树燃烧着杀敌的熊熊烈焰，这一切的一切，俱在阳光明媚的春光里呈现出来。

　　走街串巷，古村落最气派的建筑，门楣上方悬挂着"刘氏宗祠"的牌匾。这是一座三开间两进四合院落。别看它长11米、宽

16.5米，面积只有180多平方米，但当时在村子里算面积最大的建筑了，被三大队作为会议室使用。当年抗日游击队"东移"回来后，在这里举起了"广东人民抗日游击队"的旗帜，曾生带领第三大队挺进大岭山。在此后一年多时间里，广东人民抗日游击队领导人经常在此召开军事会议，研究部队和抗日根据地的建设，讨论敌后游击战争的战略战术等问题。黄潭战斗、百花洞大捷这两场载入史册的战斗，就是这个时期的代表。广东人民抗日游击队军事训练班也是在此开课，三大队、五大队的精英们都来此学习理论、时事，研读毛泽东的《论持久战》，提高杀敌本领，晚上他们就住在会议室内。因此这里一度被称为"军政干部的红色摇篮"。一张张简易的木桌并排放在刘氏祖先的牌位前，桌上的茶具似乎还有余温；一块块图文并茂的展板，向我描述着曾经发生在祠堂中的一幕幕激动人心的场景。将宗祠开辟成办公点、会议室、培训点，既是物尽其用，也折射出条件的艰苦。

山坡这片野花丛生的草坪，被葱郁的树木团团隐蔽着，似乎怕被敌人发现似的。可能是战士们发现了敌情，都躲藏进大岭山的密林丛中了吧，操场上空荡荡的寂静无声。只有那个汗流浃背的石匠，在聚精会神地镌刻出"东江儿女"的字样，蕴藉着英雄赞歌的希声大音，在巍巍大岭山巅回荡。

魅力无穷的金鳌塔影

"金鳌塔影"是东莞八景之一，也是我最喜欢的休闲好去处。它坐落于东江和汾溪河的交汇处，由于地图形状像只大鳌，故称金鳌洲。

关于修造金鳌洲塔的缘由，历来说法不一，既有"镇妖说"，也有"风水说"和"神力说"。"镇妖说"是说过去由于江水泛滥，时有水灾，当时的万历进士、东莞县令翁汝遇为了合民心顺民意，率先提议在此建塔镇妖。"风水说"是说金鳌洲处于东江南支流和汾溪河交汇处，扼东莞水道要冲，由于四周地势较低，两河水的交汇处没有高山夹水而行，造成"生气外泄"，达不到"藏风聚气"的条件。修建此塔，是希望能"束水口"，让这里的水"回顾有情"。明朝的《金鳌洲塔记》中就有这个说法：东莞江水自东流向西，左有黄岭，右有罗浮，在此建塔控制"大江中流"，"以培护风气，亦堪舆家所宜也"。因此，金鳌洲塔是典型"镇虚补弱"的风水塔。"神力说"是说这翁汝遇是读书之人，十分希望在自己管辖的一亩三分地上多给朝廷输送栋梁之材，故有"独占鳌头"、金榜题名之意。过去在金鳌洲塔附近还有文昌庙和天后庙，文昌庙内供有文武二帝。这里在过去是出入东莞的必经之道，所以读书、习武等求取功名之人，考试前都会在这里做短暂停留，上岸到文昌庙进香求拜，希望自己能够借助神力，助自己"独占鳌头"，与此类似的寓意，明朝郭九鼎《金鳌洲塔记》中也有着"雁落鳌洲地，沙头出状元"的记载。不管造塔的初衷是什么，杭州人氏翁汝遇"肇工于万历丁酉，合尖于天启甲子，越二十年所乃告成焉"的事实，是没有疑义的。

今天，工作之余有了些许闲暇，我又沐浴着和煦的春风，来领略金鳌公园的魅力和金鳌洲古塔的风韵。东江水畔，绿意婆娑，鸟语花香；曲径通幽，格调高雅。矗立在江畔的金鳌洲塔，以其古色古香的风格显得十分显眼，但要真找到它的确切位置，却也要费一番周折。如果能定位到万江桥，你需要跨越东江，左转进入金泰桥，下桥再左转进入金曲路，沿着金曲路一路到尽头右转，才会发现那座被民居包围着的古塔。

历经四百多年风雨的金鳌洲古塔，造型朴素，俯瞰着江水流淌不息，一往无前；见证着东莞的日新月异，天翻地覆。抬头仰望九级古塔，逐层递减收分，各层用菱角牙砖与挑檐砖相间技艺叠涩出腰檐以及平座，砖木混砌塔身，额枋塑有卷草龙、缠枝莲纹图案，给人以古朴典雅之感，还有一种直插云霄的震撼。它所蕴藏的诸多东莞传奇，俱随那过眼烟云消失在高而飘的历史天空，这样一座具有极高历史价值和艺术价值的古塔，也如东莞其他珍贵文化古迹一样明珠蒙尘，被当代人遗忘在城市的犄角旮旯。在我细细端详古塔之际，无意间瞥见不文明游客信笔涂鸦的"××我爱你""××到此一游"，使得塔壁遍体鳞伤，大煞风景。金鳌洲塔对于东莞的意义非同寻常，我这次不经意的闲游，在体味它历史沧桑的同时，也感受到了它所承载的深远意义。

相伴古塔的除了葱翠草木，还有一座座与古塔同时代的石雕，温顺的石羊、威猛的石虎、灵动的石狮、如生的麒麟、古拙的翁仲等，无不显现出高超的技艺。尤其是这座斑驳的红石龟驮碑底座，古朴典雅，形态生动，让人不停玩味。见过无数古墓葬的我，知道这些石雕都是镇墓神道两旁的雕像，同时也佐证了东莞这地方文化底蕴的深厚。拜读镶嵌在青砖中的明代《金鳌洲塔记》，是我每次和金鳌洲古塔会面的重中之重。每每读着郭九鼎先生撰写的"邑之金鳌洲，地形家者言：燕落平沙，控中流而逆溯金鱼，为邑之关锁……尤补虚镇弱之关钥"这些文字时，总有一种激荡人心的感受在汹涌澎湃。

不知不觉间，夕阳西下，古塔倒影映照在晚霞染红的江中，金鳌洲塔愈发显得气势雄伟峻拔，恢宏壮观。于这暮色苍茫间，北宋大文豪王安石吟唱着《东江》诗句，穿越时空隧道，飘然而至。听，"东江木落水分洪，伐尽黄芦洲渚空。南涧夕阳烟自起，西山漠漠有无中"的韵律，在烟波浩渺的江面上，萦绕盘旋。

道法自然的海月岩

古人云:"山不在高,有仙则名。"东莞的厚街镇有座周长500米、高仅仅33米的红色石质山冈,叫金牛山。别小瞧它山体不大,却造型奇特,是一处远近闻名的道教圣地,也是东莞"老八景"之一。诗句"海上风帆落井中"的典故,即出自此。

早就听人讲过,在很久很久以前,有一对新婚不久的年轻夫妻十分恩爱,俩人靠丈夫出海捕鱼为生,由于丈夫每次出海都要很长时间才回来,妻子总是担心挂念,每天站在金牛山眺望大海,期盼着丈夫早日归来。有一天,妻子到附近蟹壳岩的井边打水,忽然发现井中映现出一叶归帆,船头上站着自己的丈夫。她惊喜不已,赶紧跑去了码头。到了码头一看,果然是丈夫归来了,因此她认定是井神显灵。由是,"海上风帆落井中"的美丽传说不胫而走,整个东莞可谓妇孺皆知。

咀嚼着动人的故事,我由东莞一路寻来,来感知金牛山的无形大象。也许,好多人并不知道东莞还有座金牛山,但是一说到海月岩,人们就会恍然大悟。其实,金牛山和海月岩是同一个地方。宋朝题刻的"海月岩"就在这座小山的石壁上。由此而派生出来的海月殿、三清殿、三师殿、聚仙殿、天妃殿、钟鼓楼等庙宇殿堂,都是围绕着海月岩铺展开来的。久而久之,海月岩的大名竟然盖过了金牛山。加之骚客名流的诗词传颂、碑刻传承、楹联彰显，还有道家文化的广泛弘扬，以及政府对园林的精心营造，"海月岩"渐渐替代了"金牛山"，后世的人们也都称此地为"海月岩"。

当年，海月岩这地方是汪洋大海。随着沧海桑田的变迁，眼前已经嬗变为一块贯金宝地。经济的发展，促进了各项事业的飞速发展。在邑中宗亲和旅港同乡以及热心的善长仁翁的鼎力资助下，筹得善款千余万元，将一方名胜装扮得更加绚丽多姿，分外妖娆。

当我嗅着淡淡的海腥，慕名来到这里的时候，但见海月岩前的海月湖，以其美丽的姿容在迎接着我。百余亩湖面，碧水荡漾，波光粼粼；游船悠然，笑语连连；岸树葱翠，摇曳湖中；钓翁垂纶，意趣美妙；漫步迂回曲折的九曲桥上，观鱼之乐，任由思绪漫过无际的长空，去回味庄周哲思，寻一份喧嚣之余的心灵回归，惬意之至。玲珑别致的湖中小岛，像一位恬静淡雅、惹人爱怜的岭南秀女，在静静地等候着她意中人的到来。湖中岛环境优美，意趣盎然，美意无限，令人流连忘返。

假若说海月湖是如今海月岩景区第一大看点的话，那么雕塑园就是不容错过的第二大景观了，它虽然不同于海月湖那么清秀、温文尔雅，却蕴含着中华民族的渊博智慧。这些栩栩如生、惟妙惟肖的古代精英石像，不像过去见到的园林雕塑那样裸露于阳光之下，而是巧妙地置于林木之间，与大自然有机地融为一体。

毫无疑问，金牛山蟹壳岩上的题刻，是海月岩最具文化内涵的部分。当然，岩下的八棱古井才是点睛之笔。若没有关于那口古井的脍炙人口的爱情故事，又怎么会有"海上风帆落井中"之说呢？亦不会吸引着文人墨客来此访古寻幽，吟诗作句抒发情怀。清朝诗人尹兆蓉就是诸多骚客中的一员，至今他所吟唱的《海月风帆》五言律诗，仍在这片神奇的土地上经久不息。听，美妙的诗韵，又再现美貌少妇期盼丈夫归来的情景："我闻海月岩，帆影井中起。天外认归舟，分明隔烟水。独怜捣砧人，秋风望之子。"

如今的海月岩，它所拥有的不仅仅是"海月风帆"的一方名胜，而是浓郁厚重的道教文化。这里供奉着道家祖师爷元始天尊、灵宝天尊、道德天尊，人文始祖轩辕、伏羲、神农，道教祖师吕纯阳、王重阳、丘处机，以及海神妈祖等。置身于三清殿、海月殿、聚仙殿等建筑中经天纬地的道教思想，亦不可避免地浮现脑海。

仰望着铁钩银划的海月岩，崇敬之情油然而生。

最不像古村落的下坝坊

　　说到东莞的古村落，南社村、西溪村、塘尾村、逐联村等无不以其高古的面貌、深厚的文化底蕴、异彩的民风习俗吸引着游客纷至沓来。距离我最近的闹市区就隐藏着一座省级古村落，它就是我光顾多次的下坝坊。说来，我并不是被它的历史文化积淀所吸引，也不是因其美丽而迷恋，而是沉迷于它最没有古意的"文艺范儿"。

　　下坝坊，始建于明代，是隶属于坝头村的一个自然村落。或许是因为水的缘故，这个岭南水乡中的古村充满着灵气，尤其是春来细雨时节，淅淅沥沥的如麻雨脚从未断绝，谱写出一曲曲的情感诗歌。细雨或在村口池塘的水面上戏耍，演绎着"白雨跳珠乱入船"的画面；或在詹氏祠堂青灰色的屋顶跳跃，在青砖绿瓦上绽开着朦胧的水花；抑或刷洗着古老的粗壮大榕树，哼唱出"沾衣欲湿杏花雨"的曲调。十三条细长的古老雨巷宛若琴弦，俱以不同的心境弹唱着"客舍青青柳色新"的韵致，令人如痴如醉，沉浸不已。

　　我之所以频频光顾此地，并非因为它迷人的诗情画意，而是它的美丽转身。它由明、清、民国一路走来，浑身打上了时代的印迹。改革开放的春风，将东莞推上了桥头堡的位置，使得本来宁静、古朴的下坝坊，一下子焕发出青春的活力。2010年，一家名叫"蔷薇之光"的店铺出现在下坝坊，产生出一系列的连锁反应，由是，越来越多的具有现代经济元素的创意陆续出现在这片古老的土地上，逐渐形成了一个以东莞白领、文艺青年为主流的文化休闲胜地，人称"东莞的鼓浪屿"，俗名"万江啤酒街"。正是这种时代的偶遇与机缘，使岭南水乡下坝坊的特殊性，泛起了一股强劲的活力。尤其是晚上，撕裂而出的摇滚，在一家家动感十足的店铺里震颤回荡，书本、饮料、啤酒在五光十色中交织在一起，充满现代诗的味道。这个美丽的邂逅，让她那份古老的情怀绽放出新的精彩。犹记得一个个清风习习的傍晚，我和"哥们儿"被新潮的氛围所吸引，交替着落座于古村下坝坊集流行、时尚、情调为一身的房舍，或把酒临风，或谈诗论文，或高歌一曲，发出"想不到东莞还有这样的地方！"的感叹。我们时常成为菩提湾、可琴弦、38号矮房子、小红书、池塘后、民国往事、清花醉月、火焰烤吧、雪域藏家、池塘夜色、藏吧、暂得楼、传韵轩的顾客之一。

到过下坝坊的人都会发现，虽说古村中的很多老屋已经装饰得非常文艺，然而"饶州派远，坝水源长"的詹氏宗祠，古意十足；"长开涧水，脉接鳌洲"的绍广詹公祠，别有意味；香火正旺的张王爷庙，承载着一方百姓的寄托；270多座明清到20世纪修建的岭南民居建筑，弥漫着浓郁的地域风情；中西结合的下坝坊大队部依旧原汁原味，保留着旧时的模样，留存下时代的印痕。它们用沧桑的面孔告诉所有游客，坝头是一个以詹姓为主的宗族聚居村落，是一个非常重视家庭观念的宗族。在儒家文化的长期熏陶下，他们慎终追远，民德归厚，因此下坝坊的宗祠便成了宗族历史的载体。

詹氏祠堂，位于下坝坊29号旁，具有典型的明清珠三角水乡特色。该祠堂坐西朝东、青戌墙体，红砂石勒脚，有柁墩、瓜柱的抬梁结构，镬角、耳墙屋顶，造型别致，古朴典雅。据说，当年詹氏先祖詹天赐，原本是江西鄱阳县人，说来与我的婆家还是隔世乡亲呢。明太祖朱元璋任命其为东莞知县，历任数年期满后，他选择了在东莞坝头村定居，颐养天年。因他教子有方，持家有道，子孙皆有金榜题名者，赢得了"门出父子公孙三代同堂皆进士"的美誉。詹氏祠堂为三开三进四连廊布局，错落有致，古色古香，给人以幽雅高贵之感。最让我感兴趣的不仅仅是这座堪称艺术瑰宝的祠堂建筑，还有承载着历史的彩绘壁画、碑刻、碑匾等文物古迹。它与附近的古渡口、风水塘、土地庙、镇杆座、古榕村，构成了一幅绚丽多姿的岭南风情画。

　　下坝坊的岭南传统民俗文化氛围浓郁。从春节前后的尾牙、大年三十卖懒、吃响丸、结灯、点花灯，到农历三月初四的张王爷诞，还有清明、重阳的上坟、祭祖，以及七月初七拜七姐等，传统民俗在下坝坊一直得到了传承。赛龙舟更是下坝坊的重要民俗活动，已经有近六百年历史。村里的青年人每年四月份就开始到江中训练，端午期间，会与其他社区以及周边水乡的龙舟队进行历时近一个月的多场赛龙舟比赛或龙舟趁景活动。

　　游走在琴弦般的细巷里，似乎每一步都踏在不同的音符上，发出别样的琴声。我看到斜阳中那些老奶奶眼瞅着进出丁巷口的青年男女，捋一把额头的银丝，似乎陷入了长长的沉思。一曲如哭如诉的《我要下南洋》骤然响起，深深拨动着她们的心弦，抬起那呆滞的眼睛，茫然地眺望远方。

　　今天，我又置身于下坝坊，不管它的外表如何变，骨子里始终流淌着祖宗的血液，这一点毋庸置疑。

恬静安逸的西溪

　　作为历史文化名城的东莞，分布着许许多多的古村落，有的像南社，被炒作得红红火火，有的则藏在深闺默默无闻。近来听寮步的朋友说，他们那边又发现了一处保存较为完好的明代古村落。这对我这个历史文化迷来说，无疑是一个天大的喜讯。

　　寮步，对我来说并不陌生。这里是名闻中外的莞香发源地，有着上千年的文明史，至今镇上还有保存完好的古色古香的明清时期的牙香街。据说，香港就是因为"莞香"一度红火于九龙岛而得此名。迫不及待的心情驱使着我，安排好手头的工作，便前往寮步镇去看看新发现的古村落。来到寮步一打听，才知道了古村落叫西溪，不用问，肯定与河流有关。

　　西溪村离镇上并不远，二十几分钟的车程后，它便慢条斯理地出现在我的面前。它没有寮步的喧嚣热闹，恬静得就像个熟睡的婴儿一般。在村口粗大的榕树下，几位上了岁数的老人正在谈天说地，兴致正浓。本想打听一下古村落的景点，但我又不忍心打断他们的兴致。抬头一看，不远处竟然竖立着一块巨大的西溪古村落导游图，图上便有村子的简介以及重点景观的标识，于是便饶有兴趣地看了下去。

　　西溪村，原名芦溪村，始建于明朝天启元年（1621），至今已有400年的历史。古村坐东向西，占地36.8亩。现存后围墙445米，前围墙180米。村前有一口鱼塘，几乎与古村面积相等。现存有193间民居，为"明"字硬山顶和"金"字屋造型，属于典型的岭南建筑风格。村落保存相当完整，其规划和建筑具有巷道布局统一、祠堂规格统一、民居形制统一、建筑结构统一、民居门向统一、巷道铺设统一六大特色。这种形制在居民混杂的古村落中，是极为罕见的。

一走近西溪村，只见高达六七米的青砖古城墙，将一片陈旧的灰瓦青砖房团团包围着，形成了一个相对封闭、独立的建筑群。在附近村庄一片片城市化进程中所建的现代化楼房的衬托下，西溪古村显得格外古朴典雅、浑厚凝重。村子仿佛只属于我一个人，除了偶尔游走的一条土狗和三三两两的母鸡，还有在那泓碧波中游动的白鸭群，时光似乎静止了一般，任凭我放飞自由的心情，去对接那片遥远的历史天空。

纵横交错的二十多条街巷，被两边高大的墙壁逼成了一米多宽，像一溜线似的，悠长悠长。此时多么想来一场绵绵的春雨，出现的画面必定是诗人戴望舒吟唱《雨巷》里的画面。村子除第一列和大横巷的祠堂外，民居的大门基本上侧开，这是西溪古村民居大门的一个鲜明特色，大概是受整个村落布局制约所形成的。行走在街巷里，大门都是敞开着的，随便走进一家，天井里必是花草簇拥，景石点缀。诗意雅趣与雕刻花窗交相辉映，构成了一幅自然和谐的安居图。其情浓浓，其意融融。那个侍花弄草的大叔，他躺椅旁的那壶香茗勾起了我的思绪；那只猫咪的安逸，幻化出"无丝竹之乱耳，无案牍之劳形"的悠然心绪。此情此景，是我多么向往的田园生活啊！

宗祠、房祠、家庙有着严格的形制，除了这座气势巍然的宗祠是三开间三进外，16座家庙、房祠、书堂多为三开间二进形式，这是规矩，无论你在家族中地位如何高，也不能坏了规矩。数百年来，人们一直秉承着族制，规规矩矩地繁衍生息，平平安安地生活着。踏在红砂岩条石或麻石铺设的巷道上，体味着砖石木结构、灰瓦覆面的座座民居，浓浓古意扑面而来。不时出现的精工石雕、细致木雕、古朴陶塑，或祥鸟瑞兽，或花鸟鱼虫，无不鲜活灵动，栩栩如生。不经意间，瞥到谁家的屋檐上，虽然经过风雨的洗刷，"光绪十二年"的字样仍清晰可见。据说，当年西溪人受益于沉香交易，曾经建立了自己的"十三行"，可惜在一次大水灾中被损毁，只留下了一个苍凉的传说。

漫无目的地游走在古村落里，抚摸着明清岁月的缕缕印痕。置身于两万七千多平方米的古老时空，追忆着西溪先民用勤劳双手创造出的安宁家园，禁不住感慨万千。从祠堂和现在村里的居民姓氏可以发现，西溪古村原来主要是以尹姓人家为主，那座占地面积373平方米的尹氏宗祠，是古村中最大的祠堂。尽管现在大多数年轻村民已经搬离古村，住进了附近的楼房和别墅，但是对老宅院怀有深厚感情的老人，却怎么也不想离开祖祖辈辈生活过的老宅院。他们认为这里没有嘈杂的现代生活，只有精神回归的宁静。养养花，喝喝茶，安安静静地度过一天，比关在水泥笼子里不知要好多少倍。有的老人纵然搬进了宽敞的楼房，但仍会不时回老房子休闲一段时光。

池塘边这座20世纪的"大队部"，虽然杂草丛生，破败残损，它那高大、对称、带有西洋建筑风格的外形，与20世纪鲜明的红五星标识极其不相吻合。很显然，这是一处改造过的老建筑，它的原主人究竟是谁？是明朝进士、南京监察御史尹明翼？还是哪个商贾大户？因为附近没有村民，所以没法问个明白，谜底只能留待来日了。这座建筑有两道门，外面是很气派的圆拱形，里边是普通的门口，中西合璧的风格在门口也体现了出来。

　　在村口和村民闲聊得知，西溪村与其他的村子相比，最大的区别是西溪村虽然规模大，但是座座民宅均为棋盘式横竖排列，具有鲜明的广府文化特色。村内的条条街巷都是横平竖直，没有七拐八弯的进出烦恼，村民出入十分方便。颇有意味的是，我在一条竖巷的尽头，见到了一座与家乡雷同的土地公小庙，顿时生出一种人在家乡的感觉。我多么想在这里住下来，抛却一切的烦恼，像那些老人一样，喂只猫咪，养盆兰草，再冲泡上一壶香茗，和时光慢慢老去。该是多么惬意的生活呀！走了全国无数古村落，感觉只有这里最适合我。

　　西溪，让我回望不止。

"城楼集瑞"迎恩门

过去，几乎天天从东莞的老西门路过，并没有多在意西门楼的存在。日前，我在翻阅《东莞市志》时才发现了它的行踪，由之，东莞八景之一的"城楼集瑞"走进了我的视野。

选一个风和日丽的假日，约三两知己直奔闹市中心而去。由于城市的不断扩展，昔日的老城西门已经成了车水马龙的市中心。远远看去，西门楼有点像北京的天安门，古朴庄重，雄伟壮观。随着渐渐地与它挨近，仿佛感受到了它的体温，不禁让我有些讶然。

来到城门楼下，我才知道西门楼的正名叫迎恩门，与山海关、齐齐哈尔、兰州、韩国汉阳城等地的城门重名。不过方位却有所不同，山海关是西门，齐齐哈尔是南门，兰州是东稍门，汉阳城是西大门。为什么同一个名字，方位不同呢？原来这些城池都是以京城为中心，寓意天子隆恩至高无上，皇恩浩荡，过往莫不迎之，以示对朝廷的感恩之情。明朝，皇城在东莞偏西北，无论皇帝，还是大臣，无一不是从西门而入，于此"迎恩"顺理成章。

说到城门，那就不得不说一下历史上的城池修筑。可以说城池修筑在中国是有着悠久的历史了，并且建立起了一套较为完备的城市规划体系。从《尚书》《诗经》《周礼》《史记》《管子》

等古籍中都可以看到，有关的城市规划理论、建设体制、规划制度以及规划方法等，是非常讲究筑城的功能合理及布局的统一完整的。从古代城市建设史中不难发现，城市规划思想经历了"筑城以卫君"到"城以盛民"的转变。随着社会的发展，经济因素对城市规划产生了深刻的影响。明清时期，由于城市工商业日渐昌盛，城市建设的功能在以往的基础上，更是向前推进了一大步。东莞地处岭南边陲，城市建设相对迟缓。据史料记载，东莞立县始于东晋咸和六年（331），最初的东莞县城面积不过0.49平方千米。经历朝扩建，城区范围逐步扩大，"明洪武十七年，指挥常懿始筑新城……"至民国时期，城区总面积已达到3.61平方千米。这为东莞城内经济的发展、人口的增长提供了较为充裕的空间。到清朝宣统初年，东莞人口已经超过100万。

城楼下休闲的"老东莞"告诉我，相传在明朝洪武年间，倭寇海盗常来东莞这一带抢财掠物。当时的东莞四周无遮无挡，于是有一个叫常懿的将领就带领军民在东莞城的四周修筑起了牢不可破的城墙和东西南北四个城门，整个城墙连起来有4330米，把整个东莞城都包围了起来，一有敌情，把城门一关，海盗就无法入城，保障了东莞的平安。其实，由于古时候东莞水患不断，这城墙还能起到防洪作用，汛期遇到洪水肆虐时，用沙包把城门堵上，城里就不会遭淹。这样看来，东莞城墙是一城两用，真是一座造福百姓的防御堡垒。因此，东莞人对这个城门楼有着很深的感情，即使市区千变万变，总舍不得拆毁这个旧城楼。如今，更是投入巨资把周围改建成了休闲娱乐的文化广场，使其成为市民节日聚会以及举行大型活动的重要场所。可以说，这里不仅仅承载着历史，还留住了乡愁。言谈之间，当地居民无不流露出对东莞老城的缱绻情意。

如今的迎恩门城楼，已经成为东莞的标志性建筑之一。虽然经过数百年的风雨洗礼，时光打磨，它依旧巍然屹立，雄姿英发。但见其红墙碧瓦，飞檐斗拱，面貌庄严，蔚然大观。而其保存的明代基座，更为珍贵。昔日曾有城墙连接道家山、南城、钵盂山、东门、北门，环护东莞城，坚固高大。迎恩门，历来是东莞古城的象征，也是这座历史文化名城的重要坐标。旁边的文化广场是新东莞新气象的体现，绿草茵茵，喷泉绝响，人们舞姿翩翩、歌声曼妙，构成了东莞新时代的盛景。迎恩门城楼与文化广场，展现了东莞历史文化名城的新气象。文物古迹与现代设施交相辉映，具有一定的历史价值和欣赏价值。名列八景之一的"城楼集瑞"，的确名不虚传。

我和老年人交谈中，他们大有感慨地说，东莞的历史非常悠久，早在秦始皇那会儿就已在东莞这里设立了官府，三国时候设了东莞郡，东晋的时候就有了东莞县，可到1985年都一直是东莞县，再没升上去，瞧瞧咱们这里，整整当了快2000年县啊！更可惜的是，不知为什么，历史上但凡在这里有什么大事都不用东莞这个大名，老用下面镇区的小名，比如说"虎门销烟"，这全国人都知道吧，可虎门只是咱们东莞的一个镇。读过历史书的人都知道虎门，可没人知道东莞，要是当年给定名为"东莞销烟"，咱东莞可早就大名鼎鼎了。言谈之间，他们无不为东莞感到惋惜。很显然，东莞人的骨子里有着浓厚的怀旧情结。想到此，大家对西门楼流露出的眷恋之情便可以理解了。

来迎恩门城楼之前，我就从有关资料上获知：过去的东莞城市规划，为三坊一厢。城内曰坊，附城曰厢。阜民坊在县治东，桂华坊在县治西，登瀛坊在桂华坊西，迎恩厢在城西门外。明朝《东莞县志》记载，坊厢统辖内外共有40条街巷。从街巷的命名也可以窥知，当时东莞的地名，有以政府机构命名的，如县前街、驿前街等；有以文教命名的，如寺前街、象塔街等；有以方位命名的，如东门街、和阳街等；有以教化命名的，如兴贤街、福德街等。值得一提的是，明代初期，东莞并没有以商业命名的街道，商品交换集中在墟市之中。清初屈大均有"粤谓野市曰墟"之语。到了明代中期，东莞县城内外先后出现了市桥市、西门市、北门墟、教场墟等多处商业墟市。明代后期，社会经济的发展和商品经济的繁荣，使得东莞县城外街区进一步扩大，尤以西门外最为明显。经过明清时期的发展，人口规模的膨胀、商品经济的繁荣，使东莞县城获得了迅猛发展，城外街区大量出现。史料显示，城外街巷从清初的9条，发展到了清后期的129条。有趣的是，这一时期的街道命名表现出了浓烈的商业气息，如铁锅街、芽菜巷、元宝街、纸扎街、皮鞋巷、豆豉街、猪仔墟、卖鸡市、床街、竹排街、卖饭街、花粉街……充分反映了清代东莞的商业发展。

昔日的东门"和阳"、南门"崇德"、北门"镇海"，都没能逃脱时光老人的日夜呼唤，早已走进历史的天空，渐行渐远。唯有眼前这座迎恩门城楼，成为东莞老城的守望者，向每一个到此凭吊的游人，诉说着沧海桑田，东莞变迁。伫立迎恩门城楼下的我，隐约间，似乎听到了西门楼里发出的一声长叹。

东莞寻古

塘尾村：活着的古村落

得识东莞市石排镇塘尾村，完全是因为全国散文作家一次笔会的采风邂逅。想不到在自己眼皮底下竟然藏着一处底蕴深厚的明清古村落。一谋面，我就被塘尾村的800年古典神韵所吸引，一步步走进了它的灵魂深处，触摸到了它跳动的脉搏。

塘尾村的268座民居、21座祠堂、19间书室、10口古井被高高的围墙团团包裹着。4座围门、28座炮楼像忠诚的卫士守护着这座始建于宋代的古村落。我在感知它文化厚重的同时，也感知到了在社会动乱年代它所承担的抵御外来侵略的神圣使命。近百年来，它先后成功抵御了1911年清军的抢劫，以及1944年石碣吉洲土匪李朝的侵犯。毫无疑问，这座城堡式的古村落，一路从宋、元、明、清走来，历经风雨沧桑，发展成了附近较为兴盛的家族聚集地。

塘尾村的街道纵横交错，被一座座青砖灰瓦的整齐院落分隔着。走在狭窄悠长的街巷里，踏在斑驳的石板街上，恍然有一种穿越明清王朝的感觉。我走进一家住户，见村民正从石圈古井内打水，浇青翠菜蔬，这样的生活是多么安逸啊！一声热情的招呼，完全没有防人之心，淳朴善良的民风，顿时让我有一种久违的亲切感。村子里的大部分人还生活在祖祖辈辈留下的老宅里，守望着精神的家园。过去到外地的许多古村落游览，发现大多数村子都成了摆设，除了游客就是卖旅游品的商贩，根本见不到本乡本土的坐地户。而塘尾村却不是那种感觉，走在街道上，不时就会遇到扛锄镰的大叔，或挎提篮的大嫂，提示着我他们还在村子里生活着。

信马由缰地串街过巷，我发现一个"古"字填满了整个村子。这些古意盎然的民居多为明清所建，红石做门、窗框和砌墙基，水磨青砖清水墙，只有部分宅院有着精美的木雕、石雕和灰塑等建筑构件，整体面貌大体是一致的，多为三间两廊、三间一边廊。当夹杂于民居间的祠堂、家塾，以其沧桑面貌一一和我会面时，我还是感知到了李氏宗祠的庄重高古、景通公祠的技艺精湛、梅公祠的传承有序、守善堂的祠居合璧、宝卿家塾的意趣盎然、七房厅与墩睦堂的壮观气势，它们让我读出了村民重视教育的良好风气。虽说清朝年间村子里没有出过状元、进士，但从中走出的30个举人、秀才，也足以显示出村民"万般皆下品，唯有读书高"的意识。我知道，营建村子里这些古朴典雅的老宅院，开支肯定是不小的，单单依靠地里来土里去的劳作，是肯定办不到的。几经打听，方才得知这塘尾村民有经商的传统，明清五百余年间李氏人丁兴旺，相对不足的田地难以承载人口的发展，此处靠近东江，于是不少人外出谋生，近到东莞、石龙，远到广州、香港，都有塘尾李氏做买卖的影子。清末民初，塘尾依靠做船运、卖药材、粮食贸易、开钱庄等，使得塘尾经济达到鼎盛。李氏族人纷纷在外赚到了一桶桶的真金白银。

从村民口中得知：塘尾村原来叫莲溪，村名的由来是因为当年东江边有一个大莲塘。大莲塘从树下绵延至中坑，长约一千米，村里的孩子们都爱钻到莲塘里摘莲花、采莲子、挖莲藕，甚至可以泥鳅般地在池塘里快活地玩水。虽然现在莲塘已经淤塞，一马平川，风景不再，再怎么极目远眺，也难以看到满塘荷叶田田的景象了，但是人们仍可以从"塘尾"之村名联想到这里昔日的景象。

塘尾村与其说是古村落，倒不如说是古代军事堡垒。它给我的感觉，与山西绵山脚下的张壁古堡极其相似。所不同的是，那里的地下水水位低，能够挖掘地下设施，而地下水丰盈的塘尾村，它的防御功能只能在墙围上体现。你看它围墙、围门和炮楼浑然一体的古堡式面貌，壁垒森严，无处不给人以神圣不可侵犯的威严。红石墙基，青砖墙体，每隔4米有一堵墙。在围墙东南、西南、西北、东北四角辟有围门，村民一般称之为东门、南门、西门和北门。以东门规模最大，为两层青砖镬耳山墙建筑，围门之上镶"秀把东南"匾额。围墙附有28个碉楼，当地乡民习惯上叫楼斗、炮楼。碉楼以二十八星宿来命名，规模大小不一，这些充满先人智慧的完整防御设施，保障了塘尾村长达四百多年的不受侵犯。塘尾村古围，不能不说是中国建筑史上的一大奇迹。

走出这座被列为国家重点文物保护单位的城堡古村落，老人和小孩簇拥在几棵粗大的古榕树下玩耍，一派其乐融融的祥和景象，与其内的森严壁垒形成了极大的反差。国泰民安的状况下，塘尾村还用得着高大围墙防护吗？

凤岗碉楼

　　早就知道被评为世界文化遗产的开平碉楼，是中国乡土建筑的一个特殊类型。它是集防卫、居住和中西建筑艺术于一体的多层塔楼式建筑，特色是中西合璧的民居。以前怎么也不会想到离我不远的东莞市凤岗镇竟然藏着120座碉楼！得知这一信息后，勾起了我一探究竟的强烈欲望。

　　我事先知道，碉楼的出现与社会动乱有着密切的关系。南宋以来，为躲避战乱，苏、浙、皖、赣的人一步步南行，以客家人的身份迁徙于岭南之地，由于自己是外来客，势必会与当地人为争夺财物产生矛盾，营建坚固住所成为必需。由之，赣、闽、粤的土楼、围屋、围龙屋等具有防御功能的家族式居所，逐步形成。到了明末清初，随着人口的剧增，原来的生存条件已经远远不能适应居民的需要。当时的岭南人烟稀少、地大物博，加之政府的鼓励政策，一拨拨的迁徙潮不断涌向南越之地。随着人们下南洋，视野逐渐开阔，经济条件提高，原来的大家族式居住方式已经远远不适应人们思想意识的变化，小家庭的观念便催生了碉楼的出现。碉楼既能防御外侵和自然灾害，又能满足家庭成员需要，还有一个显著的优势就是营建时间短、见效快、经济投入小。据民国史料记载："凡今日花县、番禺、增城、东莞、宝安、四会、新兴、开平、恩平、台山（新宁）、鹤山等县，当时均渐有客人杂居。"勤劳智慧的客家人，很快以新的身份站住了脚。碉楼民居成为他们新的家园。

凤岗镇是东莞市著名的侨乡之一，有着独特而浓厚的客侨文化资源。凤岗的朋友告诉我，他们那里除了至今保存下来的120座碉楼外，还有油甘埔村、竹塘村、五联村、黄洞村、塘沥村、天堂围村等古村落，这些都是珍贵的历史文化遗存，是客侨文化的重要标志。尤其是油甘埔村的江屋，是凤岗镇现存规模最大且保存完整的客侨古村落，占地面积约6000平方米，非常值得一看。听着朋友如数家珍的介绍，恨不得立即跑去看个清楚，扳着手指头盼周末。

这天，风和日丽，阳光灿烂，我的心情也格外敞亮。我驱车前往凤岗镇，在导航的指引下，无须费口舌问路，有着"客家第一珠玑巷""客侨文化之乡"美誉的凤岗镇便以欣欣向荣的面貌出现在我的面前。而我要拜访的老古董们大都被掩映在林立的高楼新居中。来到这里不需要细打听，乡亲们都会热情地给你指点。油甘埔、江屋、五联、竹塘、黄洞等村的不同形体的碉楼，依次被我收入眼中，愉悦了我的身心。

对于一个喜欢文学的人来说，面对黄洞村庞大的碉楼群时，很难不激荡出一腔幽思、万般怆然之情。我一来到村口，巍然大观的祝平楼、敖贵楼、美大楼、祥鹏楼、信坤楼、定公楼、观合楼、辉公楼、耀公楼、慎修楼、春来楼、运钿楼、钦华楼、灼华楼、儒修楼拥拥挤挤地来到我的面前，争先恐后地与我会面，诉说它们的沧桑岁月和苦楚经历。运钿楼是与我最有缘的一个，它那青灰苍赫的面孔给了我一种高大长者的印象，令我不由得肃然起敬。向它行了一个注目礼后，我方才靠近它那如深邃眼睛般的门口。檀木门扇紧紧关闭着，好像唯恐主人的私密泄露出来。锈迹斑斑的辅首衔着大大的门环，脱落铁锈的浅浅伤痕，佐证着时光老人的残酷无情。徘徊之间，一位衣着朴素的老妪仿佛与我有约似的，颤颤巍巍地打开了门锁。门扇推开的一刹那，眼前顿时出现历史厚重的闸门。灰尘、蛛网挂满了墙角，恍然先辈们伶仃过洋的情景浮现眼前。在这犹如沉沉的意境里，我分明嗅到了来自南洋海潮的淡淡腥气。开门就是堂屋，大概四米见方的房间。迎面的雕花红木方镜蒙着厚厚的尘土，左侧的厨房，断壁残垣，清灶冷灰，没有一丝生活气息。穿过窄窄的两道花岗岩石门，踏在檀木楼梯上，脚下的回声特别沉闷。每层雕楼的四壁，都有着数且不等的外大内小的射击孔，外侵者纵然有百步穿杨之功，恐怕也只有仰天长叹的份儿，休想在此地占得了便宜。碉楼易守难攻的特点显而易见。身躯最为高大的八层观合楼，是黄洞碉楼中的翘楚。它大结构与其他碉楼大同小异，楼顶为西洋教堂形式，还安设了避雷器。碉楼顶四周设有护栏，碉檐飞度。碉墙主壁塑有青燕，燕翼上翘，两翅张开，凛然生风。

　　说起来，江屋古村的碉楼并没有多大吸引游人之处，只不过区区三座碉楼罢了。然而当我和它们会面时，却感到了一种从未有过的力量的撞击。其中的永升楼建成时楼高九层，是当时惠东地区地标性的建筑之一，落成时周边群众为睹其风采，蜂拥而至，不少人被挤得掉进水田中。当我怀揣一颗虔诚之心来到它面前时，仰望它那饱经沧桑的脸庞，感受到了它的伟大之所在。据悉，抗日战争时期，永升楼成为村中百姓的庇护所，被日军火炮击中而受损。为求安全，20世纪六七十年代，永升楼被拆为四层，成为空心楼。村西南角的庆华书室，是江屋及周边孩子启蒙的地方。虽然面目千疮百孔，昔日的辉煌却不容抹杀。村民告诉我，江屋碉楼采用的是传统土木结构建筑方法，墙体由石灰、黏土、沙石夯实而成，屋顶为硬山顶，灰色瓦，杉木栉木条角上盖结构，进屋前半部为厨房、冲凉房，中间为金字廊小天井，具有采光功能，后半部为正厅，正厅左右偏间为卧室。江屋家家户户的正门上方都有精美的壁画装饰，内容包括诗词歌赋、吉祥花鸟，寓意丰富。除却村中的碉楼外，其实江屋还有着别具特色的客家排屋，整个江屋古村落结构严谨，规划有序。一座座排屋楼呈"非"字形结构，部分虽有残破，却仍不失昔日的风采，很是漂亮。高低错落，整齐划一，整个江屋建筑群就像是一座别具风情的民间艺术博物馆。这大概就是江屋区别于其他村落的特色之处吧。

五联村的达齐楼、亨秀楼、锦泰楼、松木岗、王能楼等碉楼，几乎都是兴建于清末民初同一时期都经历了百年沧桑。虽然说，这些碉楼的形体与其他古村落的碉楼并没有什么大的差异，然而它能够吸引我来到这里，肯定有着一定的道理。是抗美援朝英雄廖懋云的故居？还是受封马来西亚华太平局绅、荣膺"准拿督"的廖志兴祖居？其实都不是，我来这里是为了一座坐北朝南的方形碉楼，它与其他碉楼不一样，有着属于自己的名姓，以村名为名，叫五联碉楼。究竟是因为什么缘故得此名，我没问，村民也没讲。只记住了它在光头岭新兴村的确切位置，楼高约12米，共4层，整体面貌完好。至于这座碉楼有着怎样的奇异故事，今天的我并没有深入探究的兴趣，倒是附生于百年墙体上的这棵细叶榕，令人称奇，吸引了我的目光。一条条根系紧紧地贴紧墙体，生出的细叶榕树绿意葱茏、枝繁叶茂，形成了"楼树相依、缠绵不离"的独特景象。这种缠绵不止的爱情意味，也让这里被当地青年男女视为"同证姻缘"的地方。不少青年男女都乐意来此处见证爱情，希望能像树与楼一样，一辈子不离不弃。当我深情地仰望着这棵"爱情树"时，多么希望丈夫也在身旁呀，可是他没来。一阵凉风袭来，我不由得打了个寒战，再也不敢往下想了。

　　凤岗碉楼，其实是这个镇内碉楼的总名称，它们东一座西一座，七零八落地分散在各个古村庄内。若想一一观其全貌，没有个三五天工夫是不可能的。今天的走马观花，已经让我收获多多，惊喜不已。夕阳已经西下，看来，其他的精彩只能留待来日了。

　　夹杂在现代化楼群中的凤岗碉楼，岁月的尘埃布满全身。拂去一层层战乱的硝烟，尘封的战争历史尽在眼前。翻阅着泛黄的页码，我感受到了曾经岭南民众的顽强抵抗。

南社村：守望精神的家园

　　村头的粗大老榕树绿意葱郁，丝毫没有老态龙钟的样子，它以饱满的热情迎接着我。每每来到东莞茶山的南社村，这棵守望家园的小叶榕，总是给我一种回家的亲切感。南社村与我的家乡有着诸多的相似之处。坐落于深巷里的农家餐馆，店里摆放的铁锹、斗笠、竹篮，都是我熟悉的事物。这哪里是在南社餐馆用餐，分明就是小时候在家吃饭的景象。不同的是，这里的小桥流水、绿意芭蕉、方桌条凳井然有序，比远在数百里之外的家乡沙塘村多了几分雅趣、些许安宁。我喜欢这样的环境，成了这里的常客。

　　我不仅仅熟悉了街巷、河流、庙祠、宅院、石桥，也熟悉了淳朴善良的村民，还有那些游走的土狗、悠然的鸡鸭。每到南社村来，我总爱沿着这条有着六百年历史的碧波河塘来回闲逛上两趟，放飞在喧嚣闹市闭锁的心灵。由之，这些以金字间和明字间为主的古老民居，便依次走进了我的视野。特别是古朴典雅的谢氏大宗祠、百岁翁祠、谢遇奇家庙、资政第……多次与我谋面，让我感受到了它们深厚的文化积淀。这里的祠堂、家庙，形成了独特的珠江三角洲明清古村落。

　　南社村之所以保存这么完好，与其地理位置有着很大的关系。这里依山傍水，自然优势显明。南宋末年，谢氏先祖谢希良之子谢尚仁因躲避战乱，由会稽举家南迁，几经周折于宋恭帝德祐元年（1275）定居南社。历经明朝、清朝近几百年的发展，这里形成了9.6万平方米的庞大村落。南社明清古村落以村墙为界，村内以中间长形水塘为中心，两边利用自然山势错落布列，巷道自然合理，安全防御设施齐全。始建于明崇祯十七年（1644）的围墙至今虽已残破，仍苦苦支撑着，回忆着在顺治五年（1648）和康熙十年（1671），先后抵御土匪李万荣以及刘进地猛烈围攻的情景。如今我们可以清楚地看到古围墙是以夯土或红石做墙基修筑的，镇守村落的21座青砖谯楼，虽说它们经不住时光老人的肆虐已变得残破，但从今天数段残留的围墙及谯楼上，完全可以想象到它们昔日的雄伟壮观。

据说，村中第一大姓的谢氏家族，其祖先乃是我国山水诗鼻祖谢灵运的后裔，历来有着耕读传家的良好家风。谢氏大宗祠的门前竖立着的一块块石碑，向世人讲述着家族的自豪与显赫。明清九进士的辉煌，昭示着这方土地的地灵人杰。谢氏大宗祠是村中规模最大、资格最老的古建筑，为东莞地区祠堂之少见。现存有始建时用的香炉和明嘉靖三十四年（1555）的肇建碑刻，佐证着它在村里的至高无上。当我迈进第一道门坎时，有点诚惶诚恐，仿佛走进我们李家祠堂的感觉。

不远处的谢遇奇家庙，因由喜欢庙主的威风，我不时地心向往之。它承载着清同治四年（1865）乙丑武科进士的显赫，庙主跟随左宗棠新疆平乱，驰骋疆场，奋勇杀敌，立下赫赫战功，升职总兵；返回广东后，又被委任两广提督。清光绪二十七年（1901），家族为这位光宗耀祖的总兵专门营建了这座家庙。打眼看去，家庙为两进院落四合院式布局，硬山屋顶，抬梁与穿斗混合式梁架结构。梁架金木雕、石雕、正脊的陶塑工艺精美，首进垂脊的人物和动物灰塑形象栩栩如生，具有较高的艺术价值。

别以为南社只是岭南的一个古村落，它像一本泛黄的民俗典籍，看似与其他村落差别不大，可蕴藉的地域文化厚重无比。

虽然它气势上不如大宗祠，建筑艺术却是独具风韵的。异曲同工的资政第，是清光绪二年（1876）丙子恩科会试武进士、礼部主事谢元俊的书院，青砖麻石三开间二进院落布局，走廊从天井中间通过，二进明间天弯罩木雕工艺精湛，木雕上的动物栩栩如生，是难得的艺术珍品，门窗装饰具有西洋风格。它呈现出中西合璧的意味，不失为建筑艺术中的一朵奇葩。

颇有意味的是村里还有座百岁翁祠坊，是地地道道的明朝老建筑。四百多年前的《百岁翁祠记》碑刻告诉人们，当时的南社村谢彦庆夫妇奇迹般的同时超过了一百岁，东莞县令李文奎上奏朝廷，朝廷恩准将百岁老人谢彦庆夫妇的居所改造为祠，工匠们凭着高超的智慧，将祠、坊巧妙地合二为一，使两者浑然一体，形成了三开间二进院落布局。首进为三间三楼牌坊，歇山屋顶，檐下施如意斗拱，影壁须弥座红石雕及二进梁架木雕工艺精巧，体现了精妙奇巧的布局，具有极高的欣赏价值。27年前，百岁祠被列为东莞市的文物保护单位。虽然百岁祠并无什么奇特之处，但所体现出的尊老敬老的深刻内涵，不仅仅具有一定的历史意义，还具有现实的教育意义。

至于那些林林总总的民居，虽然分成单座来看并不起眼，像恢宏乐曲中的一个个音符，正是由于它们的有机组合，方才有了这首集民居、祠堂、书院、店铺、家庙、古榕、楼阁、村墙、古井、巷道、牌楼为一体的南社交响乐。对我来说，镶嵌于门窗、檐梁等建筑物的石雕、砖雕、木雕、灰塑及陶塑建筑构件，才是最爱。它们无论是花草鱼虫、飞鸟走兽，还是神话人物、戏剧故事，无一不具有吉祥如意、幸福长寿的寓意，给人以美好的祝福。每次到南社来，我无不被它的艺术魅力所吸引，流连忘返。

酒足饭饱之后，打着饱嗝，走进曲折悠长的小巷，斑驳的绿苔写满墙壁，谁家的花草藤蔓耐不住铁锁闭封的寂寞，翻过沧桑老墙来窥视外边的世界。走累了，来到绿荫蔽日的榕树下，浸一壶香茗，竹椅上一躺，合上眼睛休息会儿，一任凉爽的夏风拂去浑身的燥热，退却闹市的嘈杂，让自己进入一种惬意迷蒙的沉醉中。

每一次与南社的相见，都是一次精神的洗礼，回归自然的享受。学庄周"是非齐一，物我两忘"，该是多么美妙呀！

沙角炮台，不可忽略的古战场

到中国名镇虎门旅游观光，或购买衣物，来来回回不下数十次，我自以为虎门的名胜古迹已经游览完，怎么也不曾想到还有"漏网之鱼"。这是日前和好友相聚时，在不经意间的闲谈中，娟说："婷，沙角炮台去过吗？""在哪儿？"我问。她答："虎门，沙角山。""是吗？"我似乎有点不太相信。事后在百度一搜，天哪，想不到在我这个旅游狂的眼皮底下，竟然还有条漏网的"大活鱼"。这还了得？

过去，自以为与鸦片战争有关的景点，无非是销烟池、林则徐纪念馆、海战博物馆、威远炮台等，怎么还会有个沙角炮台呢？一定要去看个究竟。选择一个风和日丽的休息日，约上闺蜜莉莉，直奔珠江口而去。

来到沙角山我才知道，所谓的沙角山只不过是一个不大的沙丘而已。并且知道了清朝嘉庆五年（1800）在此修筑了扼守虎门海口的炮台，与大角炮台形成了第一道军事防线，被誉为"粤海第一重门户"，由此可见沙角炮台的重要性。当坑洞、炮台、抗战遗址、雕塑、纪念碑等依次走进我的视野时，我的心始终被紧紧揪着，仿佛感知到了一百多年前中国军队于此与敌军对抗的惨烈。

一门门面向海口的生铁大炮，严阵以待。广东水师提督关天培在他的《筹海初集》写道：沙角炮台长一百三十九米，有炮洞十一座，配铁炮十一门，另有一门铁炮备用。1840年，第一次鸦片战争中炮台被英军摧毁，1843年，清军对炮台进行了修复改造，增添火炮三门。在1856年第二次鸦片战争中，炮台再次被英军所毁。1883年至1889年，清军对沙角炮台再次进行了修复和扩建。抚摸着锈迹斑斑的炮身，凝视着斑驳的墙体，仿佛触摸到了百年前中华民族那渗血的伤痕。我安静地聆听着汹涌澎湃的海水，似乎感受到了那段火药味呛人的历史回声。1840年，中国军队就是在这里点燃了抵御外来侵略的第一炮，由此拉开了中国近代史上鸦片战争的序幕。这体现出广东军民联合抗击英国侵略者、誓死保卫美丽家园的英雄气概。同时，也向侵略者展示出了中华民族的尊严和威风。

　　走出坑道的我，站立海边，眺望烟波浩渺的海面，任由思绪漫过茫茫海洋，去对接那历史的天空。清道光二十年（1840）十二月十五日，一千多名英军突然进攻沙角、大角炮台。六百守兵奋起抗敌，副将陈连升与其长子陈长鹏力战后捐躯。琦善下令撤退各炮台守兵，炮台沦陷。他连夜写信派心腹汉奸鲍鹏向义律乞和。广东巡抚怡良向道光帝揭发琦善卖国行径。道光帝大怒，下令逮捕查办琦善。当沙角、大角炮台沦陷的消息传到北京，清廷于道光二十一年（1841）正月对英宣战，并派宗室御前大臣奕山为靖逆将军，户部尚书隆文、湖南提督杨芳为参战大臣，赴粤主持军政，并从各省调兵云集广州。然而，在英军强大的火力进攻下，英国十八艘军舰包围了横档、永安炮台。英军在横档登陆，相继又攻破了靖远、镇远等炮台，时年逾六旬的关天培，在靖远炮台率军死战，受伤十余处，还亲燃大炮回击，与英军搏斗，终因寡不敌众，与将士四百多人战死沙场，虎门失守。随后英舰开进内河，乌涌炮台失守。林则徐所购西洋新炮及原存旧炮三百八十门，全被英军抢走。虎门，写下了一页页落后就要挨打的民族耻辱史。

站立于我身边的陈连升将军，铁骨铮铮，凝神注视着海面，观望着敌情，显示着民族的风骨。我从他的简历上知道，这位来自湖北鹤峰土家族的爱国将领是一位出身行伍，久历川楚戎行的老将。他擢增城营参将后，被林则徐选调，指挥官兵连续六次打退了英军的袭击和反扑，后调守沙角炮台。1840年6月，他亲率战船五艘，围歼进犯的英军；次年1月，英军向大角、沙角炮台发起袭击，陈连升指挥守军同数倍于己的侵略军力战，在后援无望、敌军迫近的时刻，仍然率部下激战，奋力拼杀战死。颇有意味的是在陈连升将军的旁边，还站立着一匹瘦骨嶙峋的战马。这是咋回事呢？原来这是将军的坐骑。沙角炮台沦陷后，英军将其掳至香港。然而，这匹马像他的主人一样宁死不屈，最后不吃不喝，竟然绝食而死。因此，人们将其誉为"节马"。了解了它的情况后，不由得向它投去了景仰的目光。

大概是休息日的缘故，来此处休闲的游客不少，我看到不管大人孩子，一个个脸上都写满了笑容，给人以极不和谐的感觉。心情沉重的我，独自漫步在昔日的古战场，悼念那些血洒于此、无法回归故里的英雄。这片土地告诉我：陈连升调守沙角炮台，把守虎门第一道防线。他深感责任重大，根据多年疆场的经验，对沙角阵地做了周密的布置。他带领三江和惠州兵勇六百余人，埋藏下许多地雷，做好随时打击来犯敌人的准备。窥视已久的英兵舰艇，不时地开船到大角、沙角来刺探军情，都被陈连升率兵驱退。此时的林则徐、邓廷桢已被革职，求和派琦善则一边谈判，一边撤出虎门防守设施，使镇守沙角炮台的部将退到了无可防守的地步。当英军突然向大角、沙角炮台发动猛攻时，陈连升率领六百余守岛官兵使用掺杂炭屑的劣质炮弹，与数倍于自己的英兵殊死搏斗，并用弓箭阻击来犯之敌，英军在箭雨下被击退数次。正面屡攻不上的英军，偷越后山夹攻。清军虽腹背受敌仍毫不畏惧，六百多名守军浴血奋战，与敌军激战数日，伤亡惨重，火药消耗殆尽，英军乘虚攻入。陈连升抽出腰刀，冲入敌阵，士兵亦随陈将军与敌军肉搏，以身殉国。陈连升的长子陈长鹏见父亲阵亡，悲愤中砍杀数敌，自己亦受伤十余处，最后投海而亡。寡不敌众的中国军民，面对着火枪利剑毫不退缩，用血肉之躯写下了悲壮的战歌。行走在林公纪念碑、缴烟码头、捕鱼台、濒海台……比对着中国炮台的克虏伯大炮，回想落后就要挨打的历史，禁不住感慨万千。

采一束野花拾级而上，当"节兵义坟"出现我面前的时候，恭恭敬敬地献上了我的一份心意。道光年间的那场惨烈保卫战之后，尸体遍地，血肉模糊，清军官兵的尸体惨遭英军的焚毁。当地百姓忍痛收集起七十五具残缺不全的尸首，掩埋于沙角山坡的朝阳处，并于封土前竖立坚硬的花岗岩石碑一座，镌刻下沉重的"节兵义坟"四个大字。然而，当我仔细揣摩这清晰的字迹时，却讶然发现四个字竟然刻错了两个。经过询问当地人，才知道了这样做的用意所在。据说，当地老百姓对于清朝政府的做法极其不满，故意在这块石碑上刻错两个字以泄愤恨。将繁体字"節"的反耳旁刻成双耳，寓意清朝皇帝的两只耳朵，专信奸臣谗言，不听逆耳忠言，出卖国家，即无节；而繁体字"義"下半部少了一点，寓意琦善之流贪生怕死，不发援兵，致使守军英勇阵亡，为错"义"，即无义。两个错字的意思就是"无节无义"。感知着别有意味的"节兵义坟"，感叹这些没有留下任何名姓的清军无名战士，除了后人的景仰之外，还会有什么呢？

也许，这就是沙角炮台给我留下的最大感受吧。

隐于闹市的"珠三角第一村"

　　谁也不会想到,在东莞市南城区胜和社区龙船塘这个高楼林立的地方,五千年前竟然曾经生活着一群东莞人的祖先。他们居住在四面环海的小岛上,伴随着朝阳出海劳作,以蚝为食,以树皮做衣,夕阳西下后,便回到窝棚中休息。他们吃过的废弃蚝壳,被弃置于海岸旁,渐渐被泥土掩埋,日积月累,留存下了先人生活的种种遗迹。

　　斗转星移,沧海桑田。昔日的海岸、滩涂、地窝、部落,被匆忙行走且衣装亮丽的人群和拔地而起的高楼及红砖瓦房取而代之。那些被泥土"呵护"起来的蚝壳,被层层叠叠的泥土保存至今。带着别样的好奇心,于一个风和日丽、天朗气清的周末,驱车十几分钟,我走进了这个被誉为"珠三角第一村"的远古部落,来见识蚝岗贝丘人的真实面目。

　　蚝壳门、蚝壳山首先映入眼帘,许多已经残缺不全,斑驳零乱的蚝壳嵌入泥土中。久远的信息扑面而来,仿佛有一种穿越时空的感受,似乎身边的喧嚣全然不在,四下幽静起来。脚下踏着蚝岗人吃蚝后废弃的蚝壳,空幽之感愈发浓厚了起来。巨幅的蚝岗人生活原貌图像出现在墙壁上,五千年前蚝岗人的生活场景历历在目,生蚝后边有人正在打磨石器和宰杀牲畜,栩栩如生的雕塑人物鲜活存在于自然环境里；长长的海岸边，健壮的男人在制作长形独木舟；勤劳的女子用石拍制作树皮布，一副"男耕女织"的生活图景；三口之家正在开蚝备食，其乐融融的家庭生活简单而温馨。古时蚝岗人加工、使用过的石器和出土的彩色陶片、生动逼真的蜡塑人像和场景历历在目，令人震撼。

一件件古朴典雅、异彩纷呈的陶罐、彩陶鼎、彩陶釜、彩陶瓶、彩陶豆等呈现眼前，一幅幅画面传递着先人的审美与喜好，同时也展现出史前人类的自然崇拜、生殖崇拜等诸多社会信息。我伫立于一件略有残缺的彩绘三足陶钵前，顿时被它简约笔调图案所吸引。虽说这只是一幅表示文化符号的简单画面，却是象形文字的雏形，挟带着结绳记事的些许痕迹，这无疑为中国的文字起源提供了极为重要的资料和线索，印证了郭沫若先生所说的"彩陶上的那些刻画符号，可以肯定地说是中国文字的起源，或是中国原始文字的孑遗"。

珠三角、长江、黄河流域三大区域的彩色陶器在这里被一一展现，诸多的史前文化符号让我触摸到了上古时期的诸多神话传说。开天辟地的盘古，抟土造人的女娲，尝尽百草的神农，还有蚩尤和黄帝，等等，这些远古时期的人物，都是属于那个时期的。他们都有着超乎常人的能力，给我们一种人神混居的感觉。因为年代的久远，没有太多的文字记载，导致了无法证明当时的人和事的真假。

眼前这些人类活动痕迹，让我明白了人类的发展是有着一定规律的。尤其是蚝岗人的现身，揭开了珠三角流域彩陶文化的神秘帷帐。这里的史前文明最早发现于香港南丫岛大湾遗址，此后又陆陆续续地在澳门、深圳、珠海、中山、增城、肇庆等地发现，形成了环珠江口地区的文化圈。珠三角流域的彩陶文化遗存可以分为两大类，一类是以香港大湾沙丘遗址为代表，主要分布于香港、澳门、深圳、珠海、中山等地，已有五六千年的历史，彩陶纹样以波浪、圈点、镂孔为母题。另一类是以东莞蚝岗贝丘遗址为代表，分布于东莞、肇庆、增城等地，距今已四五千年，彩陶纹样以带状纹为主体。很显然，现存600平方米面积的蚝岗遗址属于新石器时代晚期，有着承上启下的多元色彩。

20年前，发掘的蚝岗人贝丘遗址出土了一批珍贵的陶器、石器、骨器和蚌器等残件，发现了红烧土活动面、房址、墓葬、灰坑、沟等新石器时代遗迹。墓葬中出土了两具保存完好的新石器时代人类遗骸。蚝岗遗址由于文化内涵丰富，在珠三角史前考古方面具有独特的重要性，因而被考古专家誉为"珠三角第一村"和"东莞历史文化的基石"，是目前东莞地区发现的最早的人类生活遗址。将考古发掘现场与出土文物、图片和场景复原等展示手段相结合，用声、光、电、雕塑等现代艺术表现形式，真实生动地再现出5000多年前蚝岗人的衣食住行等生活情景。

毫无疑问，蚝岗贝丘遗址是东莞重要的爱国主义和乡土教育活动场所之一，为我上了生动的一课。我深深感受到它的文物资源利用，大大提升了历史文化名城的文化档次，使这处远古人类的遗址变成了传播文明的殿堂，充分体现出文化遗产所具有的无穷魅力。置身于此追根溯源，了解人类发展的历史，更激发了我一个新东莞人的自豪感。

层层叠压的贝壳，多么像一部厚重的史书呀。看来，若想读懂看透"珠三角第一村"，一朝半夕是做不到的。

八百年宗祠显辉煌

　　昔日的岭南地区人少地广，多为南越国属地，在中原人的眼里是蛮荒之地。伴随着中原人的大量迁徙，这片土地上的人员渐渐变得庞杂起来。人大多有怀旧念祖之情结。由是，异彩纷呈的宗祠文化在这片土地上如雨后春笋般地出现，成了人们精神的寄托和灵魂的归宿地。可以说，只要有家族聚居的地方，最好的建筑便是宗族祠堂。像邓氏宗祠、刘氏家庙、麦氏宗祠、洪氏宗祠、马氏宗祠、林氏宗祠，以及黄氏大宗祠、朱氏大宗祠、曾氏大宗祠、黎氏大宗祠等，都是岭南宗祠的典型代表。

　　宗祠文化，可以说，其有着显性与隐性两大类。所谓的显性宗祠文化，就是指祠堂的建筑形式，将"四水归堂"等文化理念在建筑模式上体现出来。像祠堂的石雕、木雕、砖雕和泥塑、灰塑等艺术表现形式，无不体现着宗族的观念、崇拜和喜爱，寓意着族人的美好向往及荣耀。而隐性的宗祠文化呢？就是通过宗祠形式，以族谱为载体，记载姓氏源流，追先祖功业，记宗支的派衍，以伦理纲常之道，立族规家训，制定家庭成员的道德准则和行为规范。它将本家族先人忠君爱国、孝亲睦邻、迁徙开基、勤俭持家、寒窗苦读等事迹典故，以诗词歌赋、楹联等多种形式表现出来，以教育家族后人。

　　正是岭南宗祠文化敬族、旺族的意识，引起了我对这处省级文物保护单位——东莞潢涌黎氏大宗祠的向往之情。由是，选一个好天气，驱车来到了东莞西北部的中堂镇，受辖于潢涌村的黎氏大宗祠及其古建筑群，正以古朴典雅、神态庄严的面貌，等待着我。

　　黎氏大宗祠所在的中堂镇。地理位置十分优越，属于东莞市的水乡、东江平原地区。这里地势平坦，水丰草茂，自古以来就是"鱼米之乡"。潢涌河流交错，资源异常丰富，历来盛产水稻、甘蔗、香蕉和鱼鳖、虾蟹等。来到潢涌河畔方才得知，始建于南宋的黎氏大宗祠，是珠江三角洲修建完工比较早的祠堂之一。其布局呈龟形，有头、有尾、有足，祠前三级水，六脉入村环。祠堂正对着黄旗山的巅峰，翰林院学士、族人黎溢海撰写的"门对旗峰百代慈孝高仰止，祠环潢水千年支派永流长"的门联，言简意赅地描述了祠堂的地理位置以及所有内涵。

　　历经八百年沧桑的黎氏大祠堂，主要由头门、中堂、后进组成，均为硬山顶，抬梁与穿斗混合式梁架结构。头门三间，进深两间，左右有包台，两侧有包厢。前廊施四根圆柱形红砂岩柱础石。前檐施三级跳如意斗拱，后廊施四级跳如意斗拱。中堂一间八柱，柱为红砂岩柱础，酸枝木柱身。二进深十米，前檐四级如意斗拱，后檐五级如意斗拱，悬挂有"忠孝堂"匾额，为"赐进士及第、翰林院编修文林郎、纂修玉牒，经诞日讲，官眷生陈子壮顿首拜题"。寝宫三间，前后中各二级如意斗拱，硬山顶。三进龙船屋脊均为石湾所造陶瓷花脊，两侧为灰塑。红砂岩复倾莲花柱础刻花多样，简洁明快。后进有"宋特奏进士朝奉郎、军器大监、梅外李春叟"等六名贤士所撰碑记，佐证着大宗祠始建于宋代。

　　据说，当年黎氏建祠地址是由江西风水大师赖布衣点向的。为此，还有着一段传说呢。相传，在平整祠地的时候，有一布衣芒鞋的文士站在祠地上左观右望，然后在前、中、后摆上三把交椅，接着又动身朝石龙方向走去。当时潢涌建祠的子孙们觉得此人好生奇怪，怀疑他是最近到东莞来点穴皇姑坟的赖布衣，于是赶紧派人往石龙方向追去。追至东江独树地带，派去的人才找到该先生，一问果然是风水大师赖布衣。族人于是恳请他回转指点建祠，但是他却坚决不肯再返，只是对来人说："看你黎氏宗族有无福气了，我曾摆下三把交椅，是风水地理的三元不败格局。若不曾移动，祠的三栋按照交椅方向而建，那就是在任何时代都会兴旺发达的。假若移动了，就是没有福分。"族人一听赶紧回去一看，谢天谢地，有幸三把交椅原地未动，大概也是天意吧。于是人们就照大师的嘱咐开始动工建祠，日后果然被大师言中，潢涌黎氏大兴大发，源远流长。

八百多年前，潢涌黎氏高祖黎鹏，举良贤科进士，历任翰林学士，性耿直，因谏章承旨广州路学正，于宋真宗年间由江西赣州迁徙至此，子孙后代以耕读传家在此繁衍生息，其中不乏贤良才俊、国之栋梁。据族谱记载：自宋、元、明、清以来，家族中涌现出8名进士、36名举人、600多名秀才。其中佼佼者有割股为亲人疗病受到朝廷表彰的宋代著名文士黎宿，元朝末年由历官连山教谕及德庆教授、著有《唱渔稿》的名士黎伯元，元末明初进士、刚正不阿的监察御史黎光，明朝进士、江西宜黄教谕黎派，明朝曾在多地为知县、知州的清官黎天祚，清朝翰林院庶吉士、《四库全书》纂修官、敕封文林郎翰林院检讨黎溢海，清朝嘉庆元年进士、翰林院国子监学正黎元祥，清朝道光进士、户部云南司主事、近代"禁毒第一人"黎攀镠……仰望着"黎氏大宗祠"的匾额，不由得对这个家族生出敬畏之情。

徘徊于古意盎然的潢涌黎氏宗祠里，一会儿触摸着历朝历代的碑刻，感知着一个家族的发展脉络，禁不住心潮起伏，思绪万千；一会儿欣赏着精湛工艺，以及凝聚着劳动人民渊博智慧的建筑艺术，怎么能不令我感慨万千，生发思古怀旧之幽情呢？与其说黎氏大宗祠是一处积淀深厚的宗族家庙，倒不如说是一颗文化别异的璀璨明珠更为贴切。黎氏家族的艺术，黎氏家族的文化，黎氏家族的精神，黎氏家族的内涵，一座家族祠堂又能承载得完呢？

悠悠千年，古风汤汤；潢涌黎氏，山高水长。

潢涌的这座古老的祠堂，见证了黎氏家族的辉煌。尽管时光过了八百个春秋，黎氏家族的血脉仍在延续。

触摸迳联古村落

喜欢寻古访幽的我，近年来几乎走遍了东莞大大小小的名胜古迹，特别是对古村落情有独钟，一路下来，南社村、西溪村、塘尾村、横坑村、水围村等尽被收入囊中。然而，桥头镇一个叫作迳联村的古村落却与我久拖无缘，成为我的一大心结。今天梦寐以求的愿望终于得以实现。

今天是个好天气，风和日丽，让人心情非常舒畅。安排好家中事务，我朝着地处蒲瓜岭下的迳联村奔去。该村距离莞城将近50公里，是东莞古村落中最偏远的一个，驾车一个多小时方才抵达。一踏在迳联古村落斑斑驳驳的石板路上，就有一种别样的感受，仿佛一下子感受到了它近800年的风雨历史。其实，入选"广东省古村落"名单的迳联村，是由迳背村、骆塘村、冯屋村、叶屋村联合组成的，主要的看点在迳背村。在村口池塘的长廊处，热情的村民告诉我，迳联村始建于南宋时期，村庄围场是由风水地理大师赖布衣勘鉴，由罗映奎第四子千九郎立村的。村庄因地势似"迳背"而得名，"迳背"是一种捕鱼工具。东门为"迳头"，东门再入30米左右至罗氏宗祠为"迳肚"，北门为"迳尾"。

由是，我拾级而上，自建于宋朝的"迳头"东门而入，这是一座以红石为框，一门两厢的大门楼。门楼为砖木结构，硬山顶，抬梁式与穿斗式木作梁架，檐下施以花鸟绘画以寄托风调雨顺的希冀。村民说，清朝时，门楣上曾悬挂有一木质匾额，书写着"应阳重宴"四个金色大字，并有"罗大炳赠"字样。据考：罗大炳，字炜亭，大朗松木山戴屋村人；生活于清朝乾隆、嘉庆年间，乾隆丁未年（1787）中武进士，任湖南永顺都司。大门前方有一个鲤鱼地势造型，大门口为鱼嘴，石级两边上方有两个圆形红台石为鱼眼。鱼背由麻石砌成，鱼肚由红石铺设，鱼尾则由两条麻石岔道组成。整个造势称"鲤鱼返迳"。东门地面为麻石，上面用灰沙砌成三角形状，据说以此驱挡邪风。可见，这里的先民对于居住风水是十分讲究的。当我转身回眸时，门楣上方隐约显现的"永远革命"字迹，勾起了我对战争年代该村为革命抛头颅、洒热血的深沉回忆。

沿青石铺就的村道一路前行，两旁古色古香的民居似仪仗队般排列整齐。从多家门户关闭上锁的情况来看，已经很少有村民在此居住了。虽说整个古村落显得冷冷清清缺少人间烟火，那些探出墙头的三角梅、藤萝和挺立于院落内的小叶榕，还是给了我些许生机盎然的感受。至于这村子里谁来了谁走了，又发生过几多故事那就是未知数了。不过，依次走来的有些残破的罗少彦故居、进士府邸、达生祖书室等古民居，还是让我体味到了这个古村落的古风雅韵。特别是当四房书房来到我面前时，给我的感受最为深刻。该书室为一门两间两进，分左右两间，其中左边那一间比右边的大两倍。书房有明天井，左侧有一阁楼，左边墙书"达生祖书室"五个隶体大字，尤显出此处文化味儿的浓厚。明天井至书室之间左右两边筑有一米宽的屏墙，一米高的红石基，上方至屋顶为镂空雕花木屏，左右对称。从东门出左侧30米处建有文发书室，又称新书房，或三房书房。该书房建于清代，分左右两间和前后两进，前进相通，设有明天井，左边前面矗立有一座方形的西式碉楼，折射出中西文化融合的印痕。抗日战争时期，东江纵队司令员曾生、副司令员王作尧等革命先辈，曾在此碉楼召开过秘密军事会议。因此，这处令人仰止的书房，不仅仅是培育人才的教学之处，还是为中国解放事业做出过贡献的革命圣地。

说来，最令我品味不已的还是坐落在村落北门边的罗氏宗祠，罗氏是迳背村的主要姓氏，罗氏宗祠是本村村民眼中的重中之重，故而建筑维修保护得最为完好。祠堂始建于明朝嘉靖元年，清代同治三年（1864）间重修。砖木结构，硬山屋顶，木台梁式，占地800余平方米，平面为三进呈台阶式，每进三开间，第一进为大门，二进为厅堂，三进为殿堂，供奉有祖宗牌位。"由珠玑至朗底至凤山一脉分明源源不竭；自祖宗而子孙而玄裔千支发达代代无穷"的家祠楹联，诠释着罗氏家族高高悬挂的"植德堂"牌匾之来龙去脉。祠堂正门左右立有旗杆及"太师碑""少师碑"，左边一块上刻有"光绪九年癸未进士"字样，祠堂大门的"祖孙五进士，叔侄两藩侯"门联，彰显着昔日罗氏家族之辉煌。罗氏自定居迳背以来，先后出了罗道原、罗一道、罗龙骧三名进士，故有"一门三进士"之说，而村庄也有了"进士村"的美名。

离祠堂不远的池塘旁，有一道青砖砌成的矮墙门，这便是该村的北门。红石框架上隐约可见"南宫里"字迹，相传这是明朝嘉靖皇帝的亲笔手书。说来这里边还有段故事呢：明朝嘉靖年间，迳联村罗一道考取进士后，皇帝让他留在京城南宫里教授皇子皇孙。后来罗一道被朝廷调往贵州任右政司，皇帝亲书"南宫里"赐予他。他将御书带回家乡后镌刻并镶嵌于北门，以示尊重。相传那时有一催粮官来罗氏宗祠催缴粮饷，见到北门上镌刻有"南宫里"字样后，赶紧下跪叩拜，连茶水也不敢喝一口，就慌忙向族长讲明来意便匆忙而返。据统计，自南宋起，迳联共出了五位进士，最后一名进士是罗龙骧。至今在桥头镇婆归岭下还保存有他所居住的"进士第"呢。

别看迳联村位置偏远，与外界交流的理念却是超前的。早在清光绪二十四年（1898），德国理宣崇牧师就在这里建立了占地660多平方米的基督教福音堂。只见主体建筑宏伟，楼高三层呈"凹"字形；东侧楼房三层半，底层为地下室；周围走廊贯通，东北侧是长廊式楼房，并排六间两层，有写字楼、接待室和厨房；西北面是礼堂和办公室。办公室分招待室、藏经室，入门左边是钟楼，目前传教活动仍在正常进行。古朴的教堂又给我传递出另外一股来自异域的信息，让我着实讶然不止。由此可见，迳联村不仅有着令人惊叹的罗氏家族谜般的人文历史，还蕴藉出一种令人称奇的多元文化元素所叠合杂陈的景观。山上的薰莱亭远远望去檐角飞扬，极富中国传统寺庙建筑韵味，那是数百年来村民日常敬神祈福之地，再加上天主教堂和基督教堂的文化融合，这种一村多元化的文化现象实属罕见。

常言道"物华天宝，人杰地灵"，这话一点都不假。迳联村山清水秀、风景优美，整个古村落的建筑高低错落，韵律十足。加之池塘、山林映衬，构成了一幅迷人的古村落风情画卷，因此成为影视剧的拍摄之地。《情浓大地》《冷暖两心知》《我来自广州》《军魂》，以及《代理市长》等影视剧，都来此取景。游走于此，让我不但享受到了美丽的风景，还领略到了迳联古村落的无穷魅力，令我沉醉不已。

东莞有座却金亭

东江岸边有条光明路老街，对我来说再熟悉不过了。这里是东莞最早的美食城，过去经常和亲朋好友光顾于此。然而，却从没有发现在光明路与教场街交叉口处竟然有一处被忽略了的古迹，对我这个喜欢名胜古迹的人来说真是个莫大的遗憾。一个夕阳西下的傍晚，"却金亭"走进我视野的时候，大有似曾相识的感觉。

说来，"却金亭"这三个字对我并不陌生，福建长泰有，浙江温州、余杭有，江苏盐城有，湖北襄城也有，据我所知，类似的亭、台、碑、碣不在少数，都是为为政清廉的旧官吏树碑立传，讴歌他们两袖清风的。由之，县令王确、赵佩，两淮运盐使范鏓、知府文林等清官也成为我景仰的典范。眼前的"却金亭"又有着怎样的故事呢？

明朝的时候，这里是一支军队训练的演武场，也叫教场。由于演武场不是经常有训练，当地政府为了能增加收入，允许附近的人来这里临时搭棚做买卖，就变成了教场墟，教场街也就这样形成了。当时明朝皇帝取消了商贸，变成贡贸，外国商船要将贡品送上广州再送上朝廷，必须经过东莞，在东莞这个地方停留。通常进贡时，货物由地方的长官抽查，能够作为贡品的送上广州，不能作为贡品的就允许在当地贸易。却金亭碑的碑文就记述了明朝嘉靖十七年（1538）番禺知县李恺来东莞交叉检查外贸时的情况。当时恰逢明代海禁趋于收紧阶段，官府对外商船舶设置了种种苛刻条件，有的官员乘机盘剥外商，或胡乱罚款，或索要贿赂。有感于种种流弊，李恺上任后对下属规定，对外商船舶，不得强行封船，不得从中抽分，不得索取钱财，亦不得强行拉差，严禁骚扰。这次，李恺查验外商船舶货物，处事公正，待人诚信，令外商心生感激。暹罗（今泰国）商人奈治鸦看邀集外商，筹得一百两白银送给李恺，李恺坚辞不受。无奈的奈治鸦看又来到广州，禀请巡按王十竹批准，请求用这笔钱立碑建亭，以表彰李恺的廉洁行为。得到王巡按批准后，奈治鸦看在当时东莞最繁华的教场旁筑坊、悬"却金匾"，名为"却金坊"。虽然却金之事不在少数，然而这种由外国商人出资建立却金坊、亭的现象，却是极其罕见的。

说起李知县，有必要赘言几句。他本名李恺，字克谐，号抑斋，福建惠安县螺城镇西北街人。明嘉靖十一年（1532）中进士，历授番禺县令、礼部稽勋司主事、兵部车驾司郎、湖广按察副使。后因不满朝政黑暗、邪佞当道而解绶退归，筑宅第于县城，过着"我有东山亩，飘飘自不群"的隐居生活。李恺退归时，家乡沿海经常遭到倭寇的骚扰掠夺。他便与民兵一起修筑城池，以防倭贼。嘉靖三十七年（1558），倭寇数千人入闽，劫掠福州、福清、莆田之后，又直逼惠安城。当时，邑中的大姓殷户大多逃难他乡，正好县令又卸任离境，接任听说敌情后，托故避于泉州，县里的一般官吏谁也不出头，闹得人心惶惶。李恺见此情况毅然担当首领，与乡党同仇敌忾，英勇抗敌。他身先士卒，冲锋陷阵，保住了惠安城。由于他在抗倭守城战斗中表现突出，广东参政郑一龙专门为他撰写了《全城功德碑文》。李恺享年81岁，有《介山诗文集》12卷留世，文章经铨选入《四库全书》，时人誉其"文追西京，诗步渊明"。

说到却金亭，历史上，琉球群岛上也曾有大量为中国官员修建的却金亭。琉球从隋朝时起就与中国有往来。自明朝洪武十六年（1383）起，历代琉球王都向中国请求册封，这种关系延续了整整五个世纪，直到清光绪五年（1879）。前往琉球举行册封仪式是一项非常艰巨的使命，两国看似隔海相望，却是航路险恶，有"浪大如山，波迅如矢，风涛汹涌，极目连天"的危险，随时都有葬身大海的可能。早期册封使者的船上甚至载有棺木，并将银牌悬挂于棺首，上面写有某某某使棺，以防途中遇险，好有葬身之所。册封使克服种种艰难险阻到达琉球，带来了中国的特产与文化。它们深受琉球朝廷的欢迎，常以重金回赠。使臣们明白自身的清廉关系到国家的形象，大多予以婉言谢绝。琉球朝廷敬佩使臣们的清正廉洁，曾数次在岛上为使官们修建却金亭，以表彰他们的清廉高洁。

光明路与教场街交界处的这座却金亭，自从建成之日起便受到后世的推崇。嘉靖二十年（1541），东莞县丞李楣认为李恺拒收重金之事，立德立公，应该大力弘扬。他又请王希文撰文，立了一方《却金坊记》碑。然而作者为了讨好李楣，所撰碑文对"却金"一事的着墨寥寥无几，而关于李楣立碑颂扬此事的缘由以及自己的一番畅论，却笔墨不少。第二年，巡按广东监察御史姚虞来粤视政，据《却金亭碑记》载："（姚虞）盖数闻却金事，及历东莞，又见却金扁（匾），于心实慕焉，驻马迟回久之。盖重感李子之政，良心之在诸夷未尝泯也。"这时，正好在旁边的知事蔡存微对他说："扁（匾）以旌廉，盛事也，不有碑之，吾惧其偬焉圮也。"姚虞也颇有此感，并且亲自撰文，"记其实以贻不朽"，并在教场左建立却金亭置碑。眼前的这座却金碑亭，实际上是由另一个东莞知县蔡存微于嘉靖二十一年（1542）所立，巡按广东监察御史闽惠安刘会重修的。前一年东莞县丞李楣所立的"却金坊记碑"，早躺在了东莞市博物馆里，接受着人们的凭吊呢。不过，无论"却金坊记碑"，还是"却金亭碑"，所说的内容都是"李公之德政"，口径是一样的。

如今，这处记载了明朝时期东莞给外商创造良好投资、贸易环境的史实，反映文明廉政形象的人文景观却金亭碑，已被列入全国重点文物保护单位。它以其独特的价值向世人讲述着封建社会吏治制度的可取之处，同时也提醒着今人"公生明，廉生威"的为官之道。据悉，有的"却金亭"已经湮没于历史的尘埃中，不过"却金亭"现象所折射出的古代贤官廉洁品格并不会消失，永远值得后人的铭记和弘扬。就让我用在福建长泰却金亭看到的那首短诗作为结束语吧："为官一任留政声，浊渭清泾自分明。百姓心中有杆秤，千古传诵却金亭。"

回眸，绚丽的夕阳中，却金亭刹那间巍峨高大起来。

走近逆水流龟村堡

前蝶岭后龙潭山水钟灵凝秀气
左莲峰右虎海云霞蒸蔚焕文章

这副绛红的喜庆春联，将眼前这座龟形古堡的环境、特色一语点明。这是我在辛丑正月来到虎门白沙村见到逆水流龟村堡时见到的第一景象。

逆水流龟村堡，四周环水，壁垒森严，是一座典型的明代方形广府围村建筑。它是由虎门白沙人郑瑜于明末崇祯年间所建，外形酷似一只乌龟浮于水面。该形制是中国传统村落"仿生物象"的典型代表，据传古堡选择地理位置时专门邀请了形家风水先生给予勘察地势。一般来说，中国的传统风水理论分为形势派和理气派，勘察此地的"形家"即为形势派。其认为此处宅地虽已有河水从背后流淌过来，若背后有山就更好，当时那里是一片平地，暗藏杀机，必须借用造型来抵挡煞气。于是整个村堡就以龟的腹甲形制建造，且龟寓意长寿。龟头向北，北面是龙潭水，意指乌龟游向龙潭，风水喝形为上水龟形，这便是"逆水流龟"的出处。

村堡的营建者郑瑜，字楚玉，天资聪慧，机智过人。崇祯三年（1630）中举，翌年考取进士，授吉安推官，颇有政绩。因其治乱有方，先后出任太平知府、山东按察使、七省粮道等职，官至太常寺少卿，四品衔。明朝末年，相传郑瑜解银上京，途中遭遇劫匪，其果断毁船沉银，日后捞起带回家乡白沙。当时世道兵荒马乱，崇祯帝自缢身亡。郑瑜为适应需要，在家乡大兴土木，并拆村南数十里烽火台，将青砖运入营造仿明式城堡村廓，以保族人安全。该建筑群规模宏大，结构严密，城垣内置民宅数十座，配有兵房、马厩、庭院、行宫，城周挖护城河。正门上，郑瑜亲书的"里闾保聚"，含有反清复明、保家卫国之意，至今，仍以严肃的面孔观望着前方。

村堡的正门前面是一道水泥桥，以前的桥梁为木质结构，它既是出入村堡的唯一通道，也是这只逆水流龟的龟尾。村堡四角的小楼堡为龟的四足，北面高出护墙的堡垒楼则是龟头，青色堡垒楼上的红砖则是龟眼。堡门一侧的那棵根系裸露的粗大小叶榕，俨然一个忠于职守的护龟哨兵，审视着每一个进出村堡的人，生怕有坏人混入似的。

村外的游览简介写道：村堡呈正方形、坐东北、向西南，占地面积6889平方米，边长为83米。村堡四周是高6米、厚60厘米的护寨墙。古堡布局为一中巷并列四条横巷，72座房屋分布在中巷两边，四周围墙内的小房子均为马厩。堡内建筑俱是砖瓦平房。四周是18米宽的护村人工河，因四周环水，故而人们又称该村堡为白沙水围村。

顺龟尾走进堡门，一条宽两米的南北走向的直巷伸展开来，一眼就能看到直巷的尽头。直巷并列开来的横巷分列两边，各宽1.4米。这些纵横巷道，多么像龟的背纹和腹甲纹啊。统一格局的房屋分布在直巷两边，经过几百年的风吹雨打，屋上的石刻雕花已残破不堪、所剩无几。

堡内的排水系统、水井设置非常合理，最为神奇的是村内纵

一座颇似龟形的庄园，静卧在浑浊的水面，满满的历史文化，唯有从这狭小的石门里透露出些许。

横交错的排水沟，这些宽约20厘米、深约10厘米的排水沟，每到下雨时，积水均由支线排水沟汇集进南北主渠道内，再从主渠流向龟尾的护堡河中。据在堡内居住了几十年的老人说，这么小的排水道无论下多大的雨，雨水都能及时排走，房屋从来没被水淹过。德国、韩国的有关专家曾多次派考察团前来考察村庄内的排水渠系统。

正在井边汲水的村民告诉我，直巷尽头左手边的破旧房屋，就是古堡创建人郑瑜的居所。我看到，大部分房屋已经倒塌，一派破败不堪的荒凉景象。屋内有一淤塞的井，相传是可直通村外的暗道，以备主人在紧急关头逃身之用。由此可见，曾与清军多次交战的郑瑜对村堡的设计考虑是何等的周密啊。游走在一条条细巷里，不经意间就会撞上一处装满故事的宅院。在三间两廊的太子屋前，当我看到入口墙角装饰精美的璎珞和雕工细腻的檐板时，怎么也不会想到，这里居然是明末崇祯皇帝儿子的避难之处。处于龟身"中甲"位置的古井，一米多宽的井口中井水澄澈如镜，永不干涸，是全堡人活命的依赖。另外还有的四口井都是摆设而已，仅作为逃生功能使用。

村堡里的房屋大多数都是开放的，可以随便走进一座宅院进行游览参观，甚至还可以登上二楼。堡内的房屋受空间制约，既狭小又潮湿，而格局却各有不同，似乎每一处房屋都有着属于自己的个性。最简单的格局是单间，即一座房屋就只有一个房间。比较简单的格局如三开间，中间一个厅，两侧各有一间小房。而复杂的格局却让人有一种在房屋内捉迷藏的感觉，从门口到天井，从厅堂到小房，曲折的路线，串联着一个个小小的空间。这里的房屋层高都比较高，一般屋内都会架一层木板，建造成阁楼。阁楼有半开放式的，也有全封闭式的。全封闭式的阁楼覆盖了屋内的整个空间，只留下一个方形出入口，借助一张木梯攀爬上下，就像是前往楼房的二层，又好似北方小姐的绣楼，我不知道这上面是不是女子的闺房。

行走在古老的水围中，房舍、街道、空间，处处都有让人透不过气的感觉，总有一种禁锢、压抑，甚至令人窒息的氛围笼罩着周围。被高墙逼窄的巷口处，蜷曲屋檐下的老奶奶像雕塑一般，静止地与沧桑老宅融为一体，形成了一幅油画；井畔洗刷的大哥将蒸蒌、鱼笼、竹篱、箩筐等老物件分散开来，一把破旧的竹椅则把他安定在脱落墙皮的一角处，与这些伴随他生命时光的生活用具浑然一体，构成了一道挂满尘埃的泛黄岭南农家图；这处夹杂于村堡的断墙残壁破败院落，荒草侵占了角角落落，有几棵茂盛的野生桑树，发紫的桑葚令鸟儿们欣喜雀跃、鸣叫不已，给这沉寂的古老村堡带来了些许生机。斜阳里的宅院门前，一位佝偻着身子的老爷爷正在添柴烧水，身边陪伴着一只可爱的猫咪，看得出老爷爷已经在这里生活多年，经历了岁月的洗礼，一直延续着最初的生活习惯。旁边房屋已经倒塌，残留着门框、石柱的地基，演变成他收获蔬菜的园地。不管怎么演变，高大的墙体始终将这些人、这些房围困在这方小小的天地间，像对待笼中鸟一般捆绑住他们的翅膀，一生也走不出自我封闭的围墙。不知道，当年营建水围的郑大人是否想到了他后人如今的情况？

　　走出围墙是一片广阔的天地，虽然到处是林立的楼厦，这只匍匐于水面的乌龟还是能够叫人感受到袖珍城池的标新立异，以及它带给人们的诸多回忆与遐想。站立在龟尾的我，竭力追寻着历史的天空：堡主一声令下，吊桥缓缓收起，龟村堡马上进入防御状态，高墙上的炮眼随时准备喷发火力，俯视着对峙于人工河外的敌方。这里是否曾经发生过战斗，又是否演绎过几多与之相关的故事，我并不清楚。但那挂满绿苔的坚固高墙，以及北围墙上的残留弹孔，已足够让我感受到古人守护村堡的决心与力量。

　　晴空丽日，朗朗乾坤。眼前的村堡不用再肩负使命，与村民们一起变老便是最好的归宿。

三访文烈张公祠

　　喝了二十多年的东江水，手里捏着东莞人的户口本，至今仍生活、工作在这片古老而又青春焕发的土地上，说我自己是名副其实的东莞人一点不为过。正是基于这种乡土情结，这里的山山水水、历史文化、民俗风情、人文景观方才一一走进了我的视野。

　　一次偶然的文学聚会，文友们谈到了明末清初"岭南三忠"之一、南明抗清将领、爱国诗人张家玉，交谈中我知道了他就是东莞人，并且就住在离我不远的村头坊。由是，这位可歌可泣的历史人物引起了我的极大关注，亦衍生了我的"三访村头坊"之行。

　　时过境迁，沧海桑田。昔日的张氏故里村头坊永宁里到底在哪里呢？问朋友，搜网页，查资料，总算打听到了与其有关的文烈张公祠和天街牌坊的点滴，并用导航软件确认了其具体位置，想不到的是村头坊竟然就在我居住的小区的不远处。可是当我驱车来到这里时，向多个当地居民打听，他们不是摇头就是摆手，没有一个知道的。最后又来到了辖区派出所、村头坊居委会问询，还是毫无结果。后来，我使出浑身解数来了个东莞普查，这一查不要紧，叫村头坊的地方竟然多达5个，不仅仅城里有，就是横沥镇、虎门也有。最后经过史料比对，确定了位于东江边的万江社区村头街一带就是历史名人张家玉的家乡。这天下班后，凭吊先贤的那颗心又驱使着我一路询问着来到了村头街上，逢人就问文烈张公祠或天街牌坊在哪。可是村上的人都说古迹只有观音庙和关帝庙，并没有什么张公祠和牌坊，最后一位年近古稀的村民告诉我，文烈张公祠和天街坊早在五十年前就被拆除了，现在村上的人大部分都不知道了，之前具体位置就在横街前边。说话间，夜幕已经缓缓降临，街上几乎没有了行人，无奈的我只好打了退堂鼓。

"贼心不死"的我，有着一股不到黄河心不死的执着。今天休息，我又想到了明朝诗人张家玉，于是吟诵着他的《燕郊春暮》一路寻来，任由"晓来清梦破梨云，帝苑余芳尚带芬。雨雨风风空善妒，莺莺燕燕自为群……"的诗韵弥漫心头。有了前两次的失意，这次心里有了底气。一进"村"就直奔观音庙而去，我知道信奉菩萨的多是些心地善良的老年人，从他们的口中肯定能够获取有价值的资料。果然不出所料，在庙前遇到了出来散步的古稀老人何阿姨，我说明来意，她十分热情地说："文烈张公祠在20世纪的70年代初就被拆除了。我是邻村的，后来嫁给了这里的张姓人家，小时候曾跟着大人到文烈张公祠祭拜过张家玉，每年春秋两祭。"我们一边走，何阿姨一边向我介绍。

我大体归纳了一下：文烈张公祠建于清光绪二十一年（1895），是张氏族人为纪念增城侯张家玉，集资将张家玉故居改建而成的。大门前的对联是："翁山取义；莞水留芳。"头进屏风上的对联为："怒发冲冠，五凤楼前惊逆贼；鞠躬尽瘁，翁山赴敌一睢阳。"祠堂虽不大，门前左右蹲守着一对精雕石狮。祠堂分两幢，正堂上悬挂有"念兹堂"木匾，神楼立木神主，书"明赐进士及第，历官翰林院庶吉士，兵部尚书，右副都御史，太子少保，东阁大学士，吏部尚书，太子太保，武英殿大学士，增城侯，谥文烈，芷园公之神位"。旁边配祀"璩子公讳家珍之神主"。

香案整齐，庄严肃穆。东西墙壁上分别嵌有张家玉的石刻遗墨及名人屈大均写的《增城翁山城战殁》诗句。神楼前有一副"勤王兴无敌之师，救抚州、保新城，屡见先声赫赫；临难守不屈之节，拒军门、骂闯贼，足微正气堂堂"对联。石柱上亦挂有两副抱柱楹联，一联是"溯溯初，书传三略，鉴进千秋，将相勋名光竹帛；看其后，国报一身，侯封四代，云仍忠孝壮乾坤"，另一联为"万户侯安足道哉，当日取义成仁，只事事求完厥志；奇男子岂无种也，他对存忠尽孝，幸人人能显其亲"。此祠地处村口、东江岸边，有水松环绕，老榕浓荫，江声松涛，遥相呼应，香火缭绕，蔚为大观。

当何阿姨带领我来到昔日的文烈张公祠旧址时，这里早已被现代化民居所替代，离张家玉故居不远的"天街"牌坊也早已不知去向。何阿姨为我比画着文烈张公祠的形制时，我的眼前不由得幻化出一幕与之相关的图影：崇祯十七年（1644），吴三桂引清兵入关，张家玉携崇祯的两位太子隆武、绍武被迫逃难于此，安排两人在他的家里躲避。日后，唐王称帝福建，年号隆武。人们为纪念他的躲避之地，将他生活过的张家玉门前这条不过百米的街道，称为"天街"，意为天子走过的街，并立坊纪念。可惜，它的命运与文烈张公祠一样，俱在同一时期走到了尽头。

何阿姨一边叹息着，一边又带领我向流淌不息的东江边走去。今天的东江岸边花木葱郁，曲径蜿蜒，亭台廊榭，环境优雅，已经被打造成人们休闲娱乐的好去处。我们在一处凉亭前停了下来，何阿姨指着两只蹲坐在花丛中的石狮子说："这就是过去文烈张公祠门前的旧物。"两头精雕细琢的狮子，一雌一雄，相隔两三米，嘴巴半张，威武凶猛，动感十足、活灵活现，可谓石雕艺术之精品。凝视着文烈张公祠唯一留存的附属物，张家玉那短暂而光辉的形象又浮现在我的眼前。

　　张家玉，字元子，号芷园，于明朝万历四十三年十二月十三日（1616年1月31日）出生于东莞县城西北村头坊一个贫穷的家庭。其生性聪敏，是个貌似潘安的大帅哥，精通经文诗词书画，行侠仗义，结交甚广，"好击剑，任侠，多与草泽豪士游"，这一点对他日后影响很大，跟张苍水有得一拼。他19岁考取秀才，22岁乡试中举，29岁中进士，授翰林院庶吉士。弘光元年（1645）五月，清兵攻破南京，张家玉逃到杭州。闰六月，唐王即位于福州，改元隆武，张家玉被授为翰林院侍讲，兼编帝王起居注。七月初，隆武帝亲征江西，命张家玉为兵科给事中，监督御右营永胜军。十一月，清军围困抚州，张家玉率军驰援，用埋伏诱敌计，先在许湾后在千金坡，接连大败清军，解抚州之围。后受命到广东潮、惠二州筹饷招兵，被委为新军监督总理，在潮、惠招降农民军十万余人，选取其中精壮万人组成五个营。不久，隆武帝在汀州被杀，因大势已去，张家玉于八月回到东莞家乡。十二月清军攻破广州，清朝官府多次派人到张家玉家劝降，均被他严词拒绝，后其与陈邦彦、陈子壮等相约聚兵广州附近为牵制。永历元年（1647）清军入莞，到处烧杀抢掠，引起东莞人民强烈反抗，水乡一带人民纷纷组织起来抗清，道滘首领叶如日派船迎张家玉，尊为主帅。他精选骁勇乡兵五千余人，誓师抗清。三月十四日，张家玉率义军攻入莞城，活捉清知县郑鋈，任命原明朝东莞儒学训导张玿为知县。三月十七日，清广东提督李成栋率大军攻东莞，张家玉率义军先后与之大战于万江和道滘，不敌，败走西乡。其祖母陈氏、母黎氏及妹石宝俱投水自尽；妻彭氏被抓，不屈而死。后来，张家玉的义军不断得到补充，曾先后攻克新安、博罗、连平、归善、增城、长宁等地。十月，李成栋集中大军扑向张家玉驻地增城，双方大战十天，张家玉身中九箭，不愿做俘虏，遂投塘而死，壮烈殉国，时年仅31岁。次年，南明永历帝追赠他为太子少保、东阁大学士、吏部尚书。不久，又追赠其为太保兼太子太保、武英殿大学士、增城侯，谥"文烈"。

我对这些充满血腥的战事一点都不感兴趣，甚至不愿谈起，倒是对张家玉的文学成就有着浓郁的兴致。因此，《张文烈公军中遗稿》和《张文烈公遗集》才是我的最爱。每每咀嚼着其《夜坐》《相逢行》《怀内》《銮江抱月》《真州寄园》时，总有一种澎湃的激情涌上心头。试想，读着"往事肯随春梦散，斜阳犹忆木轮东""记得深夜烛灭时，光艳犹堪照一室""冰心万里遥相映，一任缁尘变素衣""少妇夜深休闭阁，行人多向梦中归"……立于此地，能不浸沉于他所营造的诗意中吗？

不知谁哼唱着《三国演义》的主题曲朝这边走来，"滚滚长江东逝水，浪花淘尽英雄，是非成败转头空……"伫立于石狮旁的我，望着流淌不息的东江水，无力地摇了摇头。蓦然间，仿佛张家玉穿越时空又回到了他的家乡，来到了这波浪起伏的东江边，吟出脍炙人口的《过荒村》诗句："野冢蓬丘指顾中，青山断送几英雄。卧龙跃马今何在，博得浮名总是空。"似乎先生早已看透了整个世界，明白了"博得浮名总是空"的道理，方才感叹创作出这不朽的绝唱，让其永远回响在故乡的天空。

邂逅郭真人古庙

　　一次我去虎门镇白沙村逆水流龟村堡采风时，竟然意外地邂逅了一座郭真人古庙。

　　本来去古老的白沙村是寻古访幽游览有着400多年历史的水围古堡和洪圣古庙，不承想却"撞"进一座休闲娱乐的真人公园，更不会想到在这个公园里还藏匿着一座580年前的古庙，以及感人至深的历史故事。

　　闲来无事，喜欢名胜古迹的我忽而记起在林则徐硝烟之地的白沙村，还有座预防战事的古村堡，以及建于宋朝的郑氏"始祖"大宗祠，由是安排好事务驱车前往。凭借便捷的交通工具让我不到两个小时就到达目的地，在既熟悉又陌生的白沙村闲逛起来。我知道，这里与虎门离得很近，是明朝太常寺少卿郑瑜的故里，有着深厚的文化底蕴，说不定会是个休闲娱乐的好去处。抱着这样的心态在百度上搜索，发现不远处有一座真人公园，这不同一般的名字，立即勾起了我的好奇心。

　　导航，前后不过五分钟，一座高大的四柱三门石牌坊便以其古朴庄重的面貌出现在我眼前。进得牌楼大门，道路两旁整齐有序地并列着十二生肖雕像，它们像仪仗队似的夹道欢迎我。虽然是万物复苏的春天，宽敞的道路上却落有不少的黄叶。道路的尽头，有座太极八卦图的照壁在传递着道家奥秘，加之所配的"双龙卫乾坤，八卦涵宇宙"对联，给人一种天地玄幻的神秘感觉。照壁后面，悬挂着一口厚重古老的大铜钟，在阳光的照射下泛出幽幽的蓝光。不远处，还有棵粗大的木棉树好像在熊熊燃烧一般，似乎在昭示着什么。

前来游园的白沙村居民林大哥告诉我，真人公园的名字源自公园内有座郭真人古庙。他热情地向我介绍说："郭真人古庙始建于明宣德七年（1432），清道光十九年（1839）重修，至今已经有近六百年的历史了。"初以为，郭真人是东北道教龙门派开山始祖郭守真，对于他我还是略知一二的。郭守真，字致虚，法号静阳子。明代江苏省丹阳县定远村人。天资聪明机敏，读书过目不忘。青少年时代便立志修行，隐逸名山，视功名利禄为过眼烟云。他24岁出家辽东，一生学道、修道、悟道、传道近80载，卓坚弹力，玉汝于成，将龙门派道统弘扬光大，终于成为东北道教的开山祖师。

林大哥听罢我对郭真人的介绍，摇了摇头解释说："这里的郭真人，叫郭都，号自然，是陕西兴元府人氏，精通三教。宋理宗年间随任广东按察使的父亲游览至东莞，喜爱深溪龙潭（今虎门镇新联村附近）胜地景色，于是便结庵隐居下来。淳祐八年（1248），虎门一带久旱不雨，郭都为救民于难，积薪自焚，以求苍天降雨。他的行为果真感动天地，甘霖普降，解决了当地的旱情，乡人感恩郭都，以其故居做祠奉祀，郭真人古庙由此生成。"

说话间，坐东北向西南的古朴典雅的郭真人古庙就出现在了我的面前。这是一处三间二进二廊合院式布局的庙宇，面阔7米，进深14米，面积98平方米。砖石木结构，硬山顶建筑，穿斗式梁架结构。碌灰筒瓦，青砖墙体。门楣上的红砂岩石匾额镌刻有"郭真人古庙"字样，两边的红砂岩石门框刻着"度黄岭以修真雨起龙潭沾圣泽，过白沙而访友云飞凫舄驻仙踪"的对联，言简意赅地道出庙主为民造福的丰功伟绩。除了现存的郭真人庙，还有三圣宫一间、土地庙一间、玄帝庙一座。古庙于1993年6月22日被公布为东莞市文物保护单位，是研究岭南古建筑和民间信仰的实物资料。

我来得不是时候，庙宇正在大规模整修。神台上的郭真人塑像被施工人员用红色绸布遮盖了起来，让我无缘朝拜这位民众崇拜的英雄。不过，我还是在施工现场的墙壁上见到了镌刻于清道光十九年（1839）的《真人古庙重修碑记》，让我对郭真人古庙有了大致的了解。碑文说："粤稽：黄石赤松身安大隐、五羊双燕幻出奇观。及乎安期卖药而来，梅福逃名而去，类皆超然尘埃之外。身不与人近，而人亦莫得亲之。无由报其德而表其诚。惟郭大仙都真人神游于绛阙瑶宫，渺不可即。而灵显于间阎蔀屋，历久不忘……"

当我吞咽下这洋洋洒洒的一千七百多字，顿时一股景仰之情油然而生。郭真人舍身为民的精神，勾起了我的好奇心。当我向林大哥请教郭真人当年焚身祈雨之地时，他指着庙前五六米的一块平台说，老人们口口相传，那里就是郭真人升仙处。我顺着他手指的地方看去，除了一座香火缭绕的香炉，并没有什么特别的地方。然而，在我的心中却涌动起难以平静的浪潮。

怀着对郭真人的崇敬之情，我寻找着有关他的蛛丝马迹。不经意间，果然在不远处的影壁墙上见到了一则《真人公园记》石刻。于是便一字不落地看了下去："真人公园，坐落白沙腹地，山兜坡阳。古为海隅，鱼翔舟泊，溪山弯抱，江海相通，胜地也！如今公园开五十二亩，含坡衔庙，漾翠凝芳，古庵借新圃益彰，公园借名庙冠名。古云：山不在高，有仙则名；此谓：庙不在大，有神则灵。宋季有郭都者，号自然，兴元府人，博通三教，浪游入粤，喜乡背深溪山幽，龙潭水圣，遂结庵修道，惠泽群黎。有年，粤中奇旱，千里焦土，然公积薪自焚，感应天庭赐雨，德泽人心，故以感应真人誉之。从此每逢水旱灾患，乡民结对深溪，烙铁投潭，祷之辄应。至明宣宗宣七年（1432年），冬，乡人郑信与侄郑华等人，佥议复故庵，奉真人，卜址山兜坡阳肇建殿宇；白沙巡检尹清，又不远千里奉书征文；乃得南京礼部左侍郎、邑人陈琏执笔为记，幸也！是后五百余年神庙名传，百乡千村祈福消灾者络绎不断，民间尚善积淀庙堂文化，流传真人感应诸多佳话，使之列入当代文物保护范畴。鉴此，吾乡集议捐资，重修殿宇，

林则徐虎门销烟的壮举耳熟能详，郭真人积薪自焚的事迹千古流传。虎门之行的一次邂逅，被郭自然救民于难的一幕感动不已。

辟地建园，以园护庙，以庙可园。是举倡行，里外乡亲，驻乡百业，踊跃解囊，善款纷至，遂于2007年冬竣工开盛。真人公园，名园也！精工巧构，村容焕彩。牌坊宏伟庄重，迎祥挹瑞，围墙青砖典雅，锦瓦流霞；园内亭台廊殿，交辉生趣；眼中梅兰竹菊，叠翠飞红；休闲赏景，极富青春韵致；怡神养气，史益高寿延年。或而添一盏灯油，祈一桩美愿；点一炷香火，祷一方平安；心顺气和，共建升平盛世；人康业旺，同创家富国强。公园垂成，大众翘指；厚德载物，毓秀钟灵。书此为记，附列捐资芳名志善。"

　　读罢这则言水撰文的全面概括园貌的碑记，我对整座庙宇的历史、文化、地理以及当地的民俗风情，有了较为详尽的了解。更加激起了我对郭真人舍身救民于厄境的敬佩之情，不由得冲着高埠之上的郭真人庙投去了景仰的目光。恍然间，与郭真人同时代的著名文学家马默穿越时空，吟诵着《思郭真人》飘然而至，那抑扬顿挫的千年诗韵响彻百越故地长空："郭也三峰秀，文章似性淳。汶阳初识面，谓我旧相亲。题诗叙游隐，于今经几春。有家归未得，西望涕沾巾。"饱含情感的诗句飘荡于寺庙上空，振聋发聩，经久不息。

芙蓉古寺蕴玄妙

东莞东南部，有一个因东江支流黄江河而得名的乡镇，叫黄江镇。镇上有一座山叫宝山，古称"虑山"或"芦山"。该山横贯黄江、樟木头、塘厦三镇，笔架顶为主峰。环绕着笔架顶，分布着蓝坑山、水坑山、横坑山、凤凰山、黄象山、蚺蛇山、马鞍山、莲花山等十余座大小不一的山头。我对这座山的兴趣，源自东莞八景之一的"宝山石瓮出芙蓉"。此景观就在宝山主峰的笔架顶西北山麓。

昔日，风景优美的宝山下有座规模宏大的芙蓉寺，寺院的两侧有两道溪流潺潺淌过，于距寺40米处交汇合注，直泻中空的石瓮形巨石，水花四溅，声响如雷，状若盛开之芙蓉，煞是奇妙，蔚为壮观。引得文人墨客争相观看，"宝山石瓮出芙蓉"诗句由此景而得。其实，最早的芙蓉寺叫"芙蓉庵"，这是从原寺庙旧物幽冥钟上的铭文中获知的。这件浇铸于明代崇祯十二年（1639）的文物，不仅仅告诉了今人原来的旧名，还记载着当时的庵中主持叫直庵和尚。

寺院的始建年代虽已不可考，与之相关的"宝山"一名，最早见于东晋时期。此地古属宝安县管辖，而"宝安"县名正是源自宝山。宋朝史料有着"山有宝，置场煮银，名石瓮场"的记载，此"宝"为银矿肯定无疑。南宋末年的东莞县丞张登辰，曾经夜宿宝山，并写下了一首脍炙人口的七言律诗，记录了当时的情景："堂虚四壁风萧骚，山激万窍声嘈嘈。巨灵约束虎豹遁，飞帘叱咤蛇龙嗥。麻姑搔痒十指爪，王母分赐千年桃。酒酣横卧北斗柄，鹧鸪咿喔蟾蜍高。"从张县丞的《夜宿宝山》诗上来看，当年他作为收缴赋税的政府官员能够夜宿于此，说明宝山这地方有居住条件，极有可能是炼银工坊的所在地。古人视金银为天地圣灵之物，在劳作场所旁修建一处崇拜的地处，自在情理之中。我揣摩，这大概就是"芙蓉庵"的雏形吧？

东莞的旧八景，除了个别景点残存外，有的早已物是人非，有的名存实亡，像"市桥春涨水流东""凤凰台上金鸡叫""靖康海市亡人趁""觉华烟雨望朦胧"，则直接走进了历史深处，不见了踪影。当然，随着人们审美观的变化，应运而生的"松湖烟雨""古塞飞虹""虎英叠翠""板岭凝芳""金沙漾月""莲峰赏鹭"等新八景，又以令人惊艳的美姿出现在人们的视野中。那么即将与我谋面的"宝山石瓮出芙蓉"，其情形究竟又怎样呢？

呼吸着清新的空气，怀揣惬意的心境，自东莞一路寻来。历经兵火匪患、社会动乱、斗转星移、天翻地覆之变化，曾经香火旺盛，绵延400多个春秋的古寺庙及名胜遭到了一定程度的破坏。特别是晚清至民国年间，伴随着西方列强和日寇的侵略，强盗们得知东莞宝山盛产白银，于是先后前往宝山毁山寻银，造成了美景与名刹尽毁于一旦的悲剧。当我聆听明天顺五年（1461）东莞知县吴中与好友同游宝山写下的《宝山石瓮》律诗，似乎还能感受到昔日美景的点点滴滴："天公造化迹莫窥，有石如瓮何神奇。山灵终古为呵护，乌获有力应难移。寻幽来此停骖久，瓮底泉声雷怒吼。宝山云暖松花香，疑是仙瓮酿春酒。"按图索骥，呈现在眼前的情景是溪水断流、满目疮痍，"石瓮"不见踪影，"芙蓉"

风景不再。与我同等心境，前来寻找"宝山石瓮出芙蓉"奇观的游客触景伤怀，无不垂头丧气，叹息不已。自然风景虽然没有了，命运多舛的芙蓉寺，却欣逢盛世劫后重生，焕发出新的容光。

今天的芙蓉寺，规模宏大，气势雄伟。高大的山门上悬挂着巨大的"芙蓉寺"匾额，"宝山蕴灵叶秀脉连华夏荫众生，利门入圣超凡法传大千觉有情"的抱柱楹联，诠释着该寺的深刻内涵。如今的芙蓉寺是了空法师主持修建的。当年他来到宝山，看到古老的禅寺惨遭损毁非常痛心，于是立下在此重建芙蓉寺的宏愿。由是，前后花费了九年的心血，在社会各界的鼎力支持下，这座占地面积约4万平方米、投资1亿多元的芙蓉寺，终于以崭新的面貌呈现在世人面前。眼前的芙蓉寺，由山门、天王殿、钟鼓楼、观音殿、普贤殿、地藏殿、文殊殿、藏经阁、大雄宝殿等主体建筑，以及念佛堂、斋堂、讲经堂等配套设施所组成。雄伟壮观、古色古香的芙蓉庙群，延续了芙蓉寺400多年的法脉源流。

怀着虔诚的心境，我置身于佛教丛林之中。出这堂，进那殿，感受着浓浓的佛教氛围，体味着佛家大智慧，洗礼着被世俗熏染的凡心。虽然说宝山之行有一点小小的失落，没有欣赏到"石瓮出芙蓉"的奇妙景观，但恍然感到佛家的莲花在心中明丽盛开，给了我一种清净自在的云水禅心。

惠穗印象

前度小女访"六榕"

　　南越国都的羊城，是我步入社会的第一站点。广州不仅仅是一座经济繁荣的国际大都市，其历史文化亦是举世闻名的。特别是佛教文化相当兴盛，六祖慧能在广州光孝寺剃度出家，达摩祖师天竺东渡、西来初地于此，盖冠丛林的海幢寺气势恢宏，还有法雨寺、能仁寺、正果寺、隆华寺、圆通寺、华严禅寺、莲华禅寺、金刚禅寺等等。然而，最让我钟情的当属因苏东坡题字"六榕"而蜚声中外的六榕寺。

　　也许有人会不解地问，广州有那么多著名禅寺，我为什么单单对六榕寺情有独钟呢？说来还是有渊源的。九百多年前，北宋大才子苏东坡被贬海南，当初就是经过我的家乡北流鬼门关来到岭南的。因此，在我家乡的圭江边上建有景苏楼来纪念苏东坡两度经过北流，并留下的许多佳话。正是这个原因，我喜欢上了苏东坡。然而我既没有王弗、王闰之姐妹与苏东坡的缘分，也没有王朝云得苏东坡宠爱的幸运，只好无奈地循着苏东坡的身影暗暗地恋着他。当我在广州工作时，得知他曾经为寺院题字，便在休息时急匆匆地挤公交去六榕寺寻找苏东坡的足迹。

　　白驹过隙间，一晃就是二十几个春秋。我已经由一个碧玉年华的少女，变成了年过不惑的妇人。虽然年龄增长了不少，心里却始终怀揣着对全能才子苏东坡的一片痴情。这不，于一个莺飞草长的春日，我又来到了深藏闹市的六榕寺，来寻找昔日的梦境。

六榕寺，本名宝庄严寺，始建于南朝梁武帝大同三年（537），距今已经有1500多年的历史。六榕寺不仅仅有过"宝庄严寺""长寿寺"的称谓，还有过"净慧寺""花塔庙"的别称。对于世代更替、寺庙毁建的这些事，我并不怎么感兴趣，心里惦记最多的还是北宋元符三年（1100）大文学家苏东坡遭贬，由海南回归路过广州的那件事。当年，喜欢名胜古迹的苏东坡来到广州，怎么能错过一方名胜净慧寺呢？当他来到该寺游玩时，慕其大名的寺中僧人道琮之诚邀其为寺院题字，苏东坡见寺内六株榕树绿荫如盖，盘根错节，气势不凡，随即欣然书写下"六榕"两字，后人敬重苏东坡人品及遗墨，将"六榕"两字刻字造匾悬挂于寺门之上。明永乐九年（1411）净慧寺因此改称六榕寺，原为花塔的舍利塔易名六榕塔。

眼前的六榕寺山门上悬挂着的"六榕"牌匾，即是苏东坡当年的墨迹。民国初年顺德文人岑学侣撰写的"一塔有碑留博士，六榕无树记东坡"门联，讲述了其中的一个典故：初唐四杰之一的王勃在南昌滕王阁写下"落霞与孤鹜齐飞，秋水共长天一色"这脍炙人口的千古绝句之后，南下省亲来到广州，受寺内禅师邀请，参观并写下了《宝庄严寺舍利塔碑》。这篇碑文当然是写得非常好的。因而上联"一塔有碑留博士"中的"博士"是指王勃，纪念他为舍利塔撰写的碑文；而下联"六榕无树记东坡"指的又是什么意思呢？岑学侣来此地的时候，六株榕树已经没有了，只有苏东坡当年题写的匾额依然风采犹存，其意便不言而喻了。

步入山门，笑迎我的是弥勒佛祖，他又被称为未来世佛。弥勒佛两边的那副含义深刻的对联，充满了处世哲学。它告诉人们时时处处要做到："大腹能容，容天下难容之事；张口而笑，笑世间可笑之人。"弥勒佛两旁的护法神将四大天王，手执兵器，分别寓意"风调雨顺"。穿过天王殿便是韦驮殿，韦驮原是南方增长天王手下的一名将军，素以英勇、疾走如飞而著称。相传释迦牟尼被火化后，有个"捷疾鬼"趁人不备突然偷走了佛祖的两颗牙齿，韦驮紧追而去，最终将牙齿舍利夺了回来。韦驮立功后，就担当起专门守护佛祖灵塔和大雄宝殿的重任。有人也许会问，进门见弥勒，进去见韦驮，他俩一个笑容可掬，一个威风凛凛，形成鲜明的对照，这是为什么呢？原来，弥勒和韦驮都是各自管理一座寺庙的，弥勒长得好看，见人就笑，热情好客，很受信徒欢迎；而韦驮整日板着脸，过于严肃，往往会吓跑香客，因而放在进门处不合适，倒是放在大雄宝殿的对面，香客们出门之口，监视离寺的人是否拿走寺内财物，是非常合适的。这样安置之后，来寺的香客再多再杂也不再有物品丢失，可见这一安排是充分发挥了两人优势的。

　　除去仍然保留着明代建筑风格的天王殿，那些后来重建或新建的大雄宝殿、僧舍斋堂、碑廊、观音殿、六祖堂、说法堂、功德堂、藏经阁等寺庙建筑我一点都不感兴趣，倒是著名的舍利宝塔令我玩味不止。但见近60米高的佛塔八角九级，华丽壮观，直插云霄。檐角都悬挂有吊钟，整个塔体好像是花朵叠成的一根花柱，塔顶好似长在最高一朵花上的花蕊。塔顶有元至正十八年（1358）铸造的千佛大铜柱，上面的九霄盘、宝珠及下垂的铁链多达5吨重。尤其是塔门悬挂的匾额上的"六榕"两字，苍劲古媚、大气盘旋，为从南北朝、唐、宋、元、明、清一路走来的古塔平添了点睛之笔。

　　当凝固成一尊汉白玉雕塑的苏东坡吟唱着"莫听穿林打叶声，何妨吟啸且徐行。竹杖芒鞋轻胜马，谁怕？一蓑烟雨任平生……"向我走来时，补榕亭向我讲述着寺院内那些粗壮、古老且葱茂的大榕树之前世今生。该寺以"宝庄严寺舍利塔者，梁大同三年内道场沙门昙裕法师所立"现身于世，却以寺院栽种的六棵榕树而闻名。榕树，也叫细叶榕、万年青、榕树须，是生长在热带和亚热带地区的冠幅广展的大乔木。基于榕树的观赏性，南方寺院多选择菩提榕作为亭台楼阁的点缀物，以衬托寺庙的高古及玄秘，眼前榕荫园中这些独木成林的菩提榕，枝繁叶茂，长须飘飘，充

苏东坡的一段佳话，成就了羊城六榕古寺的千年传奇，拔地通天的巍峨花塔，展示了六祖慧能的智慧、诉说着眉山坡仙的故事。

满神秘色彩。初始"六榕"已不可考，生生死死的"六榕"树换了一茬又一茬。

　　今天来六榕寺并无什么目的，说是来凭吊先贤也罢，寻访旧踪也罢，不管怎么说，对我这个小女子的心还是有所慰藉的。当我吟诵着著名学者、文学家、哲学家方海权《六榕咏》诗词走出这座千年古刹时，身后那"淡结荷香韵六榕，雕栏塔立俏如峰。沉凝万代禅风定，八面玲珑入满容"的韵律，恰如其分地表达了我此时此刻的心境。

白云山间自悠然

循着北宋大文豪苏东坡游白云山的足迹，追随着他"不用山僧导我前，自寻云外出山泉。千章古木临无地，百尺飞涛泻漏天。昔日菖蒲方士宅，后来薝卜祖师禅。而今只有花含笑，笑道秦皇欲学仙"的诗韵，一路走来。

对于位居新"羊城八景"之首的白云山，已经记不清有过多少次的到此一游。18岁走入社会参加工作，我的第一个人生大舞台是岭南大都市广州，第一个感觉好玩的地方是"羊城第一秀"——南粤名山白云山。

白云山，位于广州的中北部，山体宽阔，面积28平方千米，由30多座峰头组成，为广东最高峰九连山的支脉。整个山区峰峦重叠，溪涧纵横，登高可俯览全市，遥望珠江。每当雨后天晴或秋季，山间白云缭绕，犹如面纱笼罩，山名由此而来。自古以来，白云山一直是广州有名的旅游胜地，历史上广州有"羊城八景"，其中的"菊湖云影""白云晚望""蒲间濂泉""景泰僧归"四景俱在白云山里。如今的白云山风景名胜区分为明珠楼、摩星岭、鸣春谷、三台岭、麓湖、飞鹅岭、荷依岭七个游览区，景色各异。过去，盲人瞎马般地已经游览过多处不同的景点，这次我把重点放在了特色景点上。

由是，"天南第一峰"的摩星岭首先来到了我的面前。这里是白云山最著名的景点之一。摩星岭，原名碧云峰，是白云山的最高峰。在这里，不同的天气，可以看到不同的景致。雨天，可观"白云山上白云飞，白云山下白云浮"的特有风姿；晴天，极目远眺，现代化大都市的宏伟建筑鳞次栉比。东望沙河镇，南临珠江水，西看五羊城，北观黄婆洞，"祖国南大门"景色尽收眼底。摩星岭门岗百米处有一大型塑石，上刻醒目的"摩星岭"三字，此石高6米、宽4米，合为10米，寓意十全十美，吉星高照，故称为"吉星石"，许多游客把它作为登高转运的象征，无不到此留影。摩星岭的牌坊上"锦绣南天"是当年朱德委员长登临白云山时亲笔所题。

景区内的"天南第一峰"牌坊，是白云山古建筑中唯一保存完好的古牌坊。原为宋代转运使陶定所建，当时作为登摩星岭的指路牌，是过去登摩星岭的必经之路，随着景区的建设发展，牌坊的指路功能早已淡化，现已成了一个独立的景点。以"云岩"为切入点的坊柱楹联，恰如其分地将此处情景体现了出来。当我凝视着"云开世外三千界，岩倚天南第一峰"的楹联，俯瞰溪涧纵横、林木葱郁的山色美景时，大有一种误入仙境的惊喜。

风光无限的云岩，就在"天南第一峰"步磴下，此地又叫"郑仙岩"。说到郑仙岩，怎么也绕不过那个古老的传说。相传秦朝末年，方士郑安期云游至南粤白云山并隐居此地。某年，这一带瘟疫肆虐，民不聊生。为拯救民众，郑安期毕其精湛医术，寻药赐医，亲自上山采集仙草九节菖蒲，却不慎失足坠崖。忽闻鹤鸣声至，崖间有白鹤载着安期腾空而起，绕飞白云山一周后向东方飘然而去。后人为了纪念他，在他的升仙之处修建了郑仙祠，并将农历七月二十四日安期驾鹤升仙之日定为"郑仙诞"。每年的这一天，万千民众自发地登山拜祭郑仙，采菖蒲、沐灵泉、祈安康，盛况非凡。当我穿过精巧别致的石牌坊时，看见言简意赅的坊联："仙翁济世施灵药，岩壑寻幽听妙音。"无须多言，将此处的人文、自然风光一语道出。当鹤舒台、升仙石、郑仙祠来到我面前的时候，不仅仅感受到了周围林深谷幽的宁静，还从那些有关郑仙的采药塑像、安期升仙、鳌头盛会等艺术造型中，体味到了人们对郑安期的无限崇敬之情。

寺庙，可以说是广州的一大特色，像光孝寺、六榕寺、大佛寺、华林寺等寺院在全国都是大名鼎鼎的。眼前的能仁寺，于清道光四年（1824年），由吟坚和尚始建，当时仅有"茅屋数椽"。随后陆续增建，到光绪年间已发展成为白云山规模最大的佛教寺院。能仁寺，自上而下有慈云殿、甘露泉、大雄宝殿、虎跑泉、六祖殿、玉虹池、石桥、牌坊等建筑或古迹，它们与周边景点一起，构成了一幅绚丽多彩的恢宏图景。回眸历史，南宋李昂英曾在此筑玉虹饮涧亭及小隐轩，结诗社；父兄皆官居总兵的刘四和尚云游至此，见此地三面环山禅机无限，顿时觉悟；孙中山携夫人宋庆龄游览白云山至此，观古迹，参佛寺，回味历史故事，并在寺内享用茶点；抗法英雄黑旗将军刘永福于此写下象形大字"虎"，为能仁寺平添上些许凛凛威风，成为佛教寺院的独特风景。占地万余平方米的能仁寺，三面环山，幽谷深藏，绿树成荫。宏伟壮观的寺庙群坐落其间，真可谓"古庙依青嶂，行宫枕碧流"。游走其中，感觉一种玄妙无限的佛家气象在弥漫。

有着"市肺"之称的白云山间分布着众多的泉水，有濂泉、碧乳泉、虎跑泉、五宝泉、宝鸭泉、泰泉、学士泉、三叠泉等等，虽说这些泉眼都有着这样或那样的故事与传说，然而，在我的心目中却没有哪一眼能与摩星岭下的九龙泉相提并论。说来，九龙泉也与秦代的郑安期有关。相传他为采药来到白云山，当时的山上并无泉水。一天，山上忽现九个长得白白胖胖的童子在嬉戏玩耍。过了一会儿,九童子化作九条彩龙腾空而去,就在九童子出现的地方,冒出一个泉眼,泉水奔涌而出。因此郑安期把它挖成一口井,供人取用,取名"九龙泉",又叫"安期井"。九龙泉历史悠久,名声在外,它的水质清冽甘甜,深受茶客钟爱。用九龙泉泡制的茶,清香四溢,入口润滑,口感细腻,还具有一种金石的特别味道。如今的九龙泉已经被打造成一处以龙文化为主题的著名景观。安装在九龙泉水井边的"九龙循环喷水",景象壮观,仿佛原来奔去的九龙又回到九龙泉,重归白云山;30多吨重的福建青石雕刻九龙壁,除却体现主体的"九龙戏水"活灵活现外,所陪衬的鱼、虾、龟等小动物亦雕刻得精致而又真实,栩栩如生;大气磅礴的九龙柱,以其鲜有的透雕镂刻艺术手法,将腾龙的形和神俱细腻地表现出来,让人震撼;令人讶然不止的是九龙泉旁的那些大榕树受其熏染,亦变化出生动的龙形体态,这一切的一

广州有座白云山,在羊城八景中,她占有半壁江山。今天我再度来看望她,她又给了我一个大大的惊喜。

切，构成了一处立体的龙家族。是巧合？还是天意？龙泉、龙头、龙柱、龙壁、龙树融为一体，龙的气息愈加浓厚。

　　十几年后的故地重游，既有亲切感又有新鲜感，不同的是，年轻时只懂得用眼睛观景与疯玩，而今天的自然游走却多出了些许思考。山，还是那座山；人，还是那个人。因为自然的变化，一切也在悄悄变化着。似为这白云山添加了不少人为的景观，自然的东西也随之消失了不少。我呢？来此游玩的心态不也顺其自然地悠然了不少吗？

重走羊城上下九

　　一提起中国的著名古商业街，人们一定会想到北京的王府井、上海的南京路、香港的铜锣湾、武汉的江汉路、拉萨的八廓街、成都的春熙路，还有哈尔滨的中央大街、南京的新街口等等，那么广州呢？除了北京路，当然就是两段路相连接的上下九了。20世纪90年代初，我走向社会的第一站就是广州。那时候，地处西关的上下九步行街是我最喜欢游玩的去处。原因有二：一是这里有中西合璧的骑楼，韵味独特；二是这里有琳琅满目的小商品，物美价廉。

　　上下九步行街，地处广州市的荔湾区，是羊城三大繁荣商业中心之一。别看它只有短短的1200多米，却密集地分布着各类商业店铺230多间和数千家商户。据记载，早在6世纪，这里就成了商业聚集地，也是广州中外文化交流最早的地段之一。宋代时，下九路一带被称为"绣衣坊"，形成了西关最早的商业聚落。到了明代，随着大观河的开凿，下九路发展成为城西主要商业街圩，并逐步扩展为十九个"甫"。今日上下九所包括的上九甫、下九甫和第十甫，便是得名于此。

　　漫长的历史长河中，上九路、下九路和十甫路这些地方逐步形成了当今商业步行街中西合璧的西关风情特色，并构筑成一道独特的、绚丽多姿的西关画卷，打造出亮丽的旅游风景线。其鲜明的特色就是发端于印度贝尼亚普库尔的骑楼，最早也叫"廊房"。新加坡的开埠者将这种外廊结构的建筑加以完善，称之为"店铺的公共走廊"，或者叫"五脚基"，于清末民初传入我国华南沿海地区，先后在海南、福建、广东、广西等地区发展起来。这种欧陆风格与东南亚地域特点相结合的建筑，最大的优势是能够遮挡烈日照射、躲避风雨侵袭，营造凉爽环境，因此风靡东南亚一带。这种外廊式建筑一经传入，立即被人们所认可。并且从单边外廊，扩展到双边、三边甚至四边回廊，发展成了风韵独具的靓丽景观。

当然，最令上下九闻名于世的当属其商业文化。伴随着商业气氛的日益浓郁，其周边亦衍生出多个与之相关的专业集市，并已发展成为一个重要的商业网络。光复中路的纸类批发市场、缝纫机专业市场，光复南路的布料市场，杨巷路的布匹市场，德星路的服装配料市场，蜚声中外的十三行路"故衣街"服装市场，十八甫路的布匹市场，长寿路的理发用品专业市场、打金行业、金银珠宝业，西来正街的玉器墟、酸枝家具街，源胜街的古玩街等，形成了纵横交错的近2.5平方公里的庞大商业网络，可适应不同类型的货商及市民的需求。

闲来无事，已过不惑之年的我忽而记起了上下九步行街带给我的诸多快乐。由是，一时兴起又来到了此地寻找我青葱岁月的美好。游走在既熟悉又陌生的古老街道上，触摸着星泉里的清廉古韵，回味着唐代都督刘巨麟的乐善好施、为民造福的高风亮节；感知着文澜巷的深厚底蕴，体味着文澜书院、学海堂的文脉久远。置身于"缸瓦栏"变脸的"光雅里"，那些婚丧嫁娶门头所具有的异彩民俗无不令人回眸；伫立于丝绸巨头锦伦公司的旧址前，海上丝绸之路的壮行、"十三行"的鼎盛历历在目。千百年来，在这条古老的街道上究竟成就了多少人的辉煌，又造成了几家的败落，俱被这车水马龙所淹没，没有人记得谁来了谁走了，谁哭过谁笑过，脚印重重叠叠，谁又能分清彼此呢？唯有时光老人隐约记得某年某月一个桂东小女子从此走过，除了脚印什么也没留下。

　　史料记载，这里原来是海岸线，是广州最早对外交流的窗口。上下九接合部的中心路口处的雕塑群以其写实的艺术手法，再现出昔日码头的精彩片段。离路口不远的一家店铺墙壁上镶嵌着一块石碑，镌刻着"西来古岸"四个大字，是为纪念南朝梁武帝普通七年，即公元526年，天竺国高僧菩提达摩东渡来华传教时最初登陆地。

　　嘴馋是我的一大特点，而上下九这地方集中了天南地北的名小吃。走累了，信步来到"宝华面店"，来一碗鲜虾云吞面或猪手面、牛筋面，或是点一份萝卜、牛三星汤，保管你回味无尽，满口留香；也可走进"陈添记"，品味艇仔粥、猪肠粉、油炸糕以及鱼皮，绝对令你赞不绝口；或是落座于"银记肠粉""林林牛杂""伍湛记""顺记冰室""仁信甜品""淘淘居"等店铺，等候你的牛肉肠粉、双皮奶、火麻仁、萝卜牛腩、及第粥、马蹄爽、虾饺皇、流沙包、老婆饼……林林总总的地方风味，保准有一款适合你。我自幼怕辣，不喜川味，正宗广州老西关的原味炖品成为我的不二选择。慢慢享受着原汁椰子炖鹌鹑，那感觉怎一个"美"字了得！"食在广州，味在西关"并非浪得虚名。

　　上下九步行街演出的精彩剧目太多太多，"十三行"豪商巨贾的私家园林比比皆是，800余处西关大屋成为一道独特的风景线。尤以下九梁府邸为最，演绎了行商后代由商而仕而儒的时代变迁。出现于清代晚期的绣衣坊是广州商界的又一大特色，还有周边的陈家祠、竹筒屋等特色建筑，虽说多被"骑楼"所替代，其遗留下的民族风韵还是不容小觑的。

　　这条古老的商业街积淀了厚重的历史文化，它的风情、它的美食、它的内涵，值得我们品味、欣赏和珍藏。

魂牵梦萦余荫园

岭南四大园林之一的余荫山房，一直是摇曳在心头的一个梦。二十多年前在羊城工作时就憧憬着这一私家园林，由于当时交通、工作等诸多原因，始终未能与之谋面，成了心中的一件憾事。这次回广州，在与羊城文友相聚之余终于实现了这一梦想。

余荫山房，又称"余荫园"，建成于清同治六年（1867），距今已有150多年的历史了。它占地一千五百多平方米，是岭南园林的典型代表，以小巧玲珑、布局精细的艺术特色而著称，充分展现了古代岭南地区建筑的独特风格和高超的造园艺术。其布局灵动巧妙，亭台楼阁、堂殿轩榭、桥廊堤栏、山山水水尽纳于园中。

余荫山房，地处广州下属的番禺区南村镇，距离市中心约30公里。拥挤的城市交通让我颇费了一番周折，才来到了北大街上。见到了悬挂有"花木集奇珍，环绕飞阁楼台，俯仰瞻依怀古趣；楹联留妙墨，承传中华国粹，后先辉映树文风"楹联的余荫山房。造型独特的斗栱式古牌楼在迎接着我。春节后还没有完全褪去的节日气氛，让人还沉浸在过年的喜悦中。

穿过余荫山房景区的大牌坊就是两座大祠堂，分别是余荫山房建造者邬彬的祖父和父亲的祠堂，潜居邬公祠和善言邬公祠，邬彬当年隐居的私家花园就紧挨着祠堂，再往深处走还有邬彬后人建造的瑜园。

邬彬，山房故主，字燕天，清朝举人，曾任刑部主事。咸丰五年（1855），因"克襄王事"被咸丰皇帝诰授为通奉大夫，官至从二品。他的两个儿子也是举人，因而有"一门三举人，父子同登科"之美称。咸丰八年（1858），看破官场黑暗的邬彬以母亲年迈为由，辞去官职，归隐乡里。他借鉴广州"海山仙馆"的造园技法，耗资白银三万两，历时五年兴建了这座园林。为纪念先祖的福荫，取"余荫"二字作为园名，同时期望子孙后代能永泽先祖的福荫。走近山房大门，首先映入眼帘的是"余地三弓红雨足，荫天一角绿云深"的门联，它巧妙地将"余荫"二字分别嵌于上下联的第一个字。上联指这座园林的面积很小，整座余荫园四季花果不断；下联把园内绿树成荫的环境表现得淋漓尽致。上下联脚的"足"字和"深"字，深刻表露出园主人迫切想告老归田的心迹。

步入园中，所到之处无不充满浓浓的文化气息。尤以砖雕、木雕、灰雕、石雕四大雕刻作品为最，其精湛的雕刻技艺和不朽的艺术价值，充分体现出古代劳动人民的卓越艺术创造力，尽显名园古雅之风，可谓异彩纷呈，美不胜收。更有古树参天，奇花夺目，顿使满园生辉。而园中"夹墙竹翠""虹桥印月""深柳藏珍""双翠迎春"四大奇观，更使我大开眼界，流连忘返。深柳堂的檀香木雕屏上，精刻有晚清三大才子梁山舟、张船山、翁方纲的诗句以及大学士刘墉的书法手迹，以及清代名士陈允恭所书的对联，如此文化味儿，让我止步不前，玩味不止。

余荫山房整座园林布局灵巧精致，以"藏而不露"和"缩龙成寸"的手法，在有限的空间里分别修筑了深柳堂、榄核厅、玲珑水榭、来薰亭、孔雀亭和廊桥等，在面积并不大的山林里，浓缩了园林的主要设施和景致，使有限的空间注入了幽深广阔的无限佳景。余荫山房园地虽小，但亭桥楼榭、曲径回栏、荷池石山、名花异卉等，一应俱全。深柳堂是整座园林的主体建筑。余荫山房的造景之妙在于通过回廊、花窗、影壁的巧妙借景，展示出了园中有园、景外有景的绝妙效果，使得小园景致更加深幽广邃。而且在以模仿自然山水为特色的中国古典园林中，融入了不少西方建筑元素。中西合璧，共同营造出这方别具特色的岭南佳景，其中"夹墙竹翠""虹桥印月""深柳藏珍"被誉为余荫山房三大奇景。

临池别馆在深柳堂的对面，是昔日园主人即席挥毫的书斋。据说古时候的文人雅士面对别馆前的临池美景，以墨砚为"池"，蘸砚挥毫称为"临池"，因此，用"临池"来命名这一馆舍。余荫山房落成二十年后，园主人的侄儿邬中瑜添建了一座"瑜园"，专门用来招待远道而来的亲朋好友。传说他的大女儿和二女儿在新婚前夜曾居住在此，于是也被称为"小姐楼"。行到回廊深处，便是远近闻名的"玲珑水榭"。它环水而立，是园内的特色建筑之一，俗称"八角亭"。水榭呈八角形，八面全是窗户，结构高雅。这样一来，既能八面通风，又可以八面观景。对于八角亭的八景，有一首五言律诗做了较好的概括："丹桂迎旭日，杨柳楼台青。蜡梅花开盛，石林咫尺形。虹桥清辉映，卧瓢听琴声。果坛兰幽径，孔雀尽开屏。"中国园林建筑艺术风格独特，强调诗情画意。"玲珑水榭"之所以远近闻名，就因为它既有诗情，又有画意。于此，或抚琴弹一曲《梅花三弄》，或推窗吟诵一首"庭前芍药妖无格……"，抑或感受清风明月自然天趣，悠然自在，怡情悦性。回眸，"天教福地寻幽融画境，神赏名园入幻涌诗篇"的门联，对此亭又作了精妙的诠释。

苏东坡曾经说过"宁可食无肉，不可居无竹"。山房主人想出了一个巧妙的办法——利用墙与墙之间狭窄的空隙种翠竹。这样一来，既不占用庭园的面积，又能控制它的蔓延，并且还可以挡住园外的尘土，可谓是一举三得。无独有偶，深柳堂左侧有一间庐舍，名叫"卧飘庐"，通过庐中镶嵌的"满洲窗格"彩色玻璃，可以在这里欣赏到一年四季的景色变化。由此可以看出，园主人是何等的匠心独运。

别看余荫山房在岭南四大园林中形体最小，然而却融宗祠、书院、园林文化为一体。特别是祠堂的规模、构件、对联、匾额的内容等等，都体现出浓厚的宗族文化色彩。善言邬公祠的建筑布局是面宽三间，进深三间，大门两侧有包台（鼓乐台），凡迎接贵宾或有盛大喜庆活动，鼓乐手分立包台，敲锣打鼓，鸣金奏乐。在享堂前为五级台阶，大堂正厅两侧门顶用金钱图案装饰。

游走在"闲门向山路，深柳读书堂"的深柳堂，体味到的是恢宏大气、古韵经典；置身"别馆恰临池洗砚有时鸥可狎，回廊移步月寻诗不觉鹤相随"的书斋，感受到了朴素简洁、清新淡雅；身临相辅相成的文昌阁与挂榜山，领略到了昔日文人登文昌阁，拜魁星，眺望挂榜山，对金榜题名的希冀；驻足于山水相依的石砌荷池，鱼翔浅底，白鹅浮水，芭蕉凝碧，莲花飘香，尽享清秀明丽、动静俱显的绝妙图画。所到之处，无论是玲珑水榭、夹墙翠竹，还是红跨绿廊桥，无不给人标新立异、别开生面的感受，大概这就是余荫山房的魅力所在吧！

有人说，它是一首元曲小令；有人说，它是一幅水墨小品；还有人说，它是一块精雕的象牙。我说，它什么都不是，它就是它，它的名字就叫"余荫山房"。

惠州古城重游记

说到惠州，可谓历史悠久。打开泛黄的历史典籍便可以清楚地看到：惠州，古称"循州"，隋唐时期即有着"岭南名郡""粤东门户"之称，以及"客家侨都""惠民之州"和"鹅城"的别称。这里南邻大亚湾，背靠罗浮山，东江蜿蜒上百公里，是珠三角中心城市之一。地处客家、广府、潮汕三大文化交汇地带，形成了相互交融的多元文化，属于国家级历史文化名城。

日前，我带着对惠州的缱绻情感重回此地。22年前，我跟丈夫在此相识相恋。工作之余，我们就会或漫步在风景旖旎的西湖岸边，或游走于古色古香的老城街巷，或牵手在波浪滚滚的东江水边，憧憬着美好的未来。弹指一挥间，22年过去了，一对风华正茂的青年男女已到中年。

来到惠州，它的变化完全颠覆了我的记忆，凭着模糊的印象，我还是找到了泗州塔、元妙观、黄家祠、留丹亭、五先生祠、归善学宫等古迹，以及水东街、金带街、滨江路、北门直街、铁炉湖街等老街巷，还有鳄湖、平湖、南湖、菱湖、红花湖等"五湖六桥八景"。虽说我再到惠州有着些许"前度刘郎今又来"的意味，却也有了一种别样的感受。随着年龄的增加，我已经没有了当年的激情，兴趣也有了些许变化，年轻时喜欢青山绿水间，而现在却把关注的目光多投向了文化内涵丰富的古迹上。因此，本次惠州之行便有了一定的取舍。

三面临水的惠州老城是不能错过的，残存的厚重城墙，古称"天堑"。这里宋朝时便建有城池，明代又多次修筑。特别是明朝所筑的惠州府城，规格高、质量好，并充分利用了四面环水的地理优势，具有较强的防御能力。民间"铁链锁孤舟，浮鹅水面游。任凭天下乱，此地永无忧"的谣谚，便较为形象地体现出了惠州城的特点。原因是，在明、清两代，惠州城虽历经多次战争，但从来没有被攻破过。当年东征军攻打惠州城数次，才得以攻克。东征后城墙逐渐被拆，现仅存中山公园下至渡口所一段，是惠州宝贵的文化遗产，岁月让曾经的古城墙成为一段段断壁残垣供后人凭吊。但惠州仍留下了众多与古城墙（城门）有关的地名，如南门、南门路、南门市场、水门、水门直街、平湖门、朝京门、北门街、小东门、东门城基等。古代的惠州有"一街挑两城"的独特格局，即水东街、东新浮桥挑起了惠州府城与归善县城两个围城。如今原址恢复的朝京门让我感受到了惠州古城的宏伟气势。

平湖北岸的元妙观率先走进我的视野是有原因的，但并非因为它位列中国三大著名道观和中国二十三间著名道观之中。究其缘由，是因为二十多年前我曾于此算过一卦，说我有福相，家庭、事业皆有成。看看现在不都应验了吗？正是这个原因，始建于唐代贞观七年（633）的千年古观才成了我的第一站。元妙观初名天庆观，天宝七年（748）扩建后改名朝元观，后又改称开元观；宋代屡有兴废；元代元贞二年（1296）重修，始称元妙观；明代天统、天顺和清代康熙、光绪年间均有修建。始建以来几经兴废，元代晚期最为兴旺，"横流重檐，涂饰壮丽，像座威仪"。门前有块"九紫"碑寓意"紫气东来"。观内分前后两殿，前为玉皇殿，后为三清宝殿，两殿以天井相隔，依走廊相通。相传由

"六桥"中的迎仙桥赴元妙观接神迎仙，可心想事成。可惜的是这座古观命运多舛，屡遭兵匪破坏。日军侵惠时驻兵观中，见壁上写有抗日标语，遂将三清殿、玉皇阁以及偏殿焚毁。于我来说，心中惦记的还是偶像人物苏东坡谪居惠州时的遗存。当年他与观中道士常有往来，饮酒赋诗，写下了不少诗词。

矗立于西湖西山的泗州塔不但是惠州的标志性建筑，也是我和丈夫的爱情见证，再次看到时亦不免触景生情。说到泗州古塔，那可是有些年岁了，是西湖最古老的建筑物。始建于唐中宗年间，是为纪念泗洲大圣僧伽而筑的。北宋文学家苏轼谪居惠州时称之为"大圣塔"，又称"玉塔"。因之，坡仙有"一更山吐月，玉塔卧微澜"的诗句颂之。明月东升，晚烟薄窄，微风舒波，塔影卧其间，曰"玉塔微澜"。每当夕阳西下，"倒影入湖塔影长，湖光袅袅动斜阳。不知自起浮图日，几度金乌下复翔"，名曰"雁塔斜晖"。纵然历经了千年演变，泗州塔仍挺拔高耸于西湖的西山之巅，似有生命力一般透出一股庄严静穆的"塔气"。该塔为砖木结构，外7层，内13层，属楼阁式佛塔。明嘉靖四十三年（1564）塔毁，万历初年改建亭，四十六年（1618）复建塔。光绪初年（1875），雷破塔顶一角，长了一株榕树，丘逢甲诗云："行人欲问朝云墓，看取亭亭塔顶榕。"尔后，几经修葺，这一古老的建筑物又焕发出青春。我与相濡以沫多年的丈夫曾登塔赏景，俯瞰惠州美景，尽享"玉塔鸟瞰"之风光，不失为生命中的一大快事。今天于此，免不了感慨一番。

建于明代的金带街，对于每一个惠州人来说都有着太多的回忆。它是老惠州最有名气的古街道，围绕着它衍生出了太多太多的精彩。金带街最著名的景点当属黄氏祖居，它与老街同时出现于此。建筑风格为传统二进式结构，院中还有口明代水井，在古民居中有保存得如此完好的古井，实属罕见。水井栏用红砂石镌刻而成，经数百年磨损，依然不见裂缝。这座位于金带街37号的亮毅陈公祠为五进式四合院布局，此等形制为惠州少有。我看到，虽说祠貌陈旧，但是祠门保存完好，梁架古朴简练，突钮式柱础工艺复杂，左边的五进保存较好，层次分明。据悉，金带街东段大多数为陈姓人，此祠便是陈氏宗祠，为乾隆年间所建。来到宾兴馆，老人们告诉我这里是当时惠州各乡绅为资助本地士子应试，于清道光八年（1828）而建的。馆名取自《周礼》"以三乡教万民而宾兴之"。建筑深三进，阔三间。一进大门，二进中座及左右厢房保存较好，中间为硬山顶屋面，梁架为穿斗与抬梁式相结合，正门搭牵上驼墩及斗拱刻工技艺较高。正门额上镶有阴刻"宾兴馆"三字，整座建筑结构严谨，布局合理，较为完整地保存了

一座粤东的古老城池，分布着岭南名郡的历史遗迹；一湖美丽的西子碧水，荡漾着惠州古城的悠悠岁月。

清道光初年的建筑风貌。我自在地游走在金带街上，一不小心就会撞上个名人。瞧，一袭官袍的明末礼部尚书杨起元正从家中走出，清朝一品武官陈宝华身穿"麒麟"服威风八面地从家祠中走来，惠阳县令陈培基身着"雁"服出现在家乡的街道上……

颇有趣味的是金带街中段的叮咚巷。一米宽的巷子两边为几十米高的墙，两人同时经过时必须侧身行走，人在这里行走时能发出"叮咚"响的回声，特别是穿木屐或硬底鞋，响声更加清脆，所以"叮咚巷"由此得名。这里已繁华落尽，居民多为老人，夕阳中留守在古朴的民宅内。在巷子中行走，不时会与挑着扁担叫卖的小贩擦肩而过。墙头上不知名的花草和墙角的青苔，似乎在向路人显示它们顽强的生命力，一旁被抛弃的碎裂的门神座则昭显着历史的印痕。

古老的惠州城，的确太厚重了。别说是谢灵运、李白、杜甫、吕洞宾、抱朴子这些耳熟能详的人物，就是一个苏东坡，就把罗浮山、西湖、惠州，甚至整个岭南的文化给积淀得厚重无比了。回眸，东江水岸的那座苏东坡故居，愈发显得雄伟壮观起来。

拜谒惠州东坡祠

时光定格在公元1094年，当时，苏东坡因为曾经反对王安石变法，被政敌贬到了千里之外瘴疠丛生的岭南惠州。此时的苏东坡已经年过花甲，他感觉这次被贬岭南，应该是永远没有回去的机会了。于是他遣散了家里的所有佣人和侍妾，决定独自一人远赴岭南。但是跟了他十几年的爱妾王朝云却死活不愿离开，一定要陪着他，苏东坡最孝顺的小儿子苏迈也执意要陪老父亲到岭南惠州。

说来，惠州也是我人生转折之地。昔日由羊城来文化名城惠州创业，并且在这里一步步实现人生价值，完成了工作、安家、结婚、生子等人生大事，这里称得上是我的第二故乡。那段经历甚至与千年之前的苏大才子的经历有点雷同：都是漂泊之人，都是在此安家落户，且爱好文学。不同的是他为官，我为民；他是贤人，我是闲人。虽说我没有他的才气，自称为他的粉丝却是毋庸置疑的。他的诗文，我虽说不能够全面掌握，似"人有悲欢离合，月有阴晴圆缺""但愿人长久，千里共婵娟""人生到处知何似，恰似飞鸿踏雪泥""十年生死两茫茫，不思量，自难忘"还是能够张嘴就来的。

说到宋朝的文人墨客，应该没有谁的名气能大过苏东坡了，他不仅有着万里挑一的有趣灵魂，更有着玉树临风、气宇轩昂的外表。用今天的话说，他走到哪里都是自带热度的话题人物。即使被贬到千里之外的岭南之地，这里的粉丝以及广大群众对他亦是非常期待的。他一抵达惠州，许多老百姓便自发组织起来去迎接。此时的苏东坡内心比较脆弱和敏感，看到在这么偏远的地方，老百姓对他如此热情，立刻就喜欢上了这个山清水秀的好地方。由朝廷高官被贬为"宁远军节度副使"安置惠州的苏东坡，其实就是个有名无实的流放人员，在惠州并没有什么正事可干，整日里就是游游山逛逛湖，泡泡茶喝喝酒，嚼嚼荔枝吃吃肥肉，另外帮着老百姓铺铺路修修桥，小日子过得挺滋润的。没事就在美女王朝云的陪伴下，游山玩水写诗作词，最后觉得惠州这地挺好的，打算将这里作为自己的终老之地。于是说干就干，很快就选中了位于东江之畔的白鹤峰，此山不高，漫山遍野郁郁葱葱，前面就是奔流不息的东江，环境十分幽雅。他在这里购置田亩，亲手打造了属于自己的宅院，也就是今天我要拜谒的惠州东坡祠。

　　来到惠城区惠新中街64号，这里曾经一度是惠州卫校，后来由于每年都有大量游人慕名前来观看东坡自己设计住宅的地方，后来政府就将学校迁走，于2018年重新恢复了之前的东坡祠。如今的东坡祠已经成为惠州比较热门的一个景点，很多人都会到苏东坡的"故居"来看看。一走近山脚下东坡祠的广场，衣袂飘飘的苏东坡就气度不凡地站立在那里迎接着我。他的身旁种植有很多翠竹，因为其一生非常喜欢竹篁，并以"宁可食无肉，不可居无竹"语句来表明心迹。由此拾级而上，快要到达苏东坡家门时，苏东坡的两位"好邻居"先声夺人，不用问，定当是翟夫子和林婆了。说来，两人都与苏东坡有着很深的交情。前者是北宋惠州名士翟逢亨的居室，因其有学问且品德高尚，世人尊称他为"翟夫子"，苏东坡与其相邻而居，亦有诗文称赞翟氏家贫犹自勤读苦学。后者林婆，又名林行婆，与苏轼为邻，信佛，独居，以酿酒、卖酒为生。相传，林婆以罗浮山甘冽泉水配上其独特秘方，酿造出了甘美醇厚的"林婆酒"。东坡居士天生爱好杯中之物，林婆酒更受其青睐，于是频频光顾林婆酒肆。为回报苏轼，林婆多次赠酒供他享用。苏东坡曾有《上梁文》赞道："年丰米贱，林婆之酒可赊。"从此林婆酒广受文人墨客的喜爱。拜访了苏东坡的左右两邻之后，梦寐以求的东坡故居就在前边等着我了。

别具一格的山门上镌刻着"惠州苏东坡祠"，门口左右两边的"明月皓无边，安排铁板铜琶，我亦唱大江东去；春风睡正美，迢递珠崖儋耳，更谁怜孤鹤南飞"楹联，以其言简意赅的内容高度概括了苏东坡家祠的面貌。回眸山门其背，"浩然独存"的横匾之前，清人王鸣鼎为白鹤峰东坡祠题写楹联："与客话坡仙，几经瘴雨蛮烟，依然是明月当头，罗浮对面；凭栏俯城郭，趁此落花飞絮，最难得岭南春满，江左人来。"

进得山门，迎面就是苏东坡的堂屋，"德有邻堂"的匾额诠释着它主人的尚德自修之旨，金色的"名重三朝视野文章光宇宙，泽深五岭冠裳庙貌壮湖山"楷体抱柱楹联，讲述着堂主的光彩身世。步入庭堂，苏东坡和爱妾王朝云的画像映入眼帘，眼前不由得幻化出这对不离不弃忘年恋恋人相处的场景。

蜚声文坛的大文豪苏东坡，一生辉煌又坎坷多难。他评价自己的人生："心似已灰之木，身如不系之舟。问汝平生功业？黄州惠州儋州。"在他不平凡的一生中，谁是他最能依靠的伴侣呢？苏轼与原配妻子王弗伉俪情深，两人一起生活了11年，后王弗去世，苏轼深情悼念，写下了人称第一悼亡词的《江城子》。"十年生死两茫茫，不思量，自难忘……"的千古绝唱，至今仍震撼人心。王弗在苏轼的一生中恰似一闪而过的流星，而真正陪伴苏轼走过人生困厄的却是另外一个叫王朝云的女子。尽管两人看起来是那么不般配，苏轼是名满天下的大才子，王朝云是出身寒微的卖唱女。两人相识时，王朝云还是一个年仅12岁的小姑娘，而苏轼已经是年近40的大文豪，两人相差了20多岁。但是小姑娘身上独特的气质却深深地吸引了苏东坡，他的才气也俘获了少女的芳心。他将其从歌舞坊中赎出，收进府中做了侍女。直到朝云18岁那年，苏轼才纳她为妾。而那时，苏轼的正室是王闰之，她是王弗的堂妹。王闰之是大家闺秀，性情温和，聪明贤惠，待人宽厚。王朝云被苏轼纳为妾后，王闰之待朝云情似姐妹。不久后，王朝云为苏家生下一个儿子，深得苏轼的爱怜。苏轼与王朝云不单单是夫妻关系，苏轼还视其为红颜知己。苏轼有一首脍炙人口的《饮湖上初晴后雨》诗，表面上看是写西湖之美的，实际上却是写他初遇王朝云时的感受，称赞她美丽动人，"淡妆浓抹总相宜"。在王朝云跟随苏轼的岁月里，苏轼多半处于仕途不得意之时，他们时常辗转于苏轼被贬之地。俗话说，患难见真情，王朝云对苏轼不离不弃，苏轼看在眼里倍受感动，也愈加珍视身边的这个女子。他们时常苦中作乐，在穷乡僻壤，一个作词作曲，一个倾情演绎。苏轼的那些失意落魄也好，豪情壮志也罢，都在朝云的唱词里。被贬惠州的时候，这对忘年恋人度过了在一起的最后两年多时光。苏轼曾写诗说"日啖荔枝三百颗，不辞长作岭南人"，这种达观的背后，是他们不得不生存在这湿热恶劣的环境中。王朝云不适应这样的环境，竟然在眼前房屋里一病不起，苏轼为她遍寻良药也无济于事，她最终离开了人世，徒留下风烛残年的苏轼在思无邪斋，苦苦思念。

德有邻堂的左手侧，有一口历史悠久的古井，据说是苏东坡当年亲自打的。井前的标牌告诉我："该井为宋代圆形井，深约14米，内壁由青砖砌成，外貌古朴，是北宋大文豪苏东坡寓惠的重要遗址。北宋绍圣三年（1096），苏东坡在白鹤峰购地做屋时为解决饮水难题，雇人凿井，据其《次韵子由所居六咏》中诗句'幽居有古意，义井分西墙'，故又称为'义井'，清代加建了井栏并镶嵌关槐'冰湍'两字石刻。此井历经九百多年，现保存较好。"当初因为苏东坡建的房子在白鹤峰上面，地势较高，取水成为一个难题，他就想尽办法打了这口井，据说这口井的水脉是直通东江的，水井打好后，周围的很多人都到这里来取水饮用。它是整个苏氏故居唯一留存的苏大学士见证者，弥足珍贵。伫立于此的我禁不住触景生情，对这泓曾经滋润过苏东坡心田的甘泉，投去了景仰的目光。

　　古朴典雅的东坡居室，是整座园林最令我留恋的地方。虽然庭院不大，却结构紧凑，布局严谨。院内的一组雕塑生动活泼，再现着当年的情景，极富生活情趣。"昔年人物来归粤，此地湖山总姓苏"的花门联语前，描绘出苏家子孙绕膝家人美满的场景，折射着苏东坡与爱妾、儿子之间和睦相处。怀着崇敬的心情，我悄悄地走进东坡居室，生怕惊动了休息的主人，或者他情意笃深的爱妾王朝云。探头探脑地进入居室一看，左右居室的床榻上空空如也。至此我恍然大悟，苏大学士肯定是携那个叫王朝云的美女，或荡舟西湖碧波，或云游罗浮仙境。听，抑扬顿挫的韵律自山水间隐约传来："黑云翻墨未遮山，白雨跳珠乱入船。卷地风来忽吹散，望湖楼下水如天。"喔——果然他们琴瑟和鸣于湖水之间，并经历了一场突如其来的风雨，亦留下了这脍炙人口的《六月二十七日望湖楼醉书》。

　　新筑的东坡居室一侧，是七年前广东文物考古研究所对东坡祠遗址进行全面文物调查、考古勘探时，清理发现的重要遗迹，主要包括明清至民国时期的三座房址、一座灰坑和一条排水沟，发现的文化遗物有唐至民国时期的瓦当、陶瓷、钱币等，多为日常生活器物，也见有少量弹夹、鸦片罐等器物。这处古遗址的发现挖掘，更佐证着这里曾经有建筑物的存在和先人在此生活。虽说不能完全断定这里就是苏东坡百分之百的家，眼前的古遗址贯穿了苏东坡故居存在的年代，却是毋庸置疑的。由是，面对着层层叠叠的夯土层，犹如在翻看着一部厚重的历史典籍，一下子让我感知到了古老惠州的文化积淀之厚重，更增加了我对东坡故居的留恋。

堂屋的右边有座三贤祠，许多人对三贤祠一头雾水，除了苏东坡，不知道另外两个人是谁。其实另外两人都跟苏东坡有着密切关系，都是苏东坡的偶像。一个是被誉为东晋"隐逸诗人之宗""田园诗派鼻祖"的杰出诗人、辞赋家、散文家陶渊明，另一个是在东晋有着"小仙翁"之称的道教理论家、著名炼丹家、医学家葛洪。这两个人虽然与苏东坡不是同一朝代，但是对于苏东坡的诗词创作都产生了一定的影响，与其作品的深刻内涵是分不开的。故而"三贤祠"中的神主非他们三人莫属。

眼前的睡美轩，美人靠空空如也，王朝云已长眠于孤山脚下；娱江亭上观大江东去，发念古之幽思不由长叹；燕居楼中体会坡公豁达、乐观之悠然心境。那些招鹤亭、松风亭、迟苏阁、来问亭，还有朱池、墨沼，以及芭蕉、翠竹，无不有着各自的寓意归属，充满诗情画意。游走在亭台楼阁花草之间，犹如品味着苏东坡那一首首美妙诗词，或"起舞弄清影，何似在人间"，或"树影栏边转，波光版底摇"，抑或"莫听穿林打叶声，何妨吟啸且徐行"……惠州东坡祠的院落虽然不算太大，但是每走一个地处，都会体味到这里的与众不同。不得不感叹苏东坡还是很会选址的，将房子选在这里建造还真是慧眼独具。

登上临江的娱江亭，是我感到最能体验苏东坡《赤壁怀古》的好地方。凭栏极目，但见东江滚滚不息，正是一幅"大江东去，浪淘尽，千古风流人物"的壮阔画面，使我不得不被苏东坡豪放的气度所折服呢！

又见罗浮山

　　雄峙于岭南中南部的罗浮山，也叫"博罗山"。这里山势雄伟，植被繁茂，古木参天，洞府幽深，素有"百粤群山之祖""蓬莱仙境"之称。其以超凡脱俗的特色、深厚的文化底蕴，吸引了古今无数的游客。这里流传着许多经典的文赋和诗歌，以及"师雄梦梅""东坡啖荔""安期天饮""稚川炼丹""仙凡路别""花手游会""洞天药市""天龙王梦"等美好传说。

　　二十多年前，惠州成为我的第二故乡，立业成家都是在这里完成的。由是，西湖、罗浮山等名胜古迹，成了节假日里我与家人或朋友结伴出行的好去处，就这样，我对这里的山湖风景、人文习俗有了些许了解。

　　罗浮山实际上是罗山与浮山的合体，是7000万年前侏罗纪和白垩纪时燕山运动的杰作，形成了山区广大、峻拔奇峭的壮观地貌。罗浮山呈现出"晨起见烟云在山下，众山露峰尖如在大海中，云气往来，山若移动，天下奇观"的仙境，令谢灵运、李白、杜甫、李贺、刘禹锡、韩愈、柳宗元、苏轼等历代文人骚客纷至沓来，创作出许多脍炙人口的诗文。

　　今天，经不住罗浮山的诱惑，我又吟唱着苏东坡的"罗浮山下四时春，卢橘杨梅次第新。日啖荔枝三百颗，不辞长作岭南人"

的诗句，一路走来。来此是为了寻找朱灵芝的仙踪、抱朴子的足迹、谢灵运的诗韵，以及冲虚、白鹤、云水、明月、黄仙、丛林、拨云、资福、华首等古观古寺，还有林林总总的瀑布流泉、石室幽岩、奇石怪树等绝妙景观。

虽说曾经来过这里数次，但214平方千米的面积、432座大大小小的峰头、980多道瀑布流泉，又怎么能游遍呢？原来的游山玩水都只是随心所欲、走马观花罢了。别说是踏遍整个山岭，就是被人们列为奇观佳境的美景也未曾全部都能有幸到访啊。伴随着年龄的增长，自己的审美观也有了一定的变化，过去喜欢山水自然、花花草草，现在则偏向于宫观寺院、文化古迹。正因如此，南麓山脚下的冲虚古观、东坡亭、炼丹灶、青蒿园、洗药池、遗履轩、飞来石、蓬莱径、元帅楼、会仙桥、朱明洞、东江纵队司令部等名胜古迹，成为这次罗浮山之行的首选。

按照今天的划分，属于四大中心景区的朱明洞景区，便在似锦繁花的簇拥下、流泉山溪的弹唱中、蝶飞蜂鸣的意境里，走进了我的视野。但见这里古木葱郁、山明水秀、潭水似镜、曲径通幽，亭台古寺掩映于浓绿之间，好一派天上人间之景，让我体会到了"百啭千声随意移，山花红紫树高低"之美妙。

稀奇古怪的粗大小叶榕千姿百态，横枝长探轻拂碧波，树须飘然尽显高古；逶迤前行的湖岸弯路，游人如织，充满欢歌笑语，轻舟悠然绿山倒映。这一切的一切，怎一个"美"字了得？经不住湖光山色的诱惑，我不由自主地偏离景观大道，探索昔日葛洪的采药山岩，寻踪于吕洞宾修炼道法的绝壁，或追寻历代高士修仙之幽谷深穴，抑或躲到幽静的一隅沐浴清风发个呆。我知道，罗浮山是历朝历代的道教圣地，除了人所共知的"小仙翁"葛洪外，还有"黄野人"黄大仙、麻姑坛石的何仙姑，以及秦朝的桂父、霍龙，汉代的朱灵芝、阴长生、华子期，他们都曾在罗浮修行，因而这里有大量的文物古迹，今天我的罗浮山之行很大程度上就是冲着它们而来的。由是，名声在外的冲虚古观率先走进了我的视野。

1600多年前，著名的道教理论家、化学家、药物学家、医学家葛洪来到罗浮山，选择了朱明洞这个地点建庵修炼、筑灶炼丹，并创立了道教南宗灵宝派。他分别在罗浮山东、西、北三面增建道观，往来讲学，著书立说，留下了《抱朴子》内外篇116卷、《肘后备急方》《神仙传》《集异传》《金匮药方》等著作。朱明洞南的南庵便是其修建的四庵之一，称为"都虚"，又名"玄虚"。葛洪逝世后改建为葛洪祠，诏赐祭祀。唐朝以来，道教得到皇家重视，官方或派员祭祀山神，或遣道士祈福求雨，或诏令改祠为观，并设置专职看守与祭祀。北宋冲虚观道士南宗七祖之一的白玉蟾称"此时大显，遂兴观像"。诏赐都虚观易名冲虚观，观名一直沿用至今。今日的冲虚观大门，有清代督粤使者瑞麟所书的匾额，再添一"古"字，成为冲虚古观如今的面貌。

我看到，冲虚古观坐北向南，是一套四合式庭院木石结构的建筑，以山门、正殿和两廊为主体。主体两旁的百余间平房和两层楼的道士宿舍、膳堂、库房等附属建筑物有序地分布着，建筑群与自然景物浑然一体。拾级而上，穿过镌刻于观宇大门正中上方的"冲虚古观"石牌匾，明代天启年间袁崇焕幕僚李云龙所书的对联，分列匾额两侧。简洁的"典午三清苑，朱明七洞天"联语，诠释着古观的深刻含义。迎面走来的正殿，供奉着"三清"尊神。屋脊镶嵌着石湾名匠吴奇玉塑制的双龙戏珠及花木楼阁大型彩绘陶塑。大殿左侧为葛仙祠，右下侧为黄大仙祠。观内有长生井一口，由康熙年间道士张妙升所凿，为罗浮三大名泉之一。置身于古观之内，除了感受历朝历代的造型艺术外，还体味到了道教的无形大象。进门时，观门墙壁上镶嵌的"东江纵队司令部旧址"石刻引起了我极大的兴趣，亦让我感知到了抗日战争东江儿女于此谱写的壮丽诗篇。与冲虚古观相毗邻的东江纵队展览馆中的大量革命物品，补充着在千年古观所上演的"东江纵队之歌"。

上善若水，是老子《道德经》中的大智慧。也许，好多人都在践行着如火的"中善"，甚至似石的"下善"，但是若水的"上善"却是难以做到的。作为道家的传承人和将道教发扬光大者的葛洪，便较好地将水的特征体现了出来。经道人指点，饮用长生井水的我又想去感受洗药池的奥妙。大概因了抱朴子先生当年洗药的缘故，早已没有了初始的清澈甘美，仅仅一个八卦形图就会让人产生无限的遐思。人所共知，这个符号承载着道家的智慧。实际上，眼前的洗药池正是葛仙思想的具体体现，亦在说明昔日他洗药、炼丹的真正目的，并非为了修成正果，而是为了使广大民众解脱苦厄，以期达到"上善"的目的。伫立于池畔的我，清晰地听到了葛洪那表明心迹的"洞阴泠泠，风佩清清。仙居永劫，花木长荣"的吟唱声。

可以说，炼丹灶是最能体现葛洪特征的标志物。绿意映衬下的炼丹灶是由24条青石按照道家阴阳八卦图砌成的，丹灶青石底座上分别刻有乾、坤、震、巽、坎、离、艮、兑的八卦符号，丹灶正面刻有"稚川丹灶"四个大字，这是宋朝大文豪苏东坡亲笔所题。古时的炼丹，是道家的专用词语，为炼制外丹与内丹的统称。外丹术源自黄老之道，是在丹炉里烧炼矿物以制造"仙丹"。后将人体拟作炉鼎，用于习炼精、气、神，称为内丹术。外丹术指道家通过各种秘法烧炼丹药，用来服食，或直接服用灵芝、仙草，以弱化自身阴质，使之化为阳气。其实，炼丹的目的就是延年益寿，实际上它的精华所在就是养生。抚摸着还有温度的"稚川丹灶"，感知着葛洪的不懈追求，似乎明朝文人庞嵩先生的"古灶栖霞隈，不见炼丹叟。真丹自玄玄，还觅炉中不"诗句，刚好表明了我此时此刻的心迹。

　　围绕着冲虚古观的，除了与医学家葛洪有关的"青蒿治疟之源"青蒿园、异彩纷呈的百草园、史料丰富的葛洪纪念馆、耐人回味的遗履轩、别有情趣的蝴蝶洞等名胜古迹之外，还有意趣盎然的东坡亭、惊险莫名的飞来石、意味深长的会仙桥、碧波荡漾的白莲湖、环境幽雅的元帅楼等景观。由于本次由着性子慢慢品味，我仅仅游览了半个景区就得打道回府了。诚然，一个"大"罗浮的庞然山体怎是一天半天能全部游览的呢？别说林林总总的幽洞危岩、悬崖峭壁、奇石怪树、流瀑贪泉等绝妙山色，就是我所喜欢的摩崖石刻、宫观庵院、亭台桥碑等名胜古迹，一时半会儿也是无法游遍的。看来，罗浮山还得花时间再观赏一番才行。余下的景观就留待来日吧。

　　罗浮山，是一部大写的书、恢宏的画、厚重的赋。想读完它，看透它，明白它，只有下功夫慢慢来了。

悠然行走

畲家茶道韵味香

有着"女汉子"之称的我，爱好有二，除了文学就是游玩，不受拘束地玩。这不，昨天还和闺蜜们谈"山哈"说茶道，今天就跑到了偏远的丰顺县潭江镇凤坪村来。为啥？还不是听人讲的它那"畲族故里，高山茶乡"的名头嘛。

说到畲族，我并不陌生。在广州工作期间，每到周日，我就会约上几个好姐妹到罗浮山下的畲族村游玩。因此，知道了这个少数民族的些许历史。

"畲"字可谓由来已久，在《诗经》《易经》中就已经出现。"畲"字有两个读音，两种含义。一者读 yú，意为刚开垦的田；二者念 shē，意为刀耕火种。"畲"字演化为族称，始于南宋时期。

据刘克庄《漳州谕畲》载："民不悦（役），畲田不税，其来久已。""畲，刀耕火耘"是不争的事实。勤劳的"畲"人到处开荒种植，过游耕生活，"畲"之族称由此而得。

由于旧社会畲族民众受到种族歧视，畲民都被排挤到偏僻的山区，过着以农业为主、狩猎为辅的生活。由于耕地多在缺乏水源的山岭，加之生产力低下，农作物产量甚至无法解温饱，他们修筑的梯田土壤腐殖质丰富，十分适宜种植茶树。同时，山区终年云雾缭绕，生长的茶叶品质优异，受到了世人的青睐。畲族先人不管是单门独户还是团体聚居,他们都有见缝插针种植茶树的习惯,从而留下了"畲山无园不种茶""山上无茶不成村"的谚语。他们世世代代过着远离喧嚣的樵牧生活,逐渐形成了独特的民族文化,尤其是饮食文化。在长期的生活中,畲民将喝茶变成了一种习俗,还研究开发出了文化底蕴丰富的"凤凰嬉水""凤盏溜珠""丹凤栖梧""凤穴求芽""凤舞银河""白龙缠凤""凤凰沐浴""金凤呈祥"等茶艺。

正是因为凤坪村有着"畲族""茶乡"之称的缘故,我才约三两知己来了个说走就走的畲乡行。凤坪村是梅州唯一的少数民族村,这里地势较高,平均海拔达到840米,最高峰的鸡公髻山海拔达到了1409米。这里气候寒冷,历史上有"风吹寨"之名。因为村口朝向东北,北风呼啸,常常吹破房屋。后因其地处凤凰山下的一块盆地,改名为凤坪。由于地形高耸,凤坪村有着"山高云雾出好茶"之说,所生产茶叶品种繁多,茶是当地农民的经济支柱产业。这里种茶有着悠久的历史,目前种植面积多达1.31万亩,年产干茶20万公斤。据悉,全村茶叶年产量达到十万斤左右,出产高山单丛、白叶、黄枝香、八仙、鸡藤香、鸭屎香等名贵香茶。茶香飘千里,引来不少慕名而来的茶商。凤坪村因地制宜,扬长避短,深挖传统农业,走出了一条特色路。

当我走进这畲族村寨,行走在水泥硬化的路面上,看着两旁干净整洁的民居,领略着善良淳朴的民风,不时地和身背竹篮采茶归来的畲族姑娘打着招呼,感觉到了村民的幸福,体会到了小茶叶发展大产业的宏伟蓝图,山沟沟凤坪畲族村飞上枝头变凤凰的美景正逐步变为现实。踏着"九山半水半分田,畲乡如画入梦来"的美妙诗句,嗅着"翠叶烟腾冰碗碧,绿芽光照玉瓯青"中的淡淡茶香,向着村外山坡那层层梯田的茶园走去。

时值柔媚清朗的春日,漫山遍野的采茶姑娘正在娴熟地采摘着茶叶。你看那"扭""拨""捏""摘""搁"的柔美动作，完美表现出了凤凰装的风韵，张扬出《打猙舞》的无尽魅力，吟唱出盘瓠后裔的青春旋律。沐浴着和煦的春风，聆听着茶园响起的深沉《盘古歌》，是谁人用智慧拉开了时代大幕？沉浸于信仰与图腾结合的景色，欣赏着自然纯净的金黄翠绿，幻想着纯洁的美妙，漫溢着莹澈透明的汁液，犹如娇嫩春芽的清新淡雅，还似茶香的清幽雅致，成了一曲独特的"山哈"抒情诗。

在充满诗情画意的茶园里，走累了，心醉了。带着几分清新与惬意落座于畲家庭院，热情好客的雷大嫂用从未见过的独特方式，为我们泡上一壶艾蛋茶。只见她以艾叶为底，再搁上完整的生蛋，用滚烫的山泉水浇熟，沏出艾蛋茶。据说，每逢村中男子干重活，或身有小恙时，必饮此茶。艾叶具有祛瘀解毒避邪气之

云蒸霞蔚的青山绿水间，闪现着畲族美女的身影。玉手采摘下片片翠叶，为人们的生活增添了沁人心脾的香茗。

功效，蛋可进补，故奉艾蛋茶为迎宾待客的上等礼节。享受完别有意味的"艾蛋茶"，雷大嫂深知我们汉人喜欢清茶，一边聊天，一边又为我泡上一壶上等的春芽茶。大嫂用"凤凰三点头"的优雅姿势，为我们倒上一杯淡绿且黄的澄澈茶水，伴随着袅袅升起的缕缕热气，顿时一股清香弥漫身心，大有唐人卢全"一碗喉吻润，二碗破孤闷"的意味。此时此刻，品出的是一种物我两忘的心境，感觉浮躁的五脏六腑得以净化，沉淀下的是对人生的长长沉思。享受着这种返璞归真的情调，我终于明白了畲族人为什么能够在艰苦的条件下，活出品位，活出自我，活出精彩。大概这就是他们从喝高山茶中感悟出的茶禅一味的人生哲理吧。

　　日前，听人讲，闽东霞浦畲乡有种"寨凰"茶更地道。那里既是山地又是沿海，独特的地理位置生产出的茶叶，也是与众不同的。有了独特的条件下，那里产的茶叶香味醇厚令人回味无穷就毋庸置疑了。因此，朋友的介绍勾起了我无限的向往，期待着霞浦之行，与"哥们儿"落座于畲寨品茗言欢，肯定是一大乐事！

半月里走笔

　　深信，历史上遗留下来的古城、古镇、古村落，都带有深厚的文化底蕴。由是，喜欢历史文化的我，每到一地，除了参观当地的名胜古迹外，古城、古镇、古村落亦成为我行走中不可缺失的视觉盛宴。因之，云南的独克宗古城、束河古镇，贵州的镇远古城、土城古镇，山东的青州古城、朱家峪古村落，广西的梧州古城、扬美古镇，江西的浮梁古城、岚陵古村落，浙江的台州古城、周庄古镇，广东的潮州古城、南社古村落，等等，都先后走进了我的视野。

　　来到榕城，三坊七巷逛了一番之后，不经意间，听友人讲，美丽的海滨小城霞浦有一个十分不错的畲族村寨半月里，顿时勾起了我强烈的好奇心。说来，我过去游览的多是汉人聚居地，而朋友说的半月里是畲族古村寨，它的诱惑力就比过去所见的古村落大了许多。安排好行程，高铁不足一个半小时就到达了目的地。沐浴着和煦春风，呼吸着清爽的空气，搭一个的士，径直朝畲寨半月里飞奔而去。

　　路上，家住溪南镇的的哥告诉我：半月里，原名"半路里"，是霞浦西南的一个纯畲族村落，迄今已有300多年的历史。这里山环水绕，钟灵毓秀，既是省级历史文化名村，也是全国五大畲族文化村之一。半月里不仅仅有着深厚的文化底蕴，同时还保留着被列入国家级非物质文化遗产名录的畲族婚俗。说话间，龙溪宫前粗大榕树下的庞大"半月里"标志石，已出现在我的眼前。除了刚才的哥告知的一切外，从石刻文字中我又了解到半月里的另外几项殊荣：国家级第一批民族特色村寨建设点、第一批国家级传统村落、中国历史文化名村。哪一个名头在我看来都是有分量的。抚摸着镌刻的"畲族"二字，不由得佩服起这个勤劳的民族。

　　我的半月里之行，是从身边这始建于清雍正八年（1730）的龙溪宫开始的。但见宫观背靠弥勒山，面向玉兔山，东依燕鼎山，建筑形式为硬山顶抬梁、穿斗木结构，由斗、升、翘、昂、拱组合而成，自南而北依次为山门、戏台、众厅、神厅、神龛等。宫中殿堂供奉的既不是佛家释祖，也不是道家三清，而是畲民自己信仰的神祇。他们分别是唐代大将薛仁贵、唐五代武将陈九郎、南宋大将杨从仪和唐代大将雷万春。除此之外，这里虽是山区，村民却有着崇奉海神妈祖的习俗。由龙溪宫的神明供奉可以看出，畲民信仰的不是虚无缥缈的"神"，而是现实存在的"人"。由此可见，他们所信奉的是以人为本的"英雄"，而不是盲目迷信。

　　走出龙溪宫，不期而至的绵绵春雨淅淅沥沥地弥漫开来。沿乱石铺街的纤细小巷一路前行，彰显着半月里文化内涵的举人府、五秀才院、雷氏宗祠接踵而至。雷世儒，一个令半月里骄傲了两百多年的文化名人，他家的38间大厝加偏房，刻画着极富畲族文化的人物、花鸟，具有很高的欣赏与研究价值；雷位进故居虽不起眼，但"一门五秀才"的荣光，令此民宅享誉八闽大地，一时成为培育优秀学子的摇篮；背靠状元顶，前为笔架山，雷氏宗祠，除却凝聚家族力量的特征外，还记录着家族传统与曾经的辉煌，具有较大的影响力。且不言雷氏宗祠的艺术价值，"凤山衍庆"匾额的文化含金量，足以让人讶然不止。

畲族文化异彩纷呈，美不胜收。走进集畲族文化之大成的民俗博物馆，藏品之多，令人目不暇接。博物馆负责人叫雷其松，是半月里雷氏后人，也是闽东畲族婚俗的传承人。1989年起，他为了保护畲族文物、弘扬畲族文化，花费30多年时间，搜集整理了有关畲民生产、生活的用品，以及各种文物2400余件，既让畲族文化遗产有了安全的"家"，也让这个深山小村更具有了文化底蕴。"吭哧"作响的织布机，仍在诉说着昔日的精彩；雕花大床前的木踏，讲述着新婚之夜的畲家故事；色彩斑斓的民族服饰，以其鲜明的刺绣特点彰显着畲人的聪明和才智；精美别致的竹编"尖仔笠"和长长的镰刀，见证着"长刀短笠去烧畲"的时代印记。还有打上了时代烙印的食篮、礼桶、踏水车、石臼、木犁、舂米杵、纺车、蓑衣、竹编箱等向人们诉说着渐行渐远的耕狩生活。当我徜徉于此，畲族姐妹的心灵手巧，畲族兄弟的勤劳勇敢，无不通过这些生产、生活器具体现出来，也让我无限感慨。

迷蒙的春雨似牛毛，如花针，亦像畲家姑娘飘柔的发丝……雨雾弥漫，如烟似纱地笼罩着一座座"几"字形构建的畲寨民居。曼妙的"沙沙沙"声响，犹如蚕宝宝咀嚼桑叶发出的声音。廊檐下谁家气宇轩昂的红冠白羽大公鸡，一副威武大将军的神态，我的到来似乎与它毫无关系，自顾自地跳上成堆的木柴垛，抖擞了一下精神，引吭高歌。清幽的街巷空无一人，打湿的鹅卵石街道泛着幽幽的暗光。伞下的我喜欢戴望舒《雨巷》的意境，任由那"独自彷徨在悠长/悠长，又寂寥的雨巷……"在畲寨回响。

来到上坡的村头，我俯瞰着蒙蒙的远山近村，袅袅炊烟平添上些许趣味，于这般情景里，诚然是唐人刘禹锡"山上层层桃李花，云间烟火是人家"的再现。不知何时，一只土狗来到我的身边，与我在榕树旁构成一幅错落有致的图画。畲乡半月里的和谐场景，顿时让我体味到了一种诗情画意所不能表达的意境，那就是春雨不仅仅滋润了"何处好畲田，团团缦山腹"的半月里，更滋润了我这颗干涸于闹市的心。我找到了回归自然的绝妙去处，那便是闽东畲乡的半月里。

　　无缘于畲家乌米饭、豆腐酿、绿曲酒、凤寨茶等美食，亦无缘于畲家乌饭节、盘柴槌、封龙节等习俗，无奈的现实成为来日的憧憬，此时此刻的心境，犹如小品演员范伟的经典台词："我这心，是瓦凉瓦凉的啊。"

半月里，静静地躺在大山的怀抱中。她身披一袭岁月纱衣走来，唱着那畲族兄弟的古老歌谣。

诗歌高地在草堂

　　唐代，玄宗末年至代宗初年，将领安禄山和史思明背叛朝廷发动了战争，这是一场与皇室争夺统治权的内战，使得唐朝人口锐减、国力骤降。因为发起反唐叛乱的指挥官以安禄山、史思明为主，因此后世称之为"安史之乱"。杜甫为了躲避战乱，带领全家从秦州经剑门辗转来到蜀地。杜甫之所以迁居成都，主要是考虑到这里还没有战乱、生活成本比较低、有熟人可以投靠。

　　杜甫一家投靠的是他的故交——剑南节度使严武。不过杜甫跟严武早在长安就相互熟悉。严武是蜀中第一军阀、工部侍郎严挺之的儿子，自然很有些人脉关系。在他的鼎力举荐下，杜甫被任命为节度使署中参谋，检校工部员外郎。但是看透了官场黑暗与虚假的他，仅仅工作了一个月便毅然决然地辞去官职（当然也有年龄大了的顾虑）。当严武问他在蜀中有何需求时，杜甫直言不讳："愿将军为我在浣花溪旁，盖一草堂。"杜甫本来就喜欢过自由轻松的生活，此时的他对自己的仕途已经不抱希望，因此归隐田园的念头尤为强烈。杜甫到达成都的第二年春天，就在严武的帮助下于浣花溪旁盖起了草堂。从他的《堂成》诗中便可以领略到当时草堂的概貌及他的心境："背郭堂成荫白茅，缘江路熟俯青郊。桤林碍日吟风叶，笼竹和烟滴露梢。暂止飞乌将数子，频来语燕定新巢。旁人错比扬雄宅，懒惰无心作解嘲。"由此可见，有了浣花草堂的杜甫心情还是不错的。

　　回忆着这些与诗圣有关的片段，我自宽窄巷子、武侯祠、锦里一路寻来。吟诵着《春夜喜雨》这首五言律诗："好雨知时节，当春乃发生。随风潜入夜，润物细无声。野径云俱黑，江船火独明。晓看红湿处，花重锦官城。"披一袭春风绵雨沿通幽曲径一路朝浣花溪走去，杜甫草堂就在那里等着我。

　　说到成都的杜甫草堂，有必要在此赘言几句。公元765年，严武病逝，失去唯一依靠的杜甫只好携家眷告别成都，经三峡流落荆、湘等地。杜甫离开成都后，草堂便倾毁不存。

　　唐朝大历年间，草堂故地被时任四川节度使崔宁的小妾（浣花夫人）任氏族人据为私宅。五代前蜀时，儒客大家、晚唐诗人韦庄寻得草堂遗址，重结茅屋，意在"思其人而成其处"，使之得以保存。宋代又重建，并绘杜甫像于壁间，始成祠宇雏形。此后草堂屡兴屡废，其中明弘治十三年（1500）和清嘉庆十六年（1811）的两次重修，基本上奠定了今天草堂的规模和布局。另外，清代的康熙、雍正、乾隆时期均对成都草堂进行过重建和修缮。民国后期，地方军阀混战，草堂成为军队马厩和伤病者疗伤的地方，这段时期对杜甫草堂的破坏很大，祠宇门窗、亭台水榭均被拆毁，所悬挂楹联匾额损失殆尽，多被官兵取下当柴火烧掉；祠内的杜甫塑像遭到风吹雨淋损伤严重，不得已，草堂寺的僧人给雕像戴上了斗笠。新中国成立后，政府对杜甫草堂进行了全面整修，使之成了休闲娱乐和寻古凭吊的好去处。

　　当年杜甫的茅屋前，有一条两旁栽满花木的优雅小径，他在诗中曾写道："花径不曾缘客扫，蓬门今始为君开。"今天我所漫步的花径，是连接杜甫草堂建筑群与原草堂寺的一条红墙夹道小径，花径尽头是"草堂影壁"，清末四川劝业道道尹周善培用青花碎瓷镶嵌"草堂"二字于此，数度毁损又几经修复。面对着草堂的这一重要标志，来往游人无不在此感怀一番。当然了，最有说服力的莫过于前边的"少陵草堂"。这是一座以茅草做顶的亭子，亭内竖有一方镌刻着"少陵草堂"的石碑，四个大字笔力浑厚强健，俊秀圆润，一看就是名家手笔。细细一瞅，呀！原来是清朝果亲王允礼的墨宝啊。据说，雍正十二年（1734）果亲王送达赖进藏，经过成都，特意拜谒草堂，留下了这一手迹。伫立于此的我，在欣赏书法艺术的同时，内心还充满了对它的尊敬。就是在这里，曾经安歇过一缕伟大的诗魂。他忧国忧民以诗抒怀，四年间，在此写下了247首诗歌佳作。这块无与伦比的文学高地能不令我景仰吗？

这里，有茂林修竹，有小桥流水，有鸟语花香，有田园风情，还有着美妙的诗意。置身于此的我，大有一种"念天地之悠悠，独怆然而涕下"的感受。从当时杜甫描写的一些诗文来看，蜀地人民的生活受"安史之乱"的影响并不大，这里的民众依旧安居乐业。这样的社会环境为杜甫的诗歌创作埋下了伏笔。这期间他的诗作反映现实的有所减少，多了一些清新优美、歌颂自然、描写自然的作品。像"迟日江山丽，春风花草香。泥融飞燕子，沙暖睡鸳鸯"以及那首脍炙人口的《春夜喜雨》，这样的诗篇在诗圣的作品中是与众不同的。后来，好友严武去世，失去依靠的他，不得不再次踏上漂泊之旅。离开成都后，他的诗歌中有"飘飘何所似，天地一沙鸥"的语句，悲怆和怅惘的心情在诗韵里悄然溢出。当然，忧国忧民的他，在成都写下的并非完全是这些清词丽句，也有着"布衾多年冷似铁，娇儿恶卧踏里裂。床头屋漏无干处，雨脚如麻未断绝"的苦涩描写。即使如此，伟大诗人杜甫的心里仍有"安得广厦千万间，大庇天下寒士俱欢颜！呜呼！何时眼前突兀见此屋，吾庐独破受冻死亦足"的济世情怀。在少陵草堂前感知着不朽的诗魂，我禁不住心潮澎湃。

　　短暂的凭吊，是无法表达自己对诗圣的钦佩的。还好，接踵而至的工部祠、史诗堂、大雅堂在弥补着心中的缺憾，诠释着杜甫的伟大。大凡了解杜甫生平的人都知道，他曾做过节度参谋检校工部员工郎，故称"杜工部"，一屋三楹的祠堂由此得名。祠内奉有明、清杜甫石刻像，其中明朝杜甫半身像是草堂遗存最早的石刻像。宋代诗人黄庭坚、陆放翁与杜甫有着同样的忠君爱民思想，两人都十分推崇杜甫并以其为宗，所以清人将两人配祀于杜甫像两侧。"荒江结屋公千古，异代升堂宋两贤"的联语，充分体现出人们对三人的高度认同，也彰显出人们对有着同样志向的三位隔朝诗人的敬仰之情。诗史堂是中轴线上第三重的主体建筑，这里不仅集中保存有杜甫留下的1400多首诗歌，还真实而生动地展现了"安史之乱"前后唐代社会的画卷，反映了唐朝由盛转衰的历史。杜甫被后世尊为"诗圣"，他的诗歌被称为"诗史"，"诗史堂"的含义不言而喻。大厅正中陈列的杜甫塑像，是由我国著名雕塑家刘开渠先生以写实的手法来雕刻的。原为草堂寺大雄宝殿的大雅堂，陈列着迄今为止国内面积最大的大型彩釉镶嵌磨漆壁画，以及12尊历代著名诗人雕塑，形象地展示了杜甫生平和中国古典诗歌的发展史。荣获全国十大陈列展览精品最佳创意奖的《诗圣著千秋》，是这里的点睛之笔，大雅之意显而易见。

　　杜甫草堂景区的这些亮点能佐证杜少陵曾于此生活，但真正吸引我的是在我即将离开景区时，在草堂东北面的唐代遗址陈列馆中得到的感触。20年前，不经意间，在草堂景区内发掘出大面积的唐代生活遗址和一批唐代的文物，它极大地丰富了杜甫草堂的历史文化内涵，印证了杜甫当年对居住环境及生活情景的描写，证实了杜甫草堂在原址上代代沿袭重建的历史，澄清了古今草堂的位置之争。凝视着散乱在一米多深挖掘坑的陶瓷碎片及夯土层，仿佛一下子让我感受到了大唐的风韵。恍然间，伴随着地气的氤氲，初唐的王勃、陈子昂，盛唐的王维、孟浩然，中唐的孟郊、白居易，晚唐的杜牧、李商隐，纷纷现身于此。然而，当我定神凝视之际，突显于他们之间的还是杜甫、李白最为光彩照人，耀眼夺目。

一千多年前的那个诗人走了，他在这里留下的辉煌诗篇却光照千秋，灿烂辉煌。少陵草堂因诗名扬天下，凭借"诗圣"之名而万古流芳。

意趣盎然黄龙溪

　　喜欢名胜古迹的我，来到天府之国，如饥似渴地一口气把市区的武侯祠、锦里、青羊宫、望江楼、文殊院、杜甫草堂、宽窄巷子"吞噬殆尽"后，又将目光投向了成都周边。由是，大名鼎鼎的都江堰、青城山、刘氏庄园又被揽入怀中。就在我买好机票，准备打道回府之际，不经意间又听说在双流区还藏有一座历史文化名镇。

　　这处近年来被炒热的景点叫黄龙溪古镇，古名"赤水"，据《仁寿县志》记载："赤水与锦江汇流，溪水褐，江水清，古人谓之'黄龙溪清江，真龙内中藏'。"又据《黄龙甘露碑》记载："黄龙见武阳事，铸一鼎，象龙形，沉水中……故名曰黄龙溪。"有关史料表明：建安二十四年（219），黄龙所属之地，昔属武阳，今属治境，故溪以是名矣，故名曰"黄龙溪"。

　　黄龙溪古镇，位于成都市双流区西南部边缘，距离双流国际机场仅仅几十公里的路程。我计算了一下时间，从古镇直接打车去机场应该不会误机。于是激动的心情驱使着我这个"女汉子"，毫不犹豫地登上了新南门客运站通往黄龙溪古镇的专线客车。前后不过一个半小时的光景，高大巍峨的"黄龙溪古镇"石牌坊便以古朴庄严的面貌出现在了我的面前。这里不收门票，只是测量了一下体温。

一踏进古镇,大写的"古"字就吸引了我的目光。且不言先声夺人的"一街三寺庙、三县一衙门"的天下奇观,就是拥拥挤挤来到我面前的川西古民居、古街坊、古树木也让我应接不暇。弥漫其间的浓郁文化味儿,更使我感觉到了这里厚重的文化积淀。不说那些古色古香的楼阁廊房,单是眼前这些不起眼的低矮门口所悬挂的木质楹联,便令我细细思之,咀嚼不已。这边是"古镇迎天下,黄龙藏秀水"映入眼帘,那边有"千树梨花百壶酒,一庄水竹数房书"走进视野,接踵而至的还有"寻梦千年古蜀,心泊浪漫水城""中国火龙之乡,川西风情画廊"等。

从临流而居的老街坊口中获悉:黄龙溪古镇,又名永兴场,建镇至今已经有1700多年。原址在府河东岸的回水境内,明末清初毁于一场大火,故而又叫"火烧场",后来有贺、乔、唐三姓人家迁到现址建场,逐步发展成今天的规模。《华阳国志》记载于东汉末年这里发生过一大自然奇观,说的是建安二十四年(219),黄龙一连九天出现在武阳赤水。当时的黄龙溪属于武阳管辖。那时的赤水河,就是今天与府河交汇的鹿溪河。每遇洪水季节,源自龙泉山的鹿溪河多为山涧溪水,水流中裹挟着大量的泥沙,水色赤黄;而来自府河的锦江水,源于岷江,清澈透明。当两条江水在此汇合时,清、浊分明。鹿溪河山水借着俯冲之势蹿入府河,呈现着暗流涌动之景象。远远看去,恰似一条黄色巨龙潜江泅渡,当地百姓都形象地说它是"黄龙渡清江"。久而久之,在代代神话传说的演变中,人们自然而然地便把这引来"黄龙"现身的宝地,称为黄龙溪。

黄龙溪的景观看点星罗棋布,以水串联的景点比比皆是,古街、古庙、古堤、古碾、古码头、古战场、古衙门随处可见。"千年古树伴古镇"的奇异,让人叹为观止。于我来说,"一街三寺庙、一街三衙门"的看点是不能落下的。街中有庙、庙中有街的古龙寺、镇江寺、潮音寺，毫无疑问地受到了我的青睐。承载着黄龙溪历史文化的三县衙门也是我来古镇浏览的重中之重，历史上的黄龙溪属"金三角"地带，民事纠纷、经济纠纷、匪患无不困扰着华阳、彭山、仁寿。因此，联合办公的三县衙门应运而生。镇江寺对面就是锦江与鹿溪河的交汇处，伫立于此，"黄龙渡清江，真龙内中藏"的景观一目了然。乘一叶扁舟，泛流水上，于如梦似歌的环境里，品茗吟诗，感受淳朴的民风，物我两忘。

　　喜欢民俗的我徘徊临街老井，闪现的老妪取水场景引起了我极大的兴趣；"咿咿呀呀"的陈家水碾，将我带到了婆家彭泽的茅湾碾米作坊；溪流浣衣的农家村姑背影，留给我几多猜测；形似盘龙欲飞的千年乌桕树，挂满了美丽的传说；而傍水而筑的临江吊脚楼，彰显着古蜀民居"干栏"特色的同时又隐匿着多少秘密呢？虽然无缘于古镇的打更、放生会、龙舟会、烧火龙、观音会等民间习俗，但从楼上花棂飞出的川剧唱腔，还是让我体会到了"川味"。感知着这充满人间烟火的川西风情，勾起了我诸多关于家乡农耕文化的回忆。

　　我是一个不折不扣的吃货，不管走到哪里，除了美景就是吃美食，今天来黄龙溪古镇也不例外。择一家人气颇旺的"黄龙溪一根面"美食店倚窗而坐，任由飘香的味儿刺激味蕾。说来，满街的诱人美食真是不少，焦皮肘子、珍珠豆花、麻辣豆腐、素炒野菜都是不容错过的美味，尤其是产自本地的仔鱼仔虾、麻辣豆豉、红烧黄辣丁、猫猫鱼等辣味十足的川菜，更是刺激人胃口的首选。无奈，"恐辣症"让我只能望"美食"兴叹，只好选择了著名的传统面食——一根面，也叫长寿面，有着上千年的历史。"不吃一根面，枉到黄龙溪"的俚语，印证着我正确的选择。"一碗只有一根面，一锅也是一根面"的特色，加之美味可口的臊子及调料，一入口，顿时有一种柔韧、滑爽的感觉，越嚼越劲道，越吃越有味道，多亏我来得早，免去了排长队的烦恼，若不然还得等上好一会儿呢。

我打着饱嗝离开了这家"一根面"老店，沿着潺潺溪流回味着它的滋味，深深感受成都黄龙溪古镇的美景、美食，真是难得的一种人间享受。抱定心思，下回来天府之国，本次匆忙中落下的古佛堰、古佛洞、古战场以及未曾一见的古民俗，当然，还有那不曾食用的周公馆油烫鸭、焦皮肘子、芙蓉豆花等，一定不能再错过。候机室内，黄龙溪古镇让我频频回首，恋恋不舍。

朝拜峨眉山

　　峨眉山，地处四川盆地西南边缘的峨眉山市境内。这里地势陡峭，风景秀丽，有着"秀甲天下"之美誉。并且气候多样，植被丰富，有着3000多种植物，其中包括一些世界上稀有的树种。山中有佛教寺庙26座，佛事频繁的重要寺庙就有8座，是中国四大佛教名山之一。1996年，这里与乐山大佛被评为文化与自然双重遗产，被联合国教科文组织列入《世界遗产名录》。

　　这天，我和文友起了个大早，自成都市区一路行来。早就听说峨眉山景区面积多达154平方千米，由大峨、二峨、三峨、四峨4座大山组成。通常所说的峨眉山就是指的大峨山。大峨、二峨两山相对，远远望去，双峰缥缈，犹如画眉。这种陡峭险峻的雄伟气势，引发诗仙李白发出了"峨眉高出西极天，罗浮直与南溟连""蜀国多仙山，峨眉邈难匹"的赞叹。峨眉山常年云雾缭绕，弥漫山间的云雾，把峨眉山装点得婀娜多姿。层峦叠嶂的雄伟山势，气象万千的秀丽景色，形成了"一山有四季，十里不同天"的天然妙趣。

　　清代文人将此地佳景概括为"金顶祥光""象池月夜""九老仙府""洪椿晓雨""白水秋风""双桥清音""大坪霁雪""灵岩叠翠""萝峰晴云""圣积晚钟"老十景。现在的人们又不断发现了许许多多的新景观，像"红珠拥翠""虎溪听泉""龙江栈道""龙门飞瀑""雷洞烟云""接引飞虹""卧云浮舟""冷杉幽林"……，并又产生出"金顶金佛""万佛朝宗""小平情缘""清音平湖""幽谷灵猴""第一山亭""摩崖石刻""秀甲瀑布""迎宾石滩""名山起点"新十景。新老胜景，各俱精彩，无不引人入胜。

　　进得山门，观光车逶迤疾驰，但见峰回路转，重峦叠嶂；古木参天，云断桥连；洞深谷幽，天光一线；万壑飞流，水声潺潺；仙雀鸣唱，彩蝶翩翩；灵猴嬉戏，松鼠舞蹈；奇花铺径，别有洞天。活脱脱一幅幅美轮美奂的山水画卷，在眼前一路铺展。激动万分的我，此时此刻被接踵而至的美景陶醉着，头脑里完全没有了"老十景""新十景"的概念，移步易景，遍地美景。今天我并非完全为了游山玩水而来，而是为了30年前的一个夙愿，也就是冲着金顶的普贤菩萨来的。哪里还顾得了去寻找这些别人眼里的美景呢？说不定我走一圈下来，会看到更多不一样的美景呢。这不，说着说着美景就来了：看，这里是"涧谷烟云""翠鸟啼春"，瞧，那边是"沟壑涂绿""枯木逢春"，还有这"峡谷幽会""悬崖飞瀑"……然而，令我心头最为震颤及得趣的当属"峨眉背夫"和"人猴和谐"。

　　"峨眉背夫"是行走在我身边的一道别异风景。他们与泰山挑夫、华山轿夫有着异曲同工之处，世世代代用一个俯身前行的姿势，背负起了子孙后代和"秀甲天下"的峨眉山。东汉永和六年（141），印度佛教随着对外贸易的发展传入峨眉。僧人在这里建寺传教，背夫职业也应运而生。峨眉山山道崎岖艰难，生产、生活物资都需要背夫从山下运到山巅。大唐年间，诗人李白游峨眉，让背夫将他背上白水寺，恰巧听到广浚师父抚琴弹弦，琴声如万壑松声让他陶醉不已。因此，他有感于此留下了不朽的诗篇。

当我于此聆听着《听蜀僧濬弹琴》时，能不为背夫的精神所感动吗？明神宗年间，朝廷赐重金重修白水寺，当时是完全仿照印度热那寺修建的无梁砖殿，而所有砖瓦全部是背夫从山下背上去的。峨眉山历代共修建庙宇200余座，哪些物资不是靠背夫们运上去的？伴随着社会的进步，虽然山道上背夫的身影越来越少，可是故土难离的人们，宁愿负重前行也不愿离开这片热土。他们明白：自己背负着嘱托、背负着责任、背负着后代的前程。望着每一个背夫的身影，我都会用行注目礼的形式给予最崇高的敬意。

　　"人猴和谐"，是峨眉山登顶途中一道不可错过的景致。峨眉山的猴是藏酋猴，也被称为"峨眉猴"。因生活在佛教名山，故而又雅号"猴居士""猿居士"，当地山民俗称"山娃儿"。听人讲，这里的猴子在十多种猕猴中是体型最大的。它们四肢等长，尾短于后脚，成年猴两颊和颏下有一圈须状髭毛。这些猴哥喜欢群居，每个家族大多由10到30几只猴子组成，大群可达上百余只。虽然属于杂食性动物，一般还是以野果、植物嫩叶、昆虫为主食。这些猴子十分灵巧聪明，时常在途中或乞讨美食，或拦路"抢劫"，也有的做出些令人啼笑皆非的恶作剧。它们是国家二级保护动物，打不得，骂不得，游人们只能任由它们发挥。当我经过"一线天"时，见到一位中年妇女满脸哭相，原来是她走到这里时被猴子"抢劫"了。瞧，她的花包包正被猴子挂在悬崖峭壁的树枝上荡悠呢。有人建议说，去找管理人员吧，谁也没办法。看来"峨眉山的猴子成了精"并非一句戏言。由是，我把手里的提包攥得更紧了。后来听人说，只要你不与猴儿戏耍，它一般是不会主动招惹你的。由此可见，人猴和谐是真实存在的。

　　说来，三千多米的海拔对于我这个岭南女子来讲，的确是一种严峻的考验，有生以来从未攀登过这种高度。我明白，当我把坎坷与困难踩在脚下，一层层石阶抬升着我高度的同时，我的心灵就与普贤菩萨又贴近了点，离我亲耳聆听南无大行普贤菩萨的宏愿变为现实亦近了许多。这样想着，默念着"唵、嘛、呢、叭、咪、吽"六字真言，驱散了烦恼与忧伤，乏力劳累感也减弱了许多。

峨眉山金顶是峨眉十景的精华之所在，其日出、云海、佛光、圣灯无不称为奇观。据说，峨眉日出景象浩瀚壮阔，奇妙无比。黎明前地平线天开一线，飘起缕缕红霞，刹那间，空旷的紫蓝色天幕上吐出些许紫红，缓慢上升，变成小弧，又变成半圆，颜色由橘红变为金红，然后微微一个弹跳，拖着一抹尾光，只见一轮圆圆的红日悬在天边。朝霞满天，万道金光射向大地，峨眉云海，可谓奇绝无双。晴空万里时，白云自千山万壑中涌动腾升，苍茫的云海犹如雪白的棉絮，缓缓地铺展，光洁厚润，无边无际。山风乍起，云海起伏波动，四处飘移，群峰众岭变成云海中的座座仙山琼岛。云海波涛聚拢过来，千峰万壑隐藏得无影无踪。云海时开时合，恰似"山舞青蛇"，气象分外壮观。峰顶天气晴朗、山脚弥漫雾气时，若是站在巍峨的金顶背对着太阳，让阳光从身后射来，在前下方的雾幕上，会出现一个彩虹般的光环，中间浮现着人的身影，并且影随人动，这便是众人称奇的"佛光"。即使成百上千的游人同时观看，也只能看到自己的身影被光环笼罩。这种又被称为"峨眉宝光"的"佛光"，要身临其境，才能感受既虚幻缥缈又真实存在的意境，实乃人间天上，神奇玄奥。峨眉圣灯，又名"佛灯"。置身无月黑夜的金顶，"舍身岩"下常出现飘浮的绿色光团，从一点、两点形成千万点，似繁星闪烁跳跃，在黑暗的山谷中飘忽不定。"圣灯"现象极为奇特，有人认为是山谷磷火所致，有人认为是某些树木上有种密环菌，当空气达到一定湿度时便会发光。孰是孰非，众说不一。

气喘吁吁地爬上金顶，周遭被团团云雾笼罩着。我所期待的峨眉日出、峨眉云海、峨眉佛光、峨眉圣灯统统与我无缘。带着些许失望走向华藏寺，它的富丽堂皇，它的肃穆庄严，以及从中传出的袅袅梵音将我心中的沮丧一扫而光。随后便见神采奕奕的普贤菩萨坐一骑铜象出现在我的面前。我赶紧虔诚地双手合十，微微闭目。重达660吨的金顶金佛，以其48米的高大形象矗立。由台座和十方普贤菩萨组成的佛造像，象征着阿弥陀佛的48个大愿。高6米、长宽各27米的台座四面，镌刻有普贤菩萨10种广大行愿文字。浮雕装饰的外部花岗石图案，精美卓绝。这尊十方普贤金像设计完美，工艺精湛，具有极高的文化价值和观赏价值。按照善男信女的朝拜信仰习俗，我亦随人群围着这尊露天十方普贤金像转了3圈，并默默地许下了心愿。

迷雾紧紧包裹着耸立云天的普贤菩萨，呈现着佛家的无形大象，为我的峨眉之行画上了还算圆满的句号。

到醴泉寺去寻找一个人

　　数年来，我循着北宋著名政治家、军事家、文学家、教育家范文正公的足迹，去过湖南的岳阳、江苏的苏州、河南的商丘，也到过甘肃的天水、浙江的杭州、山东的青州等地。受家庭影响，范仲淹在我的心目中始终是偶像级的人物。高山仰止，景行行止。想不到，这次再来到鲁中地区，我又得到一个惊喜。

　　初冬时节，我应邀来齐国故地山东省淄博市参加憨仲老师的"齐风三部曲"作品研讨会。会后，得文友陈庆连盛情，游览了蒲松龄书馆、青云寺后，又在蒙蒙细雨中驱车40多公里，来到了长白山下的醴泉寺，追寻缅怀一代名臣范仲淹。

　　说到范仲淹，喜好历史的人对他并不陌生。他字希文，祖籍邠州，后移居苏州吴县，北宋初年政治家、文学家。范仲淹幼年丧父，母亲改嫁长山朱氏，范仲淹遂更名朱说。大中祥符八年（1015），朱说苦读及第后，方才上书朝廷恢复原名姓。其先被授广德军司参军，后历任兴化县令、秘阁校理、陈州通判、苏州知州等职，因秉公直言而屡遭贬斥。康定元年（1040），与韩琦共任陕西经略安抚招讨副使，采取"屯田久守"方针，巩固西北边防。庆历三年（1043），出任参知政事，发起"庆历新政"。不久后，新政受挫，范仲淹自请出京，历知邠州、邓州、杭州、青州。皇祐四年（1052），改知颍州，在抱疾上任的途中逝世，殁年六十四岁。累赠太师、中书令兼尚书令、楚国公，谥号"文正"，世称"范文正公"。关于他的卓著政绩，在此并不想过多赘言。其对后世影响深远的文学，倒有必要再花些篇幅来叙述。

他的作品以政疏和书信居多，陈述时政，逻辑严密，具有较强的说服力。苏东坡评价《上政事书》"天下传诵"；《灵乌赋》一文传递的"宁鸣而死，不默而生"精神为世人千古传颂；名篇《岳阳楼记》中"先天下之忧而忧，后天下之乐而乐"的思想和仁人志士节操，对后世影响深远。诗歌方面，他主张"范围一气""与时消息"，秉承了孟子的"浩然之气"，又将曹丕的"文气说"和陆机、钟嵘的"感物说""天人合一"诗学思想融合在一体，形成了自己的艺术风格。至于词曲亦是风格迥异，走出了宋人"小院香径""庭院深深"的意境。这些，在传世的《范文正公文集》中可窥见一斑。

在蜿蜒曲折的北方乡村山路上，满目凋零萧瑟的景色不断地转换着我的思绪，当然，脑海里浮现最多的还是与这片土地有关的那个曾名朱说的孩子。他原本范姓、名仲淹，苏州人氏。父亲范墉，曾任宁武节度掌书记，就是徐州军事长官的秘书。范仲淹两岁时，父亲因病去世，母亲谢氏无奈之下改嫁给在苏州为官的朱文翰，范仲淹遂改名朱说。15岁那年，随继父返回其家乡，今天的邹平县长山镇。身世坎坷、饱尝过多酸辛的母亲谢氏，把希望寄托在儿子身上。她以孟母自励，悉心教子；朱说以颜回自律，发愤成才。

不远处，山峦起伏，重峦叠嶂。庆连兄告诉我，穿过这条广富隧道，当年范仲淹读书求学的醴泉寺就在前方。由此，与之相关的"划粥断齑"的故事便浮现眼前。

范仲淹在醴泉寺求学期间，继父的家境已经比较窘迫，他心知肚明。每次离家去寺院，母亲总劝他多带些粮米，一是担心儿子吃不饱累坏身体，二是怕给寺院的师父增加负担。可是每次他都带得不多，母亲絮叨规劝时，他总是胸有成竹地说："不少了。"在寺院里，粮米交给厨房代为制作，学子与和尚们一道用饭。可是他从早到晚一门心思地刻苦读书，经常忘记吃饭。好心的厨僧见他如此废寝忘食，便主动给他送了饭来。给别人添麻烦，范仲淹很是过意不去，于是自己备了小锅小灶自炊起来。他按自己既定的主意，每天夜晚量好米、添好水，一边读书，一边续柴煮粥。等粥煮好，时间已过了子夜，他便和衣睡去。次日清早，锅里的粥早已凉透，凝固成一整块。他拿出小刀，将凝固的粥块一分为四块。早晨吃两块，傍晚吃两块，一日两餐，这便是"划粥"的来历。用什么菜蔬佐餐呢？寺院周围到处是能吃的野菜，他就在去山洞读书时，顺便在路旁拔几株野菜带回来。吃饭时，切成细碎末，加点盐一拌，一顿佐餐的菜便成了。由此，便有了与凿壁偷光、负薪挂角、悬梁刺股等异曲同工的励志故事"划粥断齑"，这四个字亦成了刻苦读书的代名词。

说话间，始建于南北朝时期的醴泉寺已经以壮观雄姿来到了我们面前。据说，这是1500多年前一个叫庄严的法师主持修建的，当时名为龙台寺。唐中宗时寺僧仁万重建寺院，寺院落成之日，恰巧东山有一甘冽清泉涌出，中宗赐名"醴泉"，为济南七十二名泉之一，"品重醴泉"之说便是由此得来。但见群山环抱之中的醴泉古寺坐南朝北，环境幽美，山峪纵深，古木参天。

我拾级而上，由已故著名书法家欧阳中石先生题写的"醴泉寺"的巨大匾额，以其古朴典雅的面貌在迎接着我们。这是一座佛教寺院，整座寺院由两大主殿和三大偏殿组成。主殿由北至南分别为天王殿、大雄宝殿，西偏殿由北至南为观音殿、释迦牟尼佛殿，东偏殿为地藏殿。对寺庙，我并不多么感兴趣，只走马观花看一遍。仅大雄宝殿南边的范文正公祠，让我心动不已。端坐殿堂的范仲淹身着朝服、手拿书卷，目光炯炯，气宇轩昂。我凝视着这位先贤，崇敬之情油然而生。置身于此的我被生动的壁画深深吸引着，一幅幅历史画面的再现，让我真切地感受到了范文正公与这片土地的不解之缘。迁徙长山、划粥断齑、潜洞治学、名篇现世、青州放粮、窖金捐僧……看着看着，眼前不由得幻化出一幕曾经发生在此地的故事。

有一次，范仲淹正在山洞中读书，两只老鼠跳进粥锅吱吱乱叫，他忙将老鼠驱赶出去，老鼠慌忙逃出洞外钻回了荆树下的老鼠窝里。范仲淹追到这里，只见老鼠洞一边闪着黄光，一边闪着白光。他很是惊奇，拿来铁锹挖开其中一侧鼠洞一看，下面竟然是一个大地窖，扒开土石，却是满满一窖黄金，他随手埋好。又挖开另一侧鼠洞，见是一窖白银，他同样不动分文，埋好如初，复回洞中挑灯夜读。日后，金榜题名，被委以重任。30年后，醴泉寺遭受火灾，慧通大师不忍寺庙毁在自己手中，便派人找到在延州戍边的范仲淹向他求援。范仲淹询问了寺庙的情况，热情款待来人，但只字不提援修寺庙的事情，临走时只是修书一封并赠送了两包上好的茶叶，让来人以此回复慧通大师。慧通大师打开信件一看，原来是一首五言绝句："荆东一池金，荆西一池银，一半修寺院，一半济僧人。"慧通等人顿时恍然大悟，更对范仲淹不贪财货、密覆不取的高尚品格生出无限的敬意，用所掘金银修缮寺庙，醴泉寺得以复兴。这则妇孺皆知的"窖金苦读""窖金捐僧"故事，也由此流传了下来。

冬季日短，没等尽情地去回味范仲淹在此三年的更多精彩，天色就慢慢暗了下来。多次骑行于此的庆连兄告诉我，醴泉寺外还有碑林、范仲淹读书洞等景观，可是老天不给力谁也没办法，只好仰望着山峰剪影留下了遗憾的目光。此时此刻，倒俨然似范文正公在《严先生祠堂记》中所描绘的意境："云山苍苍，江水泱泱，先生之风，山高水长。"

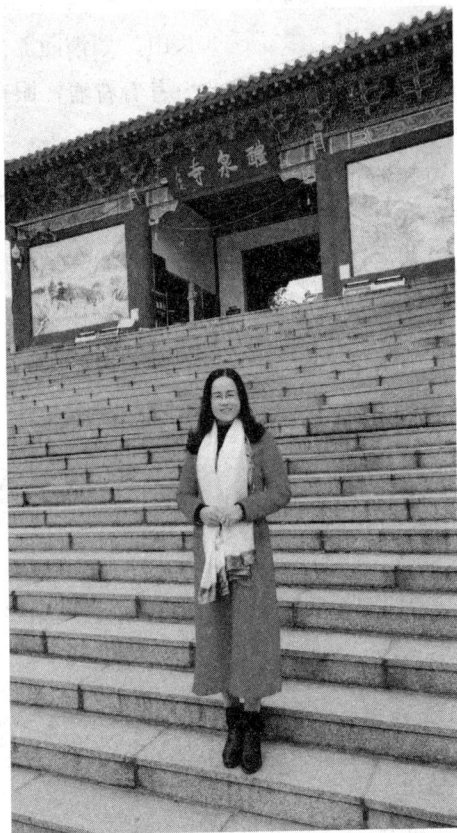

千里迢迢来鲁中，叩访白云山脚的醴泉古寺，不是为了膜拜佛祖，只为追忆范文正公的那段传奇。

蒲松龄书馆纪行

　　明末清初，从鲁中地区一个叫西铺的村落中走出了一位历史文化名人。他叫毕自严，是明末最有作为的一位户部尚书，是历经三朝的元老级人物。同时他还是一位才华横溢的文学家、诗人，至今他的《石隐园藏稿》诗文等著作仍流传于世。

　　今天我和文友来到毕自严故居，并非来拜访这位大名鼎鼎的朝廷重臣，而是来寻访在他家做了30多年私塾先生的柳泉居士，世称"聊斋先生"的蒲松龄。可以这样讲，西铺毕家成就了蒲松龄的人生辉煌。据说，蒲松龄的聊斋书房并不在其家乡蒲家庄，而是在毕府东跨院万卷楼旁边，是一处不大的房屋。

　　来到西铺村，"毕自严故居""蒲松龄书馆"的文物标志碑，以及写有"蒲松龄书院"的巨大匾额，告诉我们"不赖东家赖塾师"的角色转换。

　　不知是房屋在修缮所致，还是冥冥之中这两位历史文化大腕不乐意我们打扰，高台大门紧紧闭锁，将我们一行人挡在了门外的大街上。多亏憨仲老师与毕氏后人毕迎春交往甚密，花了些功夫才联系上管理，吃了闭门羹的我们方才得以进入尚书府的石隐园。先后与两位高人或相会于绰然堂，或小聚于振衣阁，或交谈于万卷楼，抑或是白阳井台、蝴蝶松下、幽篁丛旁、五书厅前，体会着300多年前蒲松龄于此寄人篱下的生活。

时光定格在清朝康熙十一年（1672），蒲松龄应聘毕府塾师，教授毕家的子孙学习文化课，这是他第一次走进尚书府。再次走进毕府的时间在康熙十八年（1679），一直待到他71岁撤帐回归家乡。33年中，蒲松龄先后教授毕际有的8个孙子于绰然堂，课余，博览藏书于万卷楼、采风于石隐园、谱写俚曲于振衣阁，毕家丰富的藏书，为蒲松龄的文学创作打下了牢固的基础，为他完成传世名著《聊斋志异》铺平了道路。

走进绰然堂后的振衣阁，我知道这是聊斋先生昔日的写作之地。先生虽然知识渊博，却终生怀才不遇，屡试不第。从而使他愤世嫉俗，决心以志怪的艺术形式，假借花妖狐魅、精灵怪异，抒发自己内心愤懑的情感，并揭露和鞭挞当时社会的黑暗，抚慰善良人受创的心灵。他在一首题为《感愤》的诗中曾这样写道："漫问风尘试壮游，天涯浪迹一孤舟……北邙芳草年年绿，碧血青怜恨不休。"道出了先生发愤著书，"妙笔"写尽人间不平事，"生花"绘出月下女儿情，不成书誓不罢休的志向和决心。先生白天在此舌耕育桃李，夜晚在此挥毫泼墨著华章，他凝聚平生之力成稿并日臻完善了《聊斋志异》。他在灯下写道："……独是子夜荧荧，灯昏欲蕊，萧斋瑟瑟，案冷凝冰，集腋为裘，妄续幽冥之录；浮白载笔，仅成孤愤之书！"此外，先生还在闲暇时撰写了大量的诗、词、曲、赋、文、铭、书启、引、序、疏等。如今振衣阁里有蒲松龄伏案写书的塑像，再现了其当年奋笔疾书的精彩瞬间。

漫步于石隐园时，我从毕氏后人口中了解到：当年的毕府，为当地名门望族，数代人在朝廷为官。其祖先于金、元两朝自直隶枣强迁入，先居青州府颜神镇的石塘坞，明洪武年间定居西铺，至七世祖毕木已稍有名气。毕木生八子，"二登甲，一登科，一明经，一食饩，余青衿"，其后世中举登科者众多。毕府主人毕自严，字景曾，号白阳，为毕木第四子，万历二十年（1592）进士，初授松江府推官，累迁至户部尚书。毕公一生不喜金钱，唯爱读书，万卷楼藏书日丰，便是从他开始的。毕自严之子毕际有，也是一个爱书之人，"志欲读遍天下书""书如遇买不论金"。他曾两度邀请蒲松龄执教于绰然堂，前后30多年。这期间，馆东毕际有与少东家毕盛钜为蒲松龄创造了良好的读书、著书环境。难能可贵的是，毕际有亲自撰写《五羖大夫》《鸲鹆》被收入《聊斋志异》。在东家的带动下，其族人亦纷纷效仿，写出了多篇民间故事。

当我了解了蒲松龄当年在毕家受到的这些优待时，我对这处官宦世家的府邸有了一种新的认识。没有毕府给予的生活保障、创作环境，为生存而奔波的蒲松龄纵然才高八斗，也不一定会写出《聊斋志异》，也不会铸就其文学辉煌。

在我们即将离去，转身回眸之际，凝视着毕府门楣上方悬挂的"蒲松龄书馆"匾额，不由得对这个成就了一代文学巨匠的家族和那方冰冷的"毕自严故居"石碑，投去了敬仰的目光。

青云寺：远离红尘匿深山

　　世界上的事，有着诸多说不清道不明的偶然性。如果没有去憨仲老师乡下的闲云轩走访，如果没有到周村蒲松龄的书馆朝拜，如果没有西铺毕氏后人毕迎春的盛情，我就不会有接下来的青云寺寻访，也不会感知到这座深山古寺厚重的文化底蕴。

　　寻访途中，陪同我们前来的当地知名作家陈庆连曾多次来过青云寺，对其历史文化、地理环境，算是了解得比较详细。他告诉大家：这座古寺地处北盘山与九纹山深谷中，是原淄川县八大寺之一，又被列为淄川二十四景之首。青云寺掩映在绿树丛中，景色秀丽，是当年蒲松龄在西铺毕家教学时的必经之地，也是文人雅士经常聚会的地方。因此，这里不仅仅与柳泉居士有着不解之缘，也留下了诸多文人佳话。

　　一路上，我从对地域文化熟稔于心的庆连兄口中得知，青云寺在《淄川县志》上曾有记载："（僧）圆明，于西南山中创建青云寺者也。寺初名上泉庵，正统中，僧人净明结茅于此，舍身以为浮图，开山为田，自耕而食，有徒曰道通，再传曰德山，皆苦身修行，垦田渐广。三传至圆明，于正德六年出家，不数年遂成大刹，又于中建精舍数间，招名流读书其内，百余年来，文人墨士碑版题咏之盛，一时称最，至今述邑中名胜，青云寺景色称首焉。"据志书所载，该寺已有550多年的历史。自圆明更名青云寺，沿用至今。曾重修多次，现有祖师殿、天王殿、关帝庙、观音殿、地藏王殿、碧霞元君行宫、钟鼓楼等4个院落，是一处融佛、道为一体的寺庙。盛极时，这里有庙田100多亩，僧侣、道士30余人。

初冬时节，漫山遍野的葱翠绿装已经脱掉，一地落叶覆盖在青云寺的标志碑上。过山门拾级而上，山风吹拂枯叶的"簌簌"声，俨然是当年蒲松龄《重游青云寺》的旧影重放。"深山春日客重来，尘世衣冠动鸟猜。过岭尚愁僧舍远，入林方见寺门开。花无觅处香盈谷，树不知名翠作堆。景物依然人半异，一回登眺一徘徊。"虽然说季节差异导致景色不同，其心境却是殊途同归的。

置身于青云寺中，仰头望去，但见寺院掩映在苍松翠柏丛中，恬静安逸，古朴典雅，完全是一幅景色优美的山水画卷。虽然香火袅袅，梵音声声，偌大的庙宇除了我们一行人，再也见不到一个人影。穿行在古色古香的殿堂，最大的关注点还是放在了寻找蒲松龄、唐梦赉、李希梅、张笃庆等文人骚客的身影上。常言道，山不在高，有仙则名。青云寺之所以历经数百年名声不衰，不仅因为它的规模在鲁中地区相对较为宏大，更重要的是在明末清初，它云集了淄川境内的文化名人在此潜心治学、研讨诗文。它还留下了一代文豪蒲松龄、唐梦赉、邱行素等在此秉烛苦学的印痕。据说，被收入《聊斋志异》的《泥鬼》《蓖神》等篇舍，就是蒲松龄在此构思形成的。当出自蒲翁之手的《青云寺重修二殿记》出现在我面前的时候，我的心灵的的确确被震撼了。回味着"青云寺，淄之奥区也。萦青缭白，幽入仙源；天小云深，画成方幅。蜡屐芒蹻之侣；常携茶灶而来，担簦负籍之人，辄泆毡车而去。物华天宝，人杰地灵，此之谓矣"的碑文，我深深感到这里不但是一处名胜古迹，还是鲁中地区一块令人仰视的文化高地。

院内600岁的苍松、翠柏、银杏、流苏，印证着青云寺的历史久远。"九纹呈彩""四盘据胜""月山照晚""途井涵春""龙台荐霭""龟林毓秀""辋谷响应""屏壁舒卷""鸽崖绕回"及"鹰峰峻嶒"的古寺十景，使此处闻名遐迩。踏着满地落叶，欣赏着一方胜景，寻觅着历史遗存，那些"洞中洞""井中井""庙中庙"的奇观着实让人惊叹不已。东别院映壁墙后的峭壁上，有一石洞，一人多高，洞中还套有一洞，"洞中洞"名不虚传。正殿之南殿，一佛像立于门前，与其他佛像不同的是，它的外面另罩有一非常精致的木制小庙，"庙中庙"名副其实。位于当年通往济南要道的西别院水井，曾被人称为"途中井"。从井口往下看，有十几米深的样子，在井壁下端一悬崖下另有一个井口，形成路人取水在下、僧人取水在上的奇妙景观，一井两用妙不可言。看着这些名胜古迹，我深信，它们都曾经目睹过文坛巨匠蒲松龄的风采、内阁大学士首辅大臣张国相的尊容、山左著名诗人张笃庆的气度、翰林院庶吉士唐梦赉的仪表，以及邱行素、李希梅、沈燕及等淄川名士的风韵。

虽然时光将徘徊于青云寺的角角落落，不经意间就会触摸到发生于此的历史碎片。这是蒲松龄返回塾馆的途中，忽而记起了挚友李希梅言称寄身青云寺参禅悟道之事。由是，他停步于寺院门前，吟唱起《闰月朔日，青云寺访李希梅》的七言律诗以抒胸怀，一任"诸峰委折碧层层，春日林泉物色增。山静桃花幽入骨，谷深溪柳淡如僧"的诗韵空谷回声。

瑟瑟寒风里，我们一行人既没有先贤的才气，也没有他们的雅兴，纵然泉井触手可及，我们有借灵泉煮茶品茗、启发灵感的想法，无奈天寒地冷一派肃杀，除了感怀叹息还能做什么呢？看来，若想真正领略"途井涵春"的美意，只能等待明年东风的到来了。

　　群山环抱的这座古寺，是一块令人仰视的文化高地。

周村古商城的叩访

众所周知，鲁中重镇淄博市，是一座文化底蕴深厚的新兴工业城市。作为世界上独一无二的组群式城市，更显得它特别。当人们把关注点聚焦于其北方瓷都、现代工业城市等名号上时，又有谁能注意到它还是齐国故都、丝绸之乡、中国冶铁和世界足球的发源地呢？

今天，当我再次踏上岱东海右的这片热土时，没有被八千年的后李文化所吸引，没有被博大精深的泱泱齐风所迷恋，也没有被巧夺天工的精美陶琉所诱惑，而是直接来到了被誉为"天下第一村"的古商城。初始，总以为这里只是一个如同皖南查济、江西婺源、漳州赵家堡的古村落，看点不外乎几条老街道、几座老建筑，再加上几个名人故居而已。走近她时，才讶然发现我的孤陋寡闻。

周村，其实并非人们传统印象中的村落，而是一个隶属于淄博市的县级建制区。说来，周村的历史由来已久，早在新石器时期，就有先民在此渔猎开垦，繁衍生息；春秋战国时期，是齐国的重镇於陵邑、中国桑蚕丝绸业的主要发源地之一；汉至唐时，周村一直是世界著名的海、陆丝绸之路重要源头之一；唐宋以来，周村丝绸技术依然处于全国领先地位；明清时期，周村商贸繁荣，一度与汉口、佛山并驾齐驱，被誉为"旱码头""金周村"，有着"济南日进斗金，不如周村一个时辰"之说。当我从土生土长于此的憨仲老师那里听说了有关周村的历史后，对这个地方产生了一种极大的敬畏之心。

说来，周村古商城，狭义地讲也叫大街，当然，它还包括丝市街、银子市街等古街道。走进周村古商城，顿时被林立的古色古香的店铺所包围，建筑风格异彩纷呈，中西文化碰撞比比皆是。虽然店铺建筑形式不同，却都有着一种"前门面、后作坊"的运营模式。据说这种房屋格局是山东仅有的，在江北也是罕见的，并且至今仍发挥着商业功能，故而被中国古建筑保护委员会的专家们誉为"中国活着的古商业建筑博物馆群"。古商城内现有保存完好的明清古建筑多达5万余平方米，商城还被列为省级重点文物保护单位。

行走在纵横交错的石板路上，感受着扑面而来的明清风韵，恍然穿行在历史的时空隧道里。不时相遇的肩挑扁担的"剃头匠"、擦肩而过的"洋车夫"、迎面而来的手摇拨浪鼓的"货郎担"，都给了我一种强烈的恍如隔世的感觉，仿佛自己就生活在数百年前。怪不得电影《活着》、电视剧《大染坊》《旱码头》《闯关东》等影视剧都在这里取景，山东省重点文化历史与民俗旅游区的确名不虚传。游走在古街上，不时出现于商家门口的各式花灯，引起了我的极大兴趣。听坐在胡同口喝茶聊天的当地人讲，周村的花灯十分有名，春秋战国时当地就有挂灯的习俗。周村的花灯过去与北京的宫灯、苏州的灯彩并称"中国三大灯"。周村的花灯不仅仅花样多，还有着年景歉收不挂、兵荒马乱不挂、皇帝晏驾不挂的"三不挂"规矩。由此可见，这里的文化底蕴可谓极其深厚。

虽漫步在古意盎然的大街上，却无处不感受到其超前的时代印痕。大清邮局佐证着周村当时先进的通信水平在全国遥遥领先，电话胡同折射出一百多年前周村的商贸就已经与国际接轨，英美烟草公司、日本大福洋行、德和颜料公司不时诉说着曾经的兴盛。洋车、洋油、洋火、洋烟……这些东西在清朝年间的周村就已经司空见惯。这些他处不多见的商业符号，从一个侧面反映出周村作为商品集散地的国际地位。

当然了，周村作为中国古代商业文化的典型代表，除却保持了古朴的明清原貌和历史本色外，还传承着民族文化。三星庙、魁星阁、千佛寺庙群承载着宗教文化的包容与大象；还金处、今日无税碑、民俗展览馆体现着齐鲁文化的博大精深；三益堂、大染坊、"八大祥"母号等遗存凸显着民族产业的元素；状元府、乔家票号、杨家大院无不诉说着与之相关的文化现象；独具特色的周村烧饼、丁家煮锅、大街蜜罐、秘制蚕蛹、馍馍酱等美食，无不令"吃货"们大加热捧。于我而言，这一切的一切又怎能错过呢？

走累了，逛够了，落座于烧饼博物馆里。嚼几片"老佛爷"享用的大酥烧饼，任由那薄、脆、香、甜的美食触及味蕾，惬意之感油然而生。应当地作家陶学进的盛情邀请，我们在颇具特色的"丁家煮锅"用午餐。说起这周村煮锅，很有必要多说两句。周村煮锅始创于清朝末年，当时就是在一米多大的圆木盘中间挖孔，放一口砂锅，倒入老汤，锅底点火，客人围拢而坐，并将自己喜欢的菜肴放进锅中煮热后，用共用漏勺捞进自己的碗中食用。眼下正是冬季，室外寒风凛冽，室内热气腾腾，朋友们享受着这最早分餐制的卫生煮锅，把酒言欢，其乐融融。

一行人打着饱嗝，心满意足地走出国家级历史文化古街、鲁商文化发源地、影视拍摄基地的周村古商城。中央电视台《探索与发现》栏目组摄制的纪录片《周村寻古》，以情景再现的方式回放着周村古商城的发展历程，弥补着我走马观花式游览的不足。

至此我才发现自己对周村的认识是多么的浮浅。它深厚的文化底蕴，仅仅这两千多字的短文是难以容下的。看来，若想窥其全貌，了解它从於陵邑走来的点点滴滴，没有些时日是不行的。击掌相约，周村的"玩十五"、石隐园、尚书府、董公祠、汇龙桥、石氏庄园……下一个春暖花开的季节，一定会有我的身影。

周村大街的一度繁荣，成就了一座古老的商城。

它的代号"618"

　　或笔会颁奖，或访亲会友，或游览名胜古迹，我来齐国故都、北方瓷都、蒲松龄故里、世界足球发源地的淄博已经数次了。这里不仅仅文化积淀深厚，当地的朋友还极其热情好客。因此，在这里结识的文朋诗友大都从相识相知最后成了"哥们儿"。其中既有德高望重的憨哥、杨哥、国哥，还有情同手足的庆连兄、金雷兄、憨嫂、韩明、广利老弟等，每次到来，他们都让我感受到了家的温暖。除了品尝美味佳肴、琼浆香茗之外，游历一番名胜古迹那自是在计划之中了。由是，齐国故都旧址、黄河湿地、周村古商城、蒲松龄书馆，以及陶瓷馆、殉马坑、孔子闻韶处、青云寺、桓公台、稷下学宫遗址等等，都与我依次谋面。然而，一处叫作"618战备电台"的地方，却躲在偏远的山区迟迟未与我相会。

　　"618"是个代号，了解20世纪历史的人都知道，大凡保密单位、军工企业、部队番号，都是用数字来代替的。像523厂、301基地、3581部队等，他们究竟是干什么的，承担着什么任务，对外界人来说都是个谜。人往往就是这样，越是神秘的东西就越想去探究。当我第一时间知道618战备电台的时候，就有了一种莫名的求知欲。参加过抗美援朝的父亲曾经对我说："在朝鲜那阵子，为了防止美军获知志愿军的行动计划，对于许多地名、山峰、桥梁都是用数字来替代的，只有这样我军机密才不会被敌军得知，才能够更有力地打击敌人。"

上次来淄博，一听说这里有处618战备电台，我便产生了极大的好奇心。诚然，这与父母曾经都是军人大有关系——从小他们就给我讲部队生活、战争故事，耳濡目染中，形成了我对战争遗址的爱好与向往。因之，老家的抗日村旺竹、广西省委机关旧址，婆家的兆吉沟中心县委、马当炮台，以及现在居住地东莞的虎门炮台、大岭山抗日根据地、东江纵队纪念馆，还有遵义的娄山关、西安的革命公园、大理的万人冢，等等，每到一地，大凡与战争有关的遗址必定会去游览凭吊一番。

日前，我来淄博参加憨仲齐风三部曲作品研讨会，又遇多次结伴同行于天水、西安、遵义等地的金雷兄。家住博山乡下的金雷兄极其热情，非得邀请我和贵州的尹卫巍老兄到他家做客。盛情难却的我只好恭敬不如从命，在憨嫂、韩明的陪同下，一路向鲁中山区的上瓦泉村疾驰而去。这是个美丽的小山村，省级旅游特色村，地处三县交界。听金雷兄讲，他们村内就有战争年代的枪械制造所。午餐期间，朋友们又提到了红色旅游，提到了618战备电台。善解人意的金雷兄从我渴望的眼神里，似乎明白了什么。他催大家抓紧吃饭，下午的目标就是618战备电台，我一听自然是心花怒放，喜不自胜。

618战备电台旧址就在离赵兄家乡不远的沂源县鲁村镇草埠村北，翻过几座不大的小山头就是。吃罢饭，金雷兄就开上他的车上路了。山区的路弯弯曲曲，凹凸不平，让我们摇摇晃晃像坐轿子一般。过去，多是在淄博的市区内游览，从未领略过鲁中丘陵的真实面貌。蜿蜒的公路总是绕着起起伏伏的丘陵脚下伸展开来，隔窗看去，大概是冬天来临的缘故，植被远远没有南方的茂密与青翠。除了不时出现的松林还呈现着生机，大多数林木的叶片都已经脱落，满地的衰草和落叶显现着冬日的萧瑟与肃杀。不由得让我联想到在这片土地上发生的那些重大战事。且不说赫赫有名的长勺之战、艾陵之战，那次稳定山东解放大局的莱芜战役，就是在这片土地上展开的。大概是该地区历来为兵家必争之地的缘故，20世纪60年代，时任济南军区司令员的杨得志将军亲自来此选址，兴建了618战备电台。

说话间，华东地区规模最大、保存最完整的战备电台旧址就那么挟带着时代的印痕、岁月的沧桑，悠然地出现在我们面前。听当地老乡讲，这里叫峨峪岭，属沂源县鲁村镇管辖。环顾四周，但见风景秀丽、曲径幽深，山水掩映处闪现出些许诡异，"尘封四十年，今朝大揭秘"的广告语先声夺人，让人对这处战备旧址生发出一探究竟的强烈渴望。从标志碑上了解到，618战备电台旧址不仅仅是重点文物保护单位，还是山东省国防教育基地、爱国主义教育基地。

在高射炮、岗亭、麻袋包掩体、猎猎红旗的簇拥下，一行人绕过木栅栏，进入坑道，仿若时光一下子倒退到童年时代。随即到来的坑洞拐弯并非虚设，它是防止冲击波的。战备电台的设施都是按照防核、防化、防生物武器设计的，防冲击波的弧形门看似简单，这可是自动的。一旦出现意外，这个门会自动落锁关闭。密码只有少数人知道，在当时这种密码装置是非常高级的。据悉，618战备电台，原为山东人民广播电台战备台，连部建制。其海拔400米，相对高度200米，占地面积229亩，发射功率50千瓦，能够覆盖淄博、临沂、潍坊、泰安等13个市县。电台机房设在山中坑道内，坑道总长470米，施工面积达2820平方米。那时，中苏关系紧张，主要是针对苏联的不断挑衅而准备的。后来战事没有爆发，618战备电台便渐渐地淡出了历史舞台。

　　伴随着脚步的移动，长长的山洞不断延伸，警卫室、收发室、演播室、会议室、医疗室、设备部、发电机房、休息室、食堂一一出现。老式广播设备、浓郁的军事战备色彩、神秘的洞中生活，引起了我极大的兴趣。虽说这些老物件在我的记忆里并不算老，但是陌生而稀奇的感受却是从未有过的。我明白，一旦发生战事，这里就会成为鼓舞士气、打击敌人的"战场"，起到枪炮不能替代的作用。置身于警卫室内，感受着枪支、军号、电话、地图所组成的特殊环境，让我一下子嗅到了一股强烈的硝烟味。走进演播室内，墙壁上贴满了"为人民服务"以及"要准备打仗"的宣传画，营造出一种浓郁的战备氛围。并排的老式话筒还搁置在桌子中央，似乎播音员才刚刚播过战场新闻，到一边休息去了。老式收音机亦摆放在一边，仿佛管理员在随时监听广播实况，以便将播出效果发挥到极致。整个空间看似简单，谁也不承想它的木质地板下面装有一层弹簧，即使外面炮声隆隆地动山摇，也不会影响到正常的播音。卫生室里，毛主席手书的"治病救人，实行革命的人道主义"撞开眼帘的同时，与之相关的医疗器械亦出现在眼前，好像随时准备应对发生的流血战事。游览过程中，让我感受至深的还是发电机房，朝鲜进口的大功率发电机组虽然已经有些陈旧，但那庄严的面貌还是让我感受到了它昔日的地位。加之直流电变电设备、50千瓦的发射机，无不给我以心灵的震颤。

　　短短470米的历史遗迹浏览下来，让我感受到了一段峥嵘岁月的不平常。走出山洞，豁然开朗，但见丽日晴空、梯田层层、果树漫山、塘坝棋布，完全是一幅恬静的山水画卷摊铺眼前。

　　不由得抚今追昔，默默地祈祷着：和平万岁。

阅读乔亭

　　每次跟丈夫回老家彭泽，总是给我许多意想不到的惊喜。这不，今年清明回乡祭祖之际，顺便拜访了赣皖中心县委旧址，游览了一方名胜大浩山。知道我喜欢文物古迹的丈夫的同学姚利兵极其热情，主动向我介绍说，不远处有个千年古村落，文化底蕴深厚。我一听就来了精神，由是，历经沧桑的乔亭村，带着古风古韵的面孔朝我走来。

　　乔亭村的历史，得从北宋绍圣年间说起。据曾氏谱牒记载：写有水稻专著《禾谱》的农学家曾安止时任彭泽县令，其幼子跟随他左右，偶见乔亭之地山清水秀、风景旖旎，顿生喜爱之情，因此定居于此，以耕读为业，繁衍生息。历经世代繁衍，家族人丁兴旺，枝繁叶茂，后人迁徙他乡，甚至远走湖、广之地。根据曾氏家谱记载，乔亭曾氏是曾子的后裔。曾子是孔子晚年的得意门生，是著名的思想家、儒客大家，其"修齐治平""人为贵"的不朽思想光耀中华。

　　站在村口的村主任曾朋龙十分热情，他向我讲述着村容村貌、历史渊源、文物古迹、传说典故，让我知道了他所站立的神仙地就有着神奇的来历。有一年，曾氏家族在总祠内举行三十年一次的打醮活动，这是一种大规模的祭祀仪式。所有祭祀器具都必须重新置办，仪式中所用的食物都为素食。一日晚上，突然有一个叫花子前来讨食，并且点明吃荤不吃素，当他得知没荤的吃时便不依不饶。这下子可激怒了族人。大家抄起家什追赶着要打他，追着追着，一出村来到神仙地，这叫花子便不见了踪影。众人们这下子恍然大悟，这是神仙下凡来查看族人是否真心祭祀呢。

听着"神仙地传说"，行走在进村的水泥路上，仿佛有一种浑厚的历史回声从脚下传来。曾主任告诉我：过去村子的道路都是宽约六十厘米的石板街，像一条串联村落的青丝线，把一座座宗祠、庙宇、学堂、老井融为一体。可惜自民国初年开始，历经军阀混战、抗日战争等，传承有序的古桥、老屋、五龙庵、观音祠、把口庙以及数座家祠，或焚于兵火，或毁于动乱，多惨遭厄运。尤为值得一提的是五龙庵，它是大革命时期赣、皖中心县委的诞生地，县委会的第一次会议就是在此召开的。后来因为考虑到敌人围剿回旋余地小，为安全起见便转移到了今天的兆吉沟。虽说该庙宇多次遭受火灾，但屡毁屡建，至今香火仍十分旺盛。

信马由缰地行走在早已不一样的乔亭村，感知着宗圣后裔在这座山村繁衍生息所创造的灿烂文化，还是颇让人感慨的。据曾氏族人曾兆培所撰"桥畔云山千古秀，亭前花木四时春"嵌名楹联推测，村名的由来得益于"桥""亭"，据说有人还能指出"桥"的位置，不过对于"亭"的存在就都是一头雾水了。今天的乔亭村名由"桥亭"变化而来是很有可信度的。我不是史学家，只不过是自己的猜测而已，是与否都丝毫不影响村子的文化地位。

劫后余生的曾氏宗祠是村中五座祠堂的唯一遗存，它像一位饱经人间沧桑的老人站立于村口，守望着家园。看着子子孙孙秉承着耕读祖训，沿袭着"东鲁家声远，南丰世泽长""天下斯文宗一贯，古今乔木第三家"，来了又走了，唯留下了本族自北宋以来的优秀后人彪炳史册。明朝南京右御都察使曾省吾，五房的七代知县，四房的举人，三房的文武秀才，畈屋的绅士凌霄等，虽寥若晨星，却熠熠生辉。昔日老屋祖祠御赐大匾"尚书第"，亦佐证着家族的辉煌。据村里老人讲，祖祠建筑面积有数百平方米，所用梁、柱都是罕见的大原木，直径一米半的大家伙，光柱子就有上百根，由此可以看出其宏大的规模，可惜在20世纪的五六十年代被拆毁。现仅存老屋祖祠。营造于清顺治六年（1649），2000年时修缮过一次，属于两进、三厅侧厢房相拥的建筑格局，正殿建筑、门楼均为砖木结构。正殿木柱多为成人合抱粗细、饱满圆润的上等木料，其他檩、梁等的材料也为优选，最大的一根摆梁需要两个人才能合抱过来。祠堂前的旗鼓，旗夹石料产自他处，有的重达 ·吨以上。相传，老屋祖祠楹联、牌匾，均为不可多得的艺术珍品，可惜大多失传。不过其后裔所作"操作禀春初，弗为胡成毋，游放毋酣戈趁此化日方长好勤理十之中事，度支从岁秒填始于终，勿贪赊勿乱使，须知冷债难赎，切宜俭用有时钱"长联，体现其文化底蕴可窥见一斑。

　　说到乔亭村的文化积淀丰厚处，窃以为莫过于建于康乾盛世的曾氏学堂，系桥亭畈屋凌霄公斥巨资所建，学堂坐落于村南，依山而建，其建筑形制严格按照"渔、樵、耕、读"的格局来建，暗合着当时社会劳动人民的基本生活方式。走近学堂，穿过圆形水塘，自围墙大门进入院内便见两棵参天柏树，院内石板路、石台阶、花坛等布局精巧，步入学堂正屋便见一水深一米左右的天井，这也是祠内的鱼池，四周皆有过道与围栏。围墙外，也就是学堂右后侧有月牙形水塘，天井与塘相通，鱼儿可通过地下通道自由穿梭。由此可见当初设计者的巧妙设计与建筑者在当时条件下的工匠精神，这便是"渔"。出学堂右边侧门，从围墙边、稻田旁，沿石板路绕池塘而到后山林间曲径，山间鸟鸣山幽，竹影婆娑，松涛阵阵。读书小憩间可拿刀背斧、捧书带墨，于林间山坳拾枝伐柴、取暖炊饭。时而对山而歌，时而应景吟句，亦可挥毫泼墨、书画写生。那氛围、那情趣与今日之郊游，有着异曲同工之妙。"樵"之情形显而易见。假若说"樵"是一种情怀的话，那么"耕"则诚然为一种乐趣了。学堂右侧有稻田一块，左侧有菜地一片，读书之余，可以体验种田的艰辛、种菜的技巧、收获的喜悦，从而减轻读书的枯燥感，丰富课余生活。学堂的主体建筑为宽约十五米、长为二十多米的长方形的大堂，中间为老师的书案，两边一小天井之侧，有小厢房近二十间供高年级学生寄宿。大厅边摆放的二十几张小书桌，为附近初入学的走读生所用，高年级学生则是在一间偏房单独施教。这里营造出的浓厚的学习氛围，让求学于此的学子们自然而然地生出一种对学习的渴望。这不能不说是始建学堂者的匠心独运。

　　置身于布局精巧的乔亭学堂，在为其建造者的工匠精神而感叹之余，一件让学堂声名远扬的旧事自然地浮现眼前。清末状元汪鸣相，因世道黑暗屡试不第，迫于生计于道光年间来乔亭学堂坐馆授课，孰料端午节放假期间，来了窃贼，将所有东西洗劫一空。汪鸣相悲愤之余，奋笔疾书，神采飞扬的《禀赋文》一挥而就，县令大人读罢此文，拍案叫绝，大为赞赏。朱笔批示："文辞典丽，仪行端方，自捐廉俸，赏银丨千。"这件事一时成为轰动全县的奇闻，而汪鸣相的才华也广为世人传颂。由此"桥亭的学堂、港下的鱼塘、宋家的祠堂"之民间俗语广为流传，学堂声名不胫而走。当然，这其中也有着曾圣人的一份功劳，曾子著有《大学》《孝经》，他不仅是宗圣，也是二十四孝子之一，乔亭是他的后裔繁衍之地，继承其衣钵自在情理之中。

　　简短地叩访乔亭村，让我感觉到它就是一本书，是一本残破而厚重的地方历史典籍，它所承载的，除了一脉相承博大精深的宗圣主干文化外，还有夹杂其中的其他文化。若想体悟它的深刻内涵，仅仅走马观花是不够的。回眸与我无缘的"非物质文化遗产"踩花灯、划旱船，以及起源于唐朝的板凳龙，那180节的壮观场景只好留待来日了。

乔亭村是一本残破而厚重的地方典籍，它永载着博大精深的儒家文脉。

邂逅墩上施家

　　到山东曲阜拜谒大成至圣先师文宣王孔老夫子时，我便注意到在其"七十二贤"门生中有一个是鲁惠公第八世孙的施之常，被后人尊称为"施子"。唐朝时，唐玄宗尊之为"乘氏伯"，封邑临，从祀圣庙。他品德高尚，有"开国乘氏，有德斯彰。綦稽百行，赞理三纲"之赞誉。南宋宋高宗绍兴十四年（1144），又追封其为"临濮侯"。据说，明代著名文学家施耐庵、清朝收复台湾名将施琅，都是他的后裔。无独有偶，当我在清明时节随丈夫回江西彭泽祭祖时，不经意间，在山清水秀的大浩山脚下邂逅了一个叫作墩上施家的小山村，想不到这里的人竟然与施耐庵同宗同族，亦是施之常的后人。

　　说来大浩山之行，本来是冲着红色经典的"兆吉沟"中共赣皖七县中心县委旧址去的。多亏丈夫的老同学姚利兵盛情邀请，缘分又使我们结识了墩上村书记施友生，由之，明清古村落墩上施家走进了我的视野。

　　墩上施家是元末明初从景德镇浮梁迁徙于此的，因为落脚点在小浩岭东南麓的石墩之上，故名墩上施家。这里虽是山水秀丽之地，但是土地稀缺，为保护田地造福子孙，施姓先人惜土如金，栖居之所依山势而筑，房屋建造多为徽派风格。然而因山势地形不同、地面大小不一，所筑屋舍结构因地制宜，因而呈现出了不同的形体，既有依势独居的四围天井屋，亦有磨角、拆角和扯角等建筑元素，是一个风貌奇特的古村落。施书记告诉我：民国二十一年（1932），国民党想偷袭驻扎在古村的红军游击队，幸被游击队岗哨发现，并立即报告，才使得红军游击队迅速组织山民向山上转移。扑了空的国民党反动派恼羞成怒，一把火将村中的许多房屋烧毁，直到解放初期才得以慢慢恢复，至今有的屋体老砖上还残留着焚烧的痕迹。

走进群山环抱、绿树掩映的墩上施家，八百年的历史沧桑感扑面而来，古老的气息萦绕身心。村内的旗杆座、上马石、禁赌碑等，无一不向我叙述着当年家族的灿烂史，以及劝人为善的优良民风。常言道："山不在高，有仙则名。"别看墩上施家是个小山村，村内却拥有"峰排笔架""月泛金盘""松林鹤立""圃莺楼""云封仙洞""烟锁石船""狮山钟秀""虎石生凤"这古八景，由此可折射出该村的文化底蕴是何等深厚。村口成片古树林立，蔚然大观，四面峰头簇拥，层峦叠翠。村内两河交汇，四季流水淙淙，鱼虾嬉戏，养育着一代代施家族人。尤为值得称道的是村内路边的这眼"善泉"，清冽甘甜，村民砌石为井，为无数过往行人消暑止渴，去疲解乏，故名曰"善泉"，也有鼓励村民向善之意。

呈现在面前的这处古建筑遗址，是大门槛座基和青石板台阶步道。从其保存完好的石旗鼓和旗架、拴马石来看，主人是有着一定地位的。一问村民，果然如此。此处系清朝乾隆年间恩科举人施发元庭院的所在地，俗称"举人府"。民风淳朴，古木参天，正是因为施氏家族耕读传世的良好家风，方才有了"才俊辈出，人杰地灵"的美誉。据说当年施家有着"三更书声起，百担书香地"的真实写照，清乾隆、嘉庆、道光三朝涌现出四代国学生。

道光年间，施氏先祖滋洁公为钦赐皇封登仕郎，更是墩上施家值得骄傲的先贤达人。没有规矩，不成方圆。施家先祖教化子孙，自有其独特之处。村外起秀桥旁，建有"方圆池"，喻为做任何事，都要讲究规矩。数风流人物，还看今朝。如今，从这个小山村走进高等学府的优等生比比皆是，其中不乏清北学子。

　　村上最古老的建筑为千年廊桥，始建于宋朝初年，迄今已有千年历史。后来桥毁，至清乾隆九年（1744）于原址重建木桥一座，易名"起秀桥"，桥上建有亭宇，名曰"拦河亭"，以便村人歇脚避雨之用。后因年久失修，山洪冲垮，木桥尽毁。清乾隆四十八年（1783）十月重修石孔桥于小河之上，成为小山村的一道独特风景。起秀桥饱经数百年风雨沧桑，现在仍横跨于河面上，面貌巍然。它既承载着先贤遗风，也彰显着我国古代劳动人民高超的建筑艺术。

　　置身于古韵弥漫、层峦叠翠、鸟语花香中，享受着清溪流碧水、修竹扬绿波、云纱罩仙台、百鸟唱幽谷，更有那曲径通幽处林壑之优美、竹海之涌动、游人之潮水、美妙之和谐，虽不及陶令笔下之桃源胜境，"赣东北绿色明珠"却也名不虚传。

　　多么想，山溪里，掬一抔清泉；古木下，浸一壶香茗；翠竹旁，揽一缕清风；桥亭中，捧一本《道德经》。扫除尘世的一切烦忧，物我两忘！频频回眸中，我走了，心却留在了大浩山下这个叫作墩上施家的自然古村落。

大足石刻宝顶山

　　冥冥之中，今生今世与佛有缘。半生中共参拜大小佛教寺院数十座。每到一地，寺院都是我必去的地方，尤其是融石刻艺术和佛教文化为一体的石窟佛造像，更是令我景仰的崇拜之地。由之，天水的麦积山石窟、武山水帘洞千佛洞、甘谷大像山、济南千佛山、乐山大佛等石窟造像依次走进了我的视野，给了我一次次精神的洗礼。

　　未到雾都重庆之前，世界八大石窟之一的大足石刻就已被列入我的行程中。从有关史料获悉，大足石刻佛造像，不同于云冈石窟、龙门石窟、驼山石窟、敦煌莫高窟、永靖炳灵寺石窟等比较集中在一地，它分散在大足区的一千四百多平方公里的山山岭岭之间，比较形成规模的有二十三处，尤其以宝顶山、北山、石篆山等"五山"为代表。

　　有大足石刻艺术成就最高的是宝顶山摩崖石刻。我和文友在十几分钟的车程后便来到雄伟壮观的宝顶山六柱五门石牌坊。也许是我们有些太焦急的缘故来得太早，景区还要等半个多小时才能对外开放迎接游客。无所事事的我仔细阅读了山门前的大足石刻的简介："大足石刻是重庆市大足区境内所有石窟造像的总称，迄今公布为文物保护单位的石窟多达75处，造像5万余尊，其中尤以北山、宝顶山、南山、石门山、石篆山石窟最具特色。造像始建于初唐，历经唐末、五代，盛极于两宋，是世界艺术史上的最后一座丰碑，代表了9世纪至13世纪世界石窟艺术的最高水平。大足石刻植根于巴蜀文化沃土，在吸收、融化前期石窟艺术精华的基础上，推陈出新，极工穷变，开拓了石窟艺术的新天地。以鲜明的民族化、世俗化特色，成为具有中国风格的石窟艺术典范。1999年12月1日，大足石刻被联合国教科文组织列入《世界遗产名录》。"精短、凝练的文字，让我在片刻间对大足石刻有了大概的了解。

　　清洁、幽雅的上山道路空无一人，我们一行人悠闲地走着，放松着心情。这天早晨，我们是第一拨进入宝顶山的游客。呼吸着清新的空气，享受着市区难有的宁静，感知着独有的佛教氛围，的确有一种物我两忘的感觉。信马由缰地行走，竟然没有注意看路标指示，走偏了一里路时才发现。折回的路上又收获了红叶、芭蕉等景色。

　　我拾级而上，发现始凿于南宋年间的宝顶山摩崖造像，以圣寿寺为核心、大佛湾为主体、小佛湾次之分布开来。在东、南、北三面，凿刻有巨型雕像360余幅，以六道轮回、广大宝楼阁、华严三圣像、千手观音像等最为突显。这里的石刻是由号称"第六代祖师传密印"的赵智凤于南宋淳熙至淳祐年间，历时70余年的构思组织凿成的，是一座造像近万尊的大型佛教密宗道场。

　　大佛湾，位于圣寿寺左下侧一个"U"字形的山湾。崖面开阔，长约500米，高8至25米。造像刻于东、南、北三面崖壁上，依次为护法神像、六道轮回图、广大宝楼阁、华严三圣、千手观音、佛传故事、释迦涅槃圣迹图、九龙浴太子、孔雀明王经变相、毗卢洞、父母恩重经变相、雷音图、大方便佛报恩经变相、观无量寿佛经变相、六耗图、地狱变相、柳本尊行化图、十大明王、牧牛图、圆觉洞、柳本尊正觉像等。全部造像图文并茂，无一重复。特别是当释迦涅槃圣迹图展现在眼前时，更是让人拍案叫绝。这尊南宋年间的大卧佛相当惹眼，他横卧于大佛湾东岩，长达31米。雕像表现的是释迦牟尼经过多年修炼，80岁时终于得到正果即将"涅槃"，众弟子送行，依依不舍。在卧佛身前，躬身肃立着声闻、菩萨、帝释和护法等14尊雕像，他们即是闻佛"涅槃"先后来到佛身旁的弟子，由左至右是：迦叶（已毁）、赵智凤、柳本尊、阿难、舍利子、须菩提、富楼那、目键连、迦旃延、阿那律、耶输陀罗、摩利拘利、优婆罗、罗侯罗。这组石刻造像场景宏大，手法精湛，形神兼备，惟妙惟肖，人物的表情丰富细腻，可谓大足石刻精品中的精品。其中图九的赵智凤需要着重点明一下，他是这组佛陀造像的创造者。其在宝顶山"U"形沟中70余年，先后雕琢了上万尊佛像。他继承弘扬了佛教密宗，营造出雄伟壮观的宝顶石窟密宗金刚部道场，使宝顶山成了巴蜀密宗中心。

圣寿寺右侧的小佛湾，坐南面北。其主要建筑为高2.31米、东西宽16.5米、进深7.9米的石砌坛台。坛台上用条石砌成石壁、石室，其上遍刻佛祖、菩萨像，主要有祖师法身经目塔、七佛龛壁、报恩经变洞、殿堂月轮佛龛及十恶罪报图、毗卢庵洞、华严三圣洞、灌顶井龛等。别看这里的造像规模远远不及大佛湾，其艺术成就却是不容小觑的。当我置身于报恩经变洞时，"大方便佛报恩经图"映入眼帘。但见此龛正中现释迦佛说法半身巨像，左右镌刻释迦因地修行、行孝12组雕像。龛左下刻"六师外道谤佛不孝"群像，众外道拍板击鼓，载歌载舞，嬉笑释迦不孝。其中有一吹笛女横笛而奏，神形毕具，堪称佳作。

创建于南宋的川东古刹圣寿寺，就在宝顶大佛湾的不远处。它坐落于山势峻拔、环境幽雅的林木之中。庙宇巍峨，香火袅袅，梵音萦绕。寺侧南岩为万岁楼，是一座造型别致的二层飞檐翘角

楼阁。圣寿寺依山构筑，雄伟壮观，为著名僧人赵智凤创建，后
遭元、明兵焚，明、清两度重修。现存山门、天王殿、帝释殿、
大雄宝殿、三世佛殿、燃灯殿和维摩殿七重殿宇，为清代重建，
建筑面积达到1600多平方米。颇有意味的是寺门楹联，那"是名
山是灵山五岳归来观宝顶，非梦境非幻境三心扫去见菩提"的精
妙联句，蕴含着令人回味的无穷深意。

　　异彩纷呈的大足石刻，把佛家思想演绎得淋漓尽致。宝顶山
摩崖造像的精美无比，也让我感受到了佛教文化的博大精深。

神奇的乐山大佛

　　乐山大佛在我心目中的印象有二：一是体型巨大，二是围绕在大佛身上的神奇色彩。大佛通高71米，说它在单体佛造像中"天下第一"是当之无愧的。然而有关乐山大佛显灵的"流泪""闭眼"等奇异事，那就还有待考证。常言道，眼见为实，耳听是虚。一探虚实的好奇心理，驱使我顾不得舟车劳顿，一头扎向了凌云山。

　　一千多年前的唐朝时期，汹涌澎湃的岷江、青衣江、大渡河三江汇聚凌云山麓，水势汹涌澎湃，舟楫至此往往被滔天江水所颠覆。每到汛期，咆哮的江水直捣山壁，船毁人亡的人间悲剧时常上演。慈悲为怀的凌云寺海通禅师为减缓水势，普度众生，想借助佛法神力来救民众于苦难之中。于是他发起宏愿，招集人力、物力，欲在凌云山壁修造一尊法力无边的大弥勒佛石像，来护佑一方民众。

　　佛像动工于唐玄宗开元初年（713），当大佛修到肩部的时候，殚精竭虑的海通禅师就圆寂了。海通禅师升天后，工程一度中断。多年后，在曾经修筑过都江堰的剑南西川节度使章仇兼琼捐赠俸金的支持下，海通的徒弟又带领着工匠们继续修造大佛，来完成师父的宏伟夙愿。此项工程浩大，幸得朝廷赐麻盐税款，方才使得工程进展迅速。孰料当乐山大佛修到膝盖的时候，续建者章仇兼琼改任户部尚书，工程再度停工。40年后，剑南西川节度使韦皋捐赠俸金继续修建乐山大佛。在三代工匠的接替努力下，至唐德宗贞元十九年（803），这项前后历时90年的工程才算画上句号。

当我来到嘉定府旧地，有关乐山大佛的传说更是不绝于耳。首先便是修造了大佛后，这里数百年来都平平安安，风调雨顺，因此有关"朝拜乐山大佛，保佑平安"的民间传言不胫而走。其实，"乐山大佛"是民间的俗称，走近凌云山我才明白它的本名应该叫作"嘉州凌云寺大弥勒石像"。

走近凌云山，朝乐山大佛看去。我发现，佛首与山平齐，足踏大江波涛，双手自然抚膝，体态协调匀称，神情庄严肃穆，背依山体临江危坐。在大佛左右两侧崖壁上，还有两尊身高超过16米的护法天王石刻，与大佛一起形成了"一佛二天王"的格局。与天王共存的还有数百龛上千尊石刻造像，汇集成庞大的佛教石刻艺术群。大佛左侧，沿"洞天"下去就是近代开凿的凌云栈道的始端，右侧则是唐代开凿大佛时留下的九曲栈道。史料表明，佛像雕刻成之后，曾经建有七层楼阁覆盖，亦有九层或十三层之说，时称"大佛阁"或"大像阁"。佛阁屡建屡毁，宋时重建"凌云阁""天宁阁"，元代建"宝鸿阁"，明代崇祯年间建"佛棚"，清代建"佛亭"，最终俱废毁殆尽，只剩下这"佛是一座山，山是一尊佛"的景观。

佛顶上共有螺髻1051个，远远看去发髻与头部浑然一体，实则以石块逐个嵌就。单块螺髻根部裸露处，有明显的拼嵌裂隙，毫无砂浆粘接。佛顶螺髻多达1051个，不是亲眼看见我是怎么也猜不到的。乐山大佛的两耳和头颅后面，有着一套设计巧妙、隐而不见的排水系统，对佛身起到了至关重要的保护作用，使佛像不被雨水侵蚀。清代著名文学家王士祯的《咏乐山大佛诗》中的"泉从古佛髻中流"一句，就是指的这一现象。在佛头部

18层螺髻中，第4层、9层、18层各有一条横向排水沟，远望基本看不出什么。衣领和衣纹皱褶处也有隐而不见的排水沟，正胸有向左侧分解表水沟，与右臂后侧水沟相连。两耳背后靠山崖处左右有洞穴相通，胸部背侧两端各有一洞，这些巧妙的水沟和洞穴，起到了科学排水、隔湿和通风，折射出古代劳动人民的高超智慧。

正当我怀着虔诚之心朝佛之际，迷蒙的江面上仿佛蓦然间幻化出一群文人骚客。身着宋朝服饰的才俊们率先登场，浮现于眼前：爱国诗人陆放翁吟唱着《谒凌云大像》，发出了"丈六黄金果小身"的感叹；江西诗派鼻祖黄山谷的一曲《题王居士所藏王友画桃杏花二首》，别具风韵地吟出"乱随流水到天涯"的慨然；崇国公范成大的《凌云九顶》，不同凡响地描绘出"万龛迎我到峰头"的大气。当然，后来者亦不甘示弱，比如明朝嘉定州守曾介的《次岑韵》、云南副使罗绲的《大像石》、进士安磐的《凌云寺》和李时华的《凌云寺》，不同诗韵，各有千秋。清朝刑部尚书、诗坛盟主王士禛的一曲《晓渡平羌江步上凌云绝顶》绕梁不止，"汉嘉奇绝冠西州"的铿锵韵律，将这气势恢宏的凌云大佛赞美到了极致。

迷雾散尽之际，这处谜一样的世界自然与文化遗产，令我心生崇敬。

无字丰碑都江堰

不来成都平原上的都江堰，怎么也不会明白这一世界文化遗产的伟大之所在，用宏伟壮丽、气吞山河、固若金汤、叹为观止来形容它，一点都不为过。

踏着春天的脚步，怀揣着儿时的梦想，我自岭南一路走来。待省府市内的宽窄巷子、武侯祠、锦里、杜甫草堂一并游览后，视野自然地朝向成都周边。黄龙溪古镇、乐山大佛、刘氏庄园、青城山、都江堰……这些地方全都被排进了我的行程计划。

按照我个人的喜好以及它在我心目中的地位，我率先安排与迄今为止，全世界年代最久、唯一留存、仍在一直使用、以无坝引水为特征的宏大水利工程都江堰，进行了最热烈的拥抱。

最先走来的伏龙观的堰功道，用毋庸置疑的口吻向我诉说着两千多年间，12位治水先贤的感人事迹……

《堰功道碑记》：公元二零零零年十一月，时逢都江堰名列世界文化遗产名录之际，堰功道始建于此！

夫二千五百载岁月更迭、枫红月白、北雁南归。都江堰鱼嘴分江、飞沙泄洪、宝瓶吐露，始造就"扬一益二"之人间天府。然自李冰以降，古堰屡有兴衰、历代多有创革，终使古堰千古不废。

东流之水，滚滚而去，稻菽芬芳，氤氲四季。饮水之时，怎能忘掘井之人；凉荫之下，岂可忘植树前辈。时任都江堰市委书记、市人大主任侯雄飞创意，市长张宁生等赞同，堰功道之修筑，当由此而起。清溪园设计者、著名高级园林工程师林锡葵设计并主持施工，著名雕塑家伍明万教授设计并制作铜像，堰功道历时百日而成。堰功道右傍花洲，左接清溪，西望雄关，直达离堆。悠悠文化，昭昭历史，大成于此。

古堰长流，逝者如斯，唯治水之功不朽。大道初成，景美情深。历代先贤，彰明于此。百千堰功，永垂青史。

为证千秋伟业、遗教后世子孙，谨受命记事并勒石于此，以昭示后来之人。

暗合道家理念，寓意着"天人合一，道法自然"的堰功道，在248个大小不一的龙首吐水吟唱烘托下，12尊历朝历代的治水功臣，以古朴凝重的青铜面目依次出场分列两旁。每两尊塑像间用古桩银杏相间隔。伴随着脚步移动，功勋卓著的治水护堰先辈，就那么自然地来到了我的面前。

他叫文翁，西汉著名教育家，任蜀郡太守期间，创办学堂，建堰拓展，率众穿湔江口，灌溉农田上万亩。这个人，不用我细讲，大家都知道他是三国时期的诸葛丞相，他在任期间重视水利，以都江堰为治水兴农之本，调征兵将护卫江堰，并设堰官管理。这是高仕廉，唐朝初年的政治家，当年因临江农田便于灌溉价值不菲，农民为此互相争抢，为改变这种局面，他率众广开渠道，导江引水，为世人广为称颂。这是唐朝的军事家章仇兼琼任剑南节度使时，开通济堰，灌溉农田上万亩。这是刘熙古，宋代的文学家。他任成都知府期间，吸取先贤治理都江堰经验，多次规划、维修都江堰，主持修复了几近废弃的防洪大堤。他叫赵仁仲，宋朝任知永康军治理都江堰。他刚正不阿，疾恶如仇，将维修都江堰偷工减料的贪官污吏绳之以法，并亲自监督维修，使都江堰水利工程得以恢复。他是蒙古族人，叫吉当普，元代的水利专家，任职四川肃政廉访使时，提出"坚筑永固"用铁石浇筑鱼嘴的构想，并在分水堤处铸造了一只重达一万六千斤的大铁龟，这项工程成效卓著，铁铸鱼嘴屹立江心近百年。接踵而至的明清功臣卢翊、施千祥、阿尔泰、望强泰、丁宝桢，他们或"深淘滩、低作堰"，或铁石治水、修筑堤坝，都为造福人类做出了不可磨灭的贡献。伫立于此，我禁不住为这些治水护堰先贤们投去敬仰的目光。

人所共知，铭刻于都江堰历史丰碑的核心人物是李冰父子，在这两千多年的《堰功道》长卷上，怎么会没有他们的身影呢？带着这个疑问拾级而上，当我走进气势宏伟的伏龙观时，见到了面目沧桑的蜀郡太守李冰时，方才恍然大悟，原来全部档案都珍藏在这古老的道观里呢。置身于旧日"老王庙"的伏龙观亭台之上，俯瞰着岷江水波涛汹涌，我才从分水鱼嘴、飞沙堰、宝瓶口、安澜索桥等历史遗存中，真正领悟到了都江堰的恢宏大气。

残缺斑驳的历史画卷显示着：战国时期的秦昭襄王五十一年（前256），秦国蜀郡太守李冰和他的儿子，吸取前人的治水经验，率领当地人民修建了都江堰水利工程。他们将岷江水流整体规划分成两条，其中一条水流引入成都平原，这样既可以分洪减灾，又可以引水灌田、变害为利。主体工程包括宝瓶口进水口、鱼嘴分水堤和飞沙堰溢洪道。以现在的技术看来，建造这样的水利工程可能不会费多大的气力，可是在技术落后的2200多年前，其间的重重困难是可想而知的。

据说，面对岷江的汹涌激流，李冰父子邀集了许多有治水经验的农民，对地形和水情做了实地勘察，决心凿穿玉垒山引水。由于当时还没火药，李冰便以火烧石，使岩石爆裂，终于在玉垒山凿出了一个形状酷似瓶口的缺口，故取名"宝瓶口"。之所以要修造宝瓶口，是因为只有打通玉垒山，使江水流向东边才可以减少西边的流量，使江水不再泛滥，同时又能解决非东边的干旱问题。宝瓶口工程完成后，虽然起到了分流和灌溉的作用，但因江东地势较高，江水难以流入宝瓶口。为使江水能够顺利东流，并充分发挥宝瓶口分洪和灌溉功能，李冰在开凿完宝瓶口后，又在江中修筑分水堰，由于分水堰前端形状恰似鱼的头部，因而叫作"鱼嘴"。由是一分为二的江水有了外、内之分。由于内江窄而深，外江宽而浅，枯水期大半江水流入河床低的内江，从而保证了成都平原的生产、生活用水。而当洪水来临水位较高时，大部分江水又从江面较宽的外江泄出，这种自动分配江水的设计就是所谓的"四六分水"。为进一步控制宝瓶口的水量，起到分洪和减灾的作用，防止灌溉区出现水量不稳定的情况，李冰又在鱼嘴分水堤尾部，修建了分洪平水槽和飞沙堰溢洪道。溢洪道前修有弯道，江水形成环流，江水超过堰顶时洪水中夹带的泥沙便流入外江，这样便不会淤塞内江和宝瓶口水道，故而取名"飞沙堰"。在众人的齐心协力与不懈努力下，这一世界历史工程终于石破天惊地亮相于世界东方。

过外江小索桥沿江而走，离堆、人字堤、宝瓶口、飞沙堰、内外江、鱼嘴分水堤、安澜桥尽收眼底，二王庙、玉垒关、玉女峰、秦堰楼、玉垒阁、松茂古道隔江相望。这些林林总总的名胜古迹，众星拱月般地汇成都江堰自然天成的完整形象。漫步岸堤的我，咀嚼着课文《都江堰》中的文字，聆听着余秋雨"我以为，中国历史上最激动人心的工程不是长城，而是都江堰"的回声，任由那三十多年前的情感弥漫心头。我看着世界上仅存的伟大"生态工程"，心中涌动着民族的自豪感。我深知：都江堰不仅仅是一项古代水利工程，她标志着中华民族科学利用自然创造了一个奇迹，开创了中国古代水利史上的新纪元，在世界文明史上写下了光辉的诗篇。

　　感慨之余，眼前的都江堰已经不仅仅是科学成就、伟大创举、智慧结晶、古代杰作这些溢美之词能形容的，是一座屹立于天地间的无字丰碑。

　　都江堰是人类伟大的创举、勤劳勇敢的体现，凝聚着古代劳动人民的智慧，书写了宏伟壮丽的诗篇。

锦里　武侯祠

　　沐浴着和煦春风，我和丈夫自东莞抵达成都。刚刚安顿好住宿，喜欢历史文化的我，就催促着丈夫陪同我到最有蜀汉文化底蕴的锦里古街寻古访幽，去领略感知其深厚的西蜀文化底蕴。我告诉他这里是成都最古老、最具商业气息的街道之一，早在秦汉、三国时期就已闻名全国，目前仍保持着明末清初的川西民居风貌，蕴含着浓郁的地域文化和古风古韵。

　　锦里古街紧邻武侯祠，现在已经与武侯祠融为一体，成为三国历史遗迹的组成部分。锦里建筑风格以清末民初的四川民居格调为基础，内容以三国文化、四川传统文化和民俗文化为内涵，形成了文化搭台经贸唱戏的新格局。走进锦里，满满的地域风情弥漫开来。古街布局严谨有序，相对国内很多旧瓶装新酒的人造景观，锦里是完全原生的、本土的、家常的、原汁原味的。商店里卖的是筷子、茶叶、灯笼、蚕丝被和土特产，餐厅里的美食有张飞牛肉、肥肠粉、三大炮，一箸一杯都是冲着美食去的，不花哨，没有噱头，讲究的就是一个实惠。还有手艺人的捏泥人、转糖画、纸扇、剪纸，满满的童趣。这里到处都充溢着童年的快乐。整条街色彩缤纷的花灯和幌子，是大俗的样子，图的就是个热闹。而街上最抓眼球的，还是那些让人热烈思慕的成都粉子。她们在茶摊里嗑瓜子、打牌、品茗，说的都是地道成都话。看得出来，成都人就喜欢嬉笑着悠然地在锦里闲逛，怀旧的人情感有了寄托，贪吃的人满足了口腹之欲。锦里呈现的是人间烟火，是四川餐饮名小吃区最热闹的好去处。一个"辣"字就占据了半条街。可惜由于吃辣过敏的缘故，"麻辣"美味成为我天府之行的一大遗憾。不过，"西蜀第一街""成都版清明上河图"的美誉，还是实至名归的。

逛完锦里街道之后，迈着沉稳的步伐朝一墙之隔的武侯祠走去。在来之前，我有了解到武侯祠实际上是一组雄伟壮丽的古建筑群，是中国唯一的君臣合祀祠庙，由刘备、诸葛亮蜀汉君臣合祀祠宇及惠陵组成。它也是全国首批重点文物保护单位及首批国家一级博物馆，享有三国圣地的美誉。当我来到武侯祠正门时，映入眼帘的门匾上不是"武侯祠"，而是"汉昭烈庙"。顿时一头雾水，这是咋回事呢？难道走错了门吗？工作人员告诉我：当年刘备病逝于白帝城后，灵柩运回蜀都下葬于此。因为刘备称过帝，加之又是汉朝的正朔，因此他的陵墓被后世称为"惠陵"。按照汉制，有陵必有庙，所以在同时期就有了"汉昭烈庙"。但是，民间崇拜诸葛亮，就在"汉昭烈庙"旁也修建了武侯祠祭祀。到了明朝初年，并列一起的君臣庙发生了很大的变化，刘备庙冷冷清清，而武侯祠却香火旺盛。这种君臣颠倒的事让蜀王朱椿大为不悦，认为是臣下欺主，就以"君臣宜为一体"为名，下令重修刘备庙，同时把武侯祠给废除，只在刘备庙中设立了诸葛亮祠堂，并根据刘备的庙号，定名为"汉昭烈庙"。明朝末年，刘备庙毁于战火。清康熙十一年（1672）地方政府又重修汉昭烈庙，虽说格局仍是明朝的君臣合祀，但是将名称改为了"武侯祠"。乾隆年间，四川布政使周琬经过一番考证，认为"汉昭烈庙"更符合历史，不应该喧宾夺主，于是便想出了一个折中的办法，把武侯祠大门匾额换成了"汉昭烈庙",庙内的诸葛亮殿改成武侯祠。不过,民间早已习惯了"武侯祠"的称呼,纵然门上挂着"汉昭烈庙"的牌匾,约定俗成的叫法最终也没能改过来。听完介绍,我恍然大悟:原来是这么回事呀!

喜欢书法艺术的我,早就听说这里有一方"三绝碑",是元和四年(809)由唐朝著名的大政治家、当朝宰相裴度撰文,著名书法家柳公绰书写,名匠鲁建刻字的《蜀丞相诸葛武侯祠堂碑》。"三绝碑"之称,始于明朝弘治十年(1497),当时的四川巡按华荣在碑上题跋:"人因文而显,文因字而显,然则武侯之功德,裴、柳之文字,其本与垂宇不朽也。"赞美诸葛亮的功德与裴文、柳书并称"三绝"。清道光九年(1829)华阳举人潘时彬又对"三绝"提出了新的见解——将文章、书法、镌刻皆出自名家誉为"三绝"。进得门来沿中轴线走出不远,三绝碑就率先来到了我的面前。但见三米六高、近一米宽的高大石碑上铁钩银划着极具力度的柳楷。细细揣摩,擅长文学的柳公绰,其书法艺术浑厚端庄、古朴典雅、磅礴大气,遒劲刚健的笔力并不在其弟柳公权之下,玩味再三,我久久不肯离去。

楹联挂满抱柱的武侯祠,不禁让我产生崇敬之情。这位智慧的化身、三国时期的蜀汉丞相,中国古代杰出的政治家、军事家、文学家、改革家的非凡人生,是多么光彩照人呀!诸葛亮早年随叔父到荆州,叔父死后他就在隆中隐居。后来刘备三顾茅庐请他出山,联合东吴孙权于赤壁之战大败曹军,形成三国鼎足之势,随后又夺占荆州。建安十六年(211),攻取益州。继又击败曹军,夺得汉中。蜀章武元年(221),刘备在成都建立了蜀汉政权,诸葛亮被任命为丞相,主持朝政。后主刘禅继位,诸葛亮被封为武乡侯,领益州牧。他与东吴联盟,改善和西南各族的关系;实行屯田政策,加强战备;前后五次北伐中原,多以粮尽无功。终

因积劳成疾，于蜀建兴十二年（234）病逝于五丈原。刘禅追谥
他为忠武侯，后世常以武侯尊称诸葛亮。其文学代表作有《出师表》
《诫子书》等。他曾发明木牛流马等，并改造连弩，可一弩十矢
俱发。诸葛亮一生"鞠躬尽瘁，死而后已"，是中国传统文化中
忠臣与智者的代表人物。"两表酬三顾，一对足千秋""一诗二
表三分鼎，万古千秋五丈原""沥胆披肝，六经以来二表，托孤
寄命，三代而下一人"这些凝练的联语，岂不是对他非凡人生的
高度概括吗？

　　诸葛亮殿是武侯祠的点睛之笔，殿内供祀着栩栩如生的诸葛
亮贴金泥塑像，儿子诸葛瞻、孙子诸葛尚的塑像陪伴在其左右。
塑像前有铸于公元前六世纪的铜鼓三面，相传是南征夷蛮时所用。
大殿后壁镶嵌有许多石刻，东壁为我熟知的《隆中对》　，表达
的是"三顾频烦天下计，两朝开济老臣心"的壮志雄心；西壁则
是《出师表》，"鞠躬尽瘁，死而后已"这一名句传诵千古，忠
诚执着的浩然正气气贯长虹。殿内外匾对甚多，都是对诸葛亮的
讴歌和追思。徘徊于此，我任由自己的思绪生出双翼去对接那历
史的天空。恍然看到，诗圣杜甫吟诵着"功盖三分国，名成八阵
图"来了；诗仙李白吟诵着"毋令管与鲍，千载独知名"来了；
陈子昂吟唱着"犹悲堕泪碣，尚想卧龙图"来了；杜牧吟唱着"百
年明素志，三顾起新恩"米了；陆游吟唱着"出师一表真名世，
千载谁堪伯仲间"也来了。历朝历代的文人骚客，何赞、胡曾、
李德裕、李洞、刘兼、李商隐、罗隐、钱起、刘禹锡、王建、韦庄、
骆宾王等，都以不同的长短韵律讴歌着诸葛孔明，我也随之默默
地念诵着千古名言。"外伤则内孤，上惑则下疑；疑则亲者不用，
惑则视者失度；失度则乱谋，乱谋则国危，国危则不安……"良
久良久，面对智圣，我弯下的腰不愿挺起。

　　刘备殿堂，在武侯祠古建筑群中，是最高大、最宽敞、最雄

伟壮丽的。神台之上供奉着气宇轩昂的蜀汉皇帝刘备的高大金身坐像，诸多子孙中只有城破死节的皇孙北地王刘堪配祀左侧。据说建庙之初原有"阿斗"刘禅配祀，但在宋、明两朝被毁，缘由是刘禅昏庸无能，破国降晋后竟又"乐不思蜀"，远不如"宁可玉碎，不可瓦全"的北地王刘堪得民心。刘备殿的东偏殿供奉着夜读春秋的大将关羽，身后是手把青龙偃月刀的周仓和关羽的义子关平，西偏殿供奉着张飞，身后是张苞等人。显然这是"桃园结义"定下的名分——同是五虎上将的赵子龙、马孟起和黄汉升却只有在过厅内尽人臣之礼了。读过《三国演义》的人都知道，刘玄德左右的这些人物都是他的左膀右臂和有功之臣，为蜀汉王朝的建立立下了汗马功劳。过去，感觉这些耳熟能详的人物离我十分遥远，今天，当我站在这蜀汉故地，仿佛一下子见证了那段可歌可泣的历史，原来他们就在我的身边呀！

不知为什么，刘备墓碑的最后一个字被人毁掉了，成了"汉昭烈皇帝之×"。经过询问一个经常来此游玩的"老成都"，他向我讲述的一段民间传说，似乎揭开了这个谜底。相传，刘备在白帝城去世时正是夏天，臣属怕尸体腐烂就埋葬在了白帝城附近。当时的局面战乱不止，墓碑上不敢刻上刘备的名字，怕被人破坏，所以就刻上了"奉公守节"来替代。后来人们为了纪念刘备，就摘选了墓碑上的"奉节"二字作为地名，因此奉节人一直笃信刘备墓就在当地。关于刘备墓的真伪之争，不仅仅远在重庆的奉节在争，就连成都南部的新津亦声称其莲花坝的一座墓冢是刘备墓。这座古墓被当地人称为"皇坟山"，因为这里风水极佳，而且被九道山所环绕，因此有"九瓣莲花"之称，而皇坟正好处于莲心的位置。当地人都认为这里才是刘备的墓地。眼前刘备墓碑上的"墓"字，无论说是奉节人所为还是新津人所做，都没有真凭实据。回味着《三国演义》中"先主之弘毅宽厚，知人待士，盖有高祖之风，英雄之气焉"的语句，刘备的高大形象早已被镌刻于历史丰碑上。

　　东汉末年，朝政腐败，加之连年灾荒，民不聊生。刘备有拯救百姓之意，张飞、关羽又愿与刘备共同干一番事业。三人志同道合，选定张飞庄后的一个桃园结拜。此时正值桃花盛开，景色美丽，张飞准备了青牛白马作为祭品，三人于桃园中焚香结拜。他们盟誓说："念刘备、关羽、张飞，虽然异姓，既结为兄弟，则同心协力，救困扶危；上报国家，下安黎庶。不求同年同月同日生，只愿同年同月同日死。皇天后土，实鉴此心，背义忘恩，天人共戮！"誓毕，拜刘备为兄，关羽次之，张飞为弟。这便是《三国演义》中著名的"桃园结义"。对于这段故事，虽然陈寿的《三国志》上从没记载，人们却从未怀疑它的真实性。清朝康

　　武侯祠，是民众对蜀汉丞相诸葛亮"鞠躬尽瘁死而后已"精神的肯定和赞誉的载体，也是天府之国的一个独特标识。

熙初年由四川提督郑蛟麟所建的三义祠，就是承载着"桃园结义"思想内涵的具体体现。这座祠堂在乾隆四十九年（1784）曾因焚香引起大火而被毁，后又得以重建，道光二十二年（1842）再度全面修葺。这座四造五殿，规模宏大的庙宇原来在成都的提督街，20年前因城建需要将其迁建到这里。其建筑和匾联都是清朝道光年间的遗存。伫立于此的我，凝视着庙前已经幻化为三尊塑像的刘备、关羽、张飞，有些迷茫。我在想，他们的兄弟之情在今天的社会还有吗？

走出武侯祠，耳旁响起了熟悉的旋律："滚滚长江东逝水，浪花淘尽英雄。是非成败转头空。青山依旧在，几度夕阳红。白发渔樵江渚上，惯看秋月春风。一壶浊酒喜相逢。古今多少事，都付笑谈中。"

蒲松龄故里行

或因文学盛会，或来拜师访友，我来淄博已有四五次了。我先后走进齐国故都拜谒太公姜子牙，走进黄河湿地寻访齐王田横，走进陶瓷古镇叩拜一代帝师孙廷铨，走进耿国明珠拜访诗坛盟主王渔阳，走进周村古商城探望三朝元老李化熙。然而，那位"写鬼写妖高人一等，刺贪刺虐入骨三分"的聊斋先生，却总是躲在那个叫蒲家庄的古村落里，久久不乐意和我谋面。

蒲家庄，原名三槐庄、满井村，始建于宋代，初始因村中有槐树三棵而得名。明初，村东沟壑内有一水井，旧时常常水满漫溢而为溪，故取村名为满井庄。据康熙五十二年（1713），村人蒲松龄撰写的《重修龙王庙碑》载："淄东七里许，有柳泉。邑乘载之，忘胜也。水清以渝冽，味甘以芳，酿酒旨。瀹增茗香。泉深丈许，水满而异，穿甃石出焉，故以又名满井。"蒲氏自明初迁徙于满井庄，后以族姓日蕃，别姓绝少，更名"蒲家庄"。蒲氏虽非名门望族，但子弟多以耕读传家，获科举功名者代不乏人。最具盛名者当属明末清初著名小说家蒲松龄先生。他乃蒲家庄才子，字留仙，一字剑臣，别号"柳泉居士"。

人所共知，蒲松龄乃中国清初文言文短篇小说集《聊斋志异》的作者。除此以外，他还有大量诗文、戏剧、俚曲以及有关农业、医药方面的著述存世，总近200万言。蒲松龄生前，《聊斋志异》刊行后，大有洛阳纸贵之势。在一段时期里，仿效之作层出不穷，造成了志怪传奇类小说的一度繁荣。许多篇章不断地被改编成戏曲、影视剧，其影响波及五湖四海，为中华民族、为世界人民创造了宝贵的精神财富。

沐浴着和煦的春风，我咀嚼着明代诗人陈时万的《重游满井寺即事三首》，任由那"细草垂柳一涧青，病身聊复憩幽亭。老禅行脚归无日，闲饲僧雏学诵经……"的诗韵弥漫心田。由是，在柳绦拂面中，我循着柳泉居士遗留的文字一路走来。

穿过古朴典雅的城堡式"平康"门洞，脚下的石板街在明清民居的夹裹下一路延伸。在家著书立说的蒲松龄先生，正在村东那座恬静的北方院落里等着我呢。说话间，几棵粗大的国槐摇曳着泛青的新绿来到了我的跟前。枝叶在"簌簌簌"地窃窃私语，似乎想告诉我什么。是想说蒲松龄屡试不第的落魄愁容？还是他茶余饭后构思《宦娘》《莲香》或《小谢》的另有别意？抑或是令他惦记着牵挂于心的那个程姓女子的婚外之情？更或是蒲公考中秀才意气风发后的哼唱俚曲之悠然？

郭沫若手书的金字匾额告诉我，蒲松龄的家到了。这座环境优雅的北方民居，厢房前面的迎春花开得正艳，可惜我来晚了，无缘与蒲老先生一起赏花品茗，聆听他讲述鬼怪传奇。等候我整整三百年的蒲松龄，已经幻化为院落里的一尊汉白玉石塑像。他仍然在捻须静想构思谋篇，仿佛在为《聊斋》续卷打腹稿。路过此处后，土木结构的聊斋正房来到了我的面前。

木棂门窗前碧绿的石榴树生机盎然，蒲学专家路大荒手书的"聊斋"匾额在迎接着我。牌匾下方悬挂着蒲松龄74岁的画像。这是当年江南著名画家朱湘鳞为其绘制的，正因如此，我才有幸真正领略到了先生的风采。画像两旁是郭沫若先生撰写的楹联，联语高度概括了蒲松龄的伟大成就。房内的一切都与蒲松龄生前有关，他挥毫泼墨的端砚、睡过的木床、冬季暖手的捧炉，以及他喜欢赏玩的灵璧石、三星石、蛙鸣石，还有室内摆放的方桌、木椅、茶几、衣架、橱柜、木影炉，还有那块白阳老人亲笔题写的"绰然堂"牌匾，这些都是蒲松龄先生在西铺设馆30余年的所用旧物，与其有着直接的关联。

睹物思人，触景生情。蒲老先生仿佛鲜活于我的面前，让我在短时间内又了解了他的坎坷身世：柳泉居士，世称"聊斋先生"。明崇祯十三年（1640）四月十六日，他诞生于蒲家庄一户落魄的地主家庭。19岁那年即以县、府、道三个第一考中秀才。他志向高远，攻读不辍，喜与同辈研习经世之学，亦常联吟唱酬。曾与李希梅、张笃庆等文人骚客，结为"郢中诗社"。虽才华横溢，却屡试不第。他为生计寄人篱下，大半生皆在毕府学馆教书。这种处境决定了其文学生涯介于传统雅文学和民间俗文学之间。一生贫困潦倒的他，将孤愤之情凝于笔端。授课之余笔耕不辍，写下了8卷494篇小说集《聊斋志异》，以及4卷450余篇的文集、6卷1295首的诗集，还有词曲、杂著、戏剧等多种文艺作品，共计有近200万言。先生于清康熙五十四年（1715）正月二十二日，倚窗危坐而逝，享年75岁。

布满岁月沧桑的木床就那么自然地安设于南窗之下，当年历经世道曲折的柳泉居士就是在这里，带着满腔的悲愤走完了不平凡的人生之路。我在此思索着这样一个问题：对于屡考屡败、屡败屡考的奇才蒲松龄来说，这样的结局上苍是否有失公允？答案是纵然当年的朝政黑暗，没有让这位胸怀抱负的才俊步入仕途，但苍天仍是公平公正的。正如他表露心迹的楹联一般："有志者，事竟成，破釜沉舟，百二秦关终属楚；有心人，天不负，卧薪尝胆，三千越甲可吞吴。"假如说，命运不是如此捉弄于他，让他平步青云高官厚禄，虽然政坛上多了个政客，文坛上却少了颗文曲星。看来，孟子所说的"天将降大任于是人也，必先苦其心志，劳其筋骨，饿其体肤，空乏其身……"是很有道理的。

西藏乡村的行走感知

小时候，"故事大王"父亲经常给我和弟弟讲故事，其中我对电影《农奴》的故事印象尤为深刻。故事说的是藏族汉子强巴从小就被农奴主旺杰的儿子郎杰当马骑，性格倔强的他用沉默来反抗，因此被当成了哑巴。解放军进藏后，郎杰欺辱强巴把他摔到河里，被解放军救起。后来郎杰又授意管家用马将强巴拖死，被女奴兰朵的哥哥救下。继而郎杰和土登密谋叛乱，强迫强巴一同与其逃往国外，强巴与其殊死搏斗，危急时刻解放军救了强巴，强巴欲将土登暗藏的武器交给解放军时，被土登刺伤。土登放火烧毁寺庙，强巴揭露了土登的罪行。最终农奴们获得了彻底的解放，强巴终于开口说话。

刚上幼儿园时，身着藏族服饰的叔叔、阿姨们表演的《翻身农奴把歌唱》歌舞，又给我留下了深刻的印象。至今，那"太阳啊霞光万丈，雄鹰啊展翅飞翔；高原春光无限好，叫我怎能不歌唱。雪山啊闪银光，雅鲁藏布江翻波浪；驱散乌云见太阳，革命道路多宽广。毛主席呀红太阳，救星就是共产党。翻身农奴把歌唱，幸福的歌声传四方……"的歌声，仍萦绕耳畔。

"农奴""雪山""高原风光""雅鲁藏布"这些字眼，无不对我这个岭南女子有着极大的吸引力。然而，平日里忙工作、忙家庭，加之对高原反应的恐惧感，虽说对这片神秘的土地心驰神往，然而却一拖再拖，久久不能成行。2021年，恰逢中国共产党成立100周年、西藏和平解放70周年，窃以为是个千载难逢的好机会，一者可以领略藏族的别异风俗，二者可以体味共产党领导下藏族人民翻天覆地的变化。于是我从春节开始就周密计划西藏之行。初夏时终于登上了白云机场飞往贡嘎机场的班机，开启了我的西藏之旅。

果然，刚一落机，西藏就给了我一个下马威，头疼、胸闷、乏力等高原反应接踵而至，经过挂吊瓶、吸氧气，好一番折腾，方才化险为夷，使得行程得以继续。按照一般的西藏游不是先从拉萨的布达拉宫、大昭寺开始，就是从低海拔的林芝开始，而我却不按常规，随心所欲地登上了通往日喀则的列车。那里有中国著名六大黄教寺院之一的扎什伦布寺，关键是有着一座与电影故事片《农奴》中主人公巧合重名的强巴佛，固执的我认为，他就是主人公的化身。其实不然，当我走进意为"吉祥须弥寺"的寺庙时方才恍然大悟，两者是互不搭边的。这里殿堂中的强巴佛是整个藏区最高、最大、最著名的强巴佛造像，听人讲强巴佛实际上就是受汉人喜爱的弥勒佛。因此，被文艺家搬上影屏那也就不足为奇，只是我少见多怪罢了。

我抱着探寻藏民生活状况的心态，顺路返回拉萨的途中，走进了紧靠318国道的日喀则桑珠孜区年木乡罗林村。听人说，该村原住地自然条件恶劣，曾经因为一场大水，全村房舍全部被吞没。政府为改善藏民居住环境，决定整体搬迁到现在的村址，并统一规划，免费为每户村民建造上下两层的房屋一栋。8年前，政府引导村民开展具有民族特色的旅游项目，增加藏药、藏族银饰及牦牛肉等特色产品加工、经营，还有娱乐、休闲、家访等特色旅游项目。据悉，该村36户村民中每户都有1人在村中从事旅游服务工作，工资从1600元到3500元不等，加上村民的其他收入，全村人都过上了富裕幸福的小康生活。

　　接下来，我又跟随团队前往有"西藏江南"之称的林芝，对工布江达县藏族村落进行了采访。这里有独特的民风民俗，有工布年、赶鬼、请狗赴宴、吃"结达"、背水、祭丰收女神等习俗，尤为突出的还是将祖祖辈辈的银饰工艺传承了下来。他们所做的银饰及餐具，采用了高浮雕、浅浮雕、嵌丝、镂空、镶嵌等工艺，俱是手工锤打而成的。我看到这些银饰图案多为双龙抢宝纹、吐宝鼠纹、寿字纹等，蕴含吉祥如意之意，因而这些工艺品受到了游客的喜爱，也为他们脱贫致富打开了一个门路。与此同时，我在工布村头的摊点上，看到藏民采来的野生藏红花、手掌参、雪莲花、红景天、虫草、鹿茸、藏茵陈等名贵药材，我毫不犹豫地花了三千多元买了点藏红花，也算是为扶贫尽一点心意吧。

　　回到拉萨，我独自乘坐市内16路公交车来到了德庆区堆龙大道的桑木村，这是一个位于拉萨近郊的自然民俗村。它坐落于美丽的堆龙河畔，这里山清水秀、土地肥沃、风景如画、人杰地灵，这里的人勤劳、善良又纯朴。据说三世达赖喇嘛就诞生于此，至今村里仍留存有诸多遗迹。桑木村是这里著名的民间歌舞之乡，村民能歌善舞。走进桑木村，缘分让我结识了精明能干的村主任巴珠、唱了一辈子藏戏的老阿妈央宗、村民演出队的艺术总监丹增老师和他的儿孙们。走进热情的乡亲家中，品尝着青稞酒，咀嚼着青稞饼，大口喝着酥油茶，唠叨着家长里短，交流着藏乡的日新月异，情意浓浓，其乐融融。我欣赏着村民们表演原汁原味的藏族民间歌舞，和乡亲们一起手拉手跳着锅庄舞，架起柴火来烤着全羊……我陶醉在小河流水、绿树成荫、蓝天白云的自然风光里，游走在河畔的林卡中，尽享改革开放带来的丰硕成果，感受到了当地人的幸福美满。

经过短暂的几天采访，我发现每个村落都是井然有序的，居室窗明几净，每户家中的佛堂里，除了供奉代表民族信仰的佛祖外，还供奉着开国领袖毛泽东及新时代领导人的画像，他们无不感慨地说："共产党把我们从奴隶中解救出来，让我们翻身做了主人；共产党帮助我们脱贫致富，过上了幸福生活。我们藏族是个懂得感恩的民族，所以，我们感谢共产党。"听着他们的肺腑之言，看着挂满日光城大街小巷的"热烈庆祝中国共产党成立100周年"和"庆祝西藏和平解放70周年"的大红标语，心中不由得涌起难以平息的浪潮。任由"没有共产党，就没有新中国"的旋律，响彻于"世界屋脊"的蓝天白云之间。

琴瑟乱弹

无法送出的礼物

一伯娘，不是我的亲伯娘，而是娘家的一位邻居，至于她姓甚名谁至今都是个谜。从我小时候记事起，村里的人不管男女老少都称呼她"一伯娘"，母亲也让我这么叫她，所以就一直这么称呼她。

2019年大年初三早上，吃过早餐，我像往常一样带上事先备好的礼物跟母亲说要去看看一伯娘，给她拜个年，没承想母亲有些伤感地跟我说："一伯娘不在了。"

"啊？不会吧？"我惊讶得有些不敢相信自己的耳朵，连忙问母亲，"什么时候的事？去年夏天我回来时她还好好的。"

"没多久的事，十月份的时候吧。"母亲说。

"是怎么走的？生病？还是意外？"我急切地问。

"不是生病也不是意外，晚上睡觉时还好好的，第二天早上儿子去叫她吃饭，才发现她已经走了。她走得很安详，就像睡着了一般，什么痛苦都没有，也没给儿女添任何麻烦，你一伯娘真是有福之人哪，善终。"母亲感慨地说。

"哦——她多大年纪？"我问。

"你爸说她虚岁八十六，具体我也不大清楚。"母亲回答。

"哦……"我不再问母亲，而是转身回到房间，把手中的礼物放在书桌上，坐在床沿边，呆呆地望着那包礼物，眼前浮现出一伯娘和蔼可亲的笑容……

小时候，父亲常年在镇上的农具厂上班，家中里里外外全靠母亲一个人，既要忙田间劳动又要忙家里人的吃穿。母亲体弱多病，而我家里有五个兄弟姐妹，她经常顾得了田间活儿，就顾不上家里的生计。很多时候到了吃饭的时间，家里要么是上顿剩下的冷饭或冷粥，要么是什么都没有。每当这个时候，我总是端着一碗冷粥或冷饭，或拿着空饭碗筷到一伯娘家，每次她见到我都会笑容可掬地接待我——不是帮我把冷饭或冷粥加热，就是把做好的咸鱼或咸菜夹给我吃，要么拿过我的饭碗盛上她刚煮好的热饭或热粥，然后招呼我和她一起吃饭……

记得有一回，我和弟弟为争抢甘蔗而打架，弟弟由于人小打不过我，于是操起厨房的菜刀顺势就要砍我，见势不妙的我拔腿跑出家门，直奔一伯娘家。她见我脸色苍白气喘吁吁，一把抱着我焦急地问："婷婷，怎么啦，跑得这么急？"我扑在她的怀里大口地喘着粗气，待慢慢平静下来，才跟她说弟弟拿刀追着要砍我的事。她听我讲完，安慰说："没事没事，别怕。一会儿我去地里砍两根甘蔗，你和弟弟每人一根，不用争。"说着便戴上草帽拿上刀，拉着我朝她家的甘蔗地走去。一伯娘麻利地砍了两根甘蔗，到了我家，她先给我和弟弟各一根甘蔗，然后柔声细语地说："你们是亲姐弟，不能打架，怎么还动刀子呢？这就更不应该了，万一伤着了怎么办？以后想吃甘蔗跟一伯娘说，我砍回来给你们吃……"

十四岁那年我离开家乡到省城读书，几年后父母到了广州随二姐生活，而我毕业后直接去了广州工作，由于父母二十多年一直随二姐或我生活，这期间我几乎没有回过乡下。直到2013年国庆节，父母要回乡下养老，我送父母回乡时才又见到一伯娘。

阔别二十多年，当我再见到一伯娘时，她已经是年近八十的老人了。记得那天我们刚到家没多久，一伯娘就来了，当我迎上去拉着她的手喊"一伯娘"时，她慢慢地抬头看着我端详了老半天，浑浊的眼睛里泛着些许惊喜，嘴角上扬微笑着含糊不清地问："你是——谁呀？""一伯娘，我是婷婷呀！不认得我了吗？"我有些隐隐的伤感。"啊——婷婷呀！你回来了？几十年不见，不认得喽不认得喽，你都不像小时候了，长得这么漂亮了，变化真大呀！你不说，我真不认得你是婷婷哟，唔，回来了好，回来了好，这家又热闹了。"

由于当天刚到家，事情多，我没有时间跟一伯娘聊太久。当把家里的事情忙得差不多了，两天后的下午，我拎上礼物来到了一伯娘家。那天下午，我陪一伯娘聊了三个多小时。从她话语中得知：虽然一伯娘生育有四儿二女，但是儿女成家后，她老两口没有随任何一个儿女生活，而是留在老屋过日子。几年前丈夫去世后，她就坚持自己一个人过。除了柴米油盐菜儿女们轮流供给外，每天的一日三餐都是她自己照料自己。我问一伯娘为什么不随儿女们生活，她告诉我："儿女有儿女的生活，我不给他们添乱。再说，年轻人的饮食习惯跟我们老年人不同，他们要吃干的硬的饭，我们年纪大了，牙齿不好使，要吃稀的软的饭。如果跟他们吃住，会给他们增添很多的麻烦，我自己吃住，自在。"听了一伯娘简单朴实的话语，我在感慨一伯娘为儿女们着想的同时，在她身上似乎也悟到了一点人生哲理。

听母亲讲，一伯娘笃信禅宗，已皈依佛门。为此，我们老李家祠堂和村口那座回龙寺的香火事都是她负责操持。记得2016年大年初一的早上，我和丈夫到村口的回龙寺祈福。一进寺，就见一伯娘在佛坛前忙忙碌碌，新年问候之后，我开始供奉香火叩拜，祈福之后，我习惯性地往功德箱里放进功德款，这时一伯娘拿着本子和笔过来对我说："婷婷，你把刚才乐捐的功德款数目写上。我虽然不识字，但是每个捐香火钱的人我都会叫他们自己写上，然后我找人清点功德款，并且把名字一一抄好公布出来让大家知道。这是功德款，不能马虎的。"于是我认真地照做了。祈福之后正欲离去时，看到寺庙里和一伯娘坐在一起的有七八位老人，于是我走过去给每位老人发了个红包，老人们纷纷说："这谁家闺女呀？这么懂事孝顺老人。"只听见一伯娘说："你们不认识吧？这是三队李谓光、杨宗清最小的女儿婷婷。这闺女人好，每次回来都带东西给我，还给我钱呢，年年过年都到这庙里供香火，很有心的。"于是老人们纷纷说："好啊好啊，这么好的闺女，财神爷、裴圣奶保佑你身体健康、发财多多……"由于知道庙堂之地不宜多言语，于是我对那几位老人深深地鞠了一躬，说："谢谢各位伯娘。"便匆匆离去了。

　　自从父母回乡养老后，逢年过节我必定回乡下看望父母。每次回去，我都会去看望一伯娘，给她带去一点礼物或给她点钱表达自己的心意，然后陪她聊聊天。而每次我离乡返莞之际，一伯娘都会送我一点东西——一两斤咸菜或咸萝卜，又或是一把青菜或一袋饼干。记得2017年大年初八那天下午，我正在午休，一伯娘走进我房间，把手里拿着的两个苹果轻轻地放在我枕头边，说："婷婷，听你妈说，你和小刘明天要返回东莞，这两个苹果是寺庙里的供果，我谁都不给，就拿回来给你和小刘，希望佛祖保佑你们，裴圣奶保佑你们一生平平安安、身体健健康康、工作顺顺利利、发财多多。这两个供果你收好，不要给别人，明天回去路上，你和小刘一人吃一个，听话哦。"听了一伯娘的话语，看着枕头边的两个大红苹果，一股暖流涌上心头，于是我立刻起身，双手合十，给一伯娘深深鞠了一躬……

　　夕阳西下，看着书桌上再也无法送出去的礼物，我心底那份忧伤、失落慢慢扩散，不由自主地起身走出家门，走到一伯娘生前居住的那间旧屋子门前，看着那紧闭的旧木门，我黯然泪下，于是双手合十对着那间旧房子深深地鞠了三个躬，愿一伯娘在天堂一切安好！

爱他，就要竭尽全力

　　某日黄昏，我和闺蜜梅携手在江边散步，我们边赏江景边聊天。梅微笑着对我说：“婷，当初你选择嫁给你先生时，好多亲朋好友并不看好你这桩婚姻，还有人说你的婚姻不会超过三年。没想到二十多年过去了，你的婚姻不但坚如磐石、幸福美满，而且还把当年那个‘全裸’丈夫打造成了今天光彩照人、出类拔萃的成功人士。不过，看着你一路走来，也很不容易，为了成就丈夫，你付出、牺牲了太多太多，有时候我都挺心疼你的。”我淡然一笑，说：“这没什么，爱他，就要竭尽全力。”说着，我扶着江边的护栏，望着波光粼粼的江水，一下子打开了思绪的闸门……

　　二十四年前的一个良辰吉日，我和丈夫走进了婚姻殿堂。婚后的我依然像婚前一样整天扑在工作上，对丈夫和家庭生活很少过问。三个月后，公司在武汉承接了一个工程，需派一名股东常驻武汉工地，当时其他的股东都认为我去最合适。当我把这个工作安排告诉丈夫时，他却心事重重地对我说：“老婆，你这一去就是八个多月，时间太长了。我三十三岁了，已经错过了许多美好时光，现在好不容易结了婚，我就想早点生孩子，不能再拖了。希望你能够理解我，为了我不去武汉，好吗？”面对忧伤的丈夫，和八个月能获二十八万元工资的诱惑，我犹豫不决，苦苦思考了好几天。婚前的我，是众所周知的工作狂，可以说为了工作可以不顾一切。以至于跟丈夫谈恋爱期间，连花前月下的时光都几乎没有，要约会我都安排在公司里——我忙工作，他在一边喝茶、看报陪伴着。可是一结婚，就要我放弃如此优厚的待遇和工作，这怎么行呢？然而，跟丈夫冷战了几天，我站在丈夫的角度换位思考后，忍痛放弃了自己的坚持。

让我始料未及的是，丈夫的"折腾"是一波未平又接一波。1997年年底，丈夫向我提出要一起离开惠州到东莞发展。开始我坚决不同意。我在惠州经营公司多年，无论是人脉还是资源，都已经扎实牢固，可我对东莞不但陌生，而且在那里举目无亲，一切都得从零开始。因此，无论丈夫如何苦口婆心，我就是不松口。直到1998年夏天的某个晚上，丈夫跟我敞开心扉，我的心才软了下来。记得丈夫说："老婆，结婚之前，我为自己能追到如此优秀的你而自豪与骄傲，可是，结婚后我却感到很有危机，特别是和你一起出去应酬，人家介绍我'这是李总的老公刘律师'，我就感到很自卑，你在惠州这边能力太强了，我很有压力，所以我想带你离开惠州，到一个陌生的城市，我们一起从头开始。再说惠州经济已经开始走下坡路，而东莞的经济蓬勃旺盛，有很多的发展机遇，我相信咱们夫妻同心，一定能在东莞打出一片天地的。请你理解我、支持我，好吗？"面对丈夫的坦诚，考虑到丈夫作为一个男人的尊严和担心，我纠结、无奈、痛苦地又思考了几天，终于点头答应了丈夫，放弃自己在惠州的一切，跟随他去东莞发展。接下来，我用了半年的时间转让服装店、从公司退股、卖掉房子，于1999年春节前夕举家迁往东莞。

到改革开放的"桥头堡"东莞之后，丈夫先是挂靠一家律师事务所做执业律师，而我处于哺乳期。然而三个月后，我就在家坐不住了。一天，我郑重其事地跟丈夫说："作为女人，结婚生子这两项任务我已经完成，接下来我要回到工作岗位上去。我这人的性格你是知道的，可以不吃饭不睡觉，但不可以不工作，我已经在家带了三个月孩子，我要开始工作了。目前在东莞，我人生地不熟，既没有人脉也没有资源，我必须找一个突破口。这样吧，我投资你开一个律师事务所办事处，借风行船。我们夫妻俩合作经营，你负责跑外接案件、办理案件，我负责行政、财务等内部事务管理。咱们循序渐进，一步步拓展人脉和资源，放心吧，夫妻同心，其利断金，一定会在东莞打拼出一片属于我们自己的天地的。"就这样，在我的鼓励、支持和陪伴下，丈夫从开办律师事务所办事处开始，到后来和别人合伙开律师事务所，再到自己独立开办律师事务所。经过一步步的努力，我们终于在东莞有了一席之地。

虽然，婚前我是个女强人、工作狂，婚后经过哺乳期，我开始调整心态，重新给自己的生活定位。我决定之后的20年，扶持、陪伴、帮助丈夫做好事业，培养好儿子，经营好婚姻。说到底，就是把家庭放在第一位，把自己的事业放在第二位，力求做好丈夫的贤内助，夫唱妇随、琴瑟和鸣。

记得和丈夫谈恋爱时，我曾经说过："我是一个不会做饭、不会做家务的女人，你看我现在单身都请保姆，如果咱俩结婚了，咋办？"当时丈夫憨憨地说："这好办，我们请保姆。"然而婚后，特别是生了儿子后，由于看到许多家庭请保姆出现的问题，我决定"改造"自己。于是通过看书、电视，学做饭、煲汤，终于练就了一手好厨艺。婚后24年间，家里没请过一天保姆。同时为了让丈夫专心工作，从来不让、也不要求丈夫做家务，所有家务我都承包了。记得丈夫45岁生日那天，来家里为丈夫庆生的亲朋好友共四十多人，我一个人连买带做，搞了满满四大桌饭菜，大家吃着美味可口的饭菜，都夸丈夫好福气，有个能干的好老婆。

早些年，丈夫老家由于经济落后，外出找工作的人比较多，而丈夫又乐于助人、热情好客，加上在同学、老乡、朋友眼中较有名望，过去几乎每天都有家乡人在我们家吃住，要我们帮忙找工作。既有兄弟姐妹、侄辈，也有亲戚朋友、父老乡亲，不管谁来，我都和丈夫一起热情招待并尽力帮忙。为此我们家曾一度被人笑称为"三包旅馆"——包吃、包住、包找工作。很多人不明白我为什么要这样竭尽全力地做，其实我就是为了给丈夫挣足面子。因为我知道：只有这样，丈夫才能赢得更多人的信赖和尊重，他的人脉和资源才会越来越广。记得我曾跟丈夫开玩笑说："我很荣幸也很自豪我们家能成为彭泽县的'三包旅馆'，真是太有趣了。"除此之外，为了让丈夫既有面子又能更安心地工作，二十四年来，我一直与婆家人和谐相处，孝敬公婆长辈，与妯娌相处如姐妹，疼爱关心晚辈。从没有与婆家人发生过矛盾和纠纷，更没有令丈夫在我和婆家人之间为难。

记得儿子一岁半那年患上了肺炎，医生建议住院治疗。当我了解到住院治疗只是每天打几瓶点滴，以及做些常规性检查时，我便跟医生讲："孩子小，住院有诸多不便，还不如我每天早上带孩子来医院打点滴和检查，打完针后我们就回家。"其实，我之所以不想让儿子住院，重要的原因是为了丈夫。因为那时我们刚来东莞不久，丈夫的工作和业务都处于开拓阶段，如果儿子住院，丈夫肯定焦虑分心影响工作，因此我决定隐瞒儿子的病情。在他治病的半个月里，我每天早上都是等丈夫上班后才带儿子去医院。丈夫早出晚归，等他晚上回来时，儿子已经睡觉了。有时他听到儿子咳嗽，我告诉他："没事，一点感冒而已。"而粗心的丈夫竟然相信了我的话。直到儿子留学美国后，某天就儿子的事聊天，当我把当年儿子因肺炎治疗的日记拿来给丈夫看完后，他沉默了好一会儿，满脸内疚地对我说："对不起，老婆，这些年你为了我和儿子，受苦了……"我没有言语，轻轻地伏在丈夫的怀里，所有的苦累在那一刻化为温暖，无声的眼泪簌簌而下……

　　除了把孩子照顾好，把家庭经营好，跟婆家人相处好，让丈夫安心工作，家人有体面的生活外，我更注重把孩子培养好。为此，从怀孕开始，我就很重视孩子的生、养、教问题。从怀孕第三个月开始，我就钻研各种育儿书籍，坚持写育儿日记，这一写就将近20年。并且在陪伴儿子成长的过程中，通过摸索、实践、总结，独创出"有中国特色的西方教育"理念。在培养儿子方面，我一直竭尽全力。儿子高中就留学美国，至今在美国读大学，儿子的优秀使丈夫倍感欣慰。很多时候丈夫在跟我谈起儿子时，都会深情地对我说："老婆，谢谢你为我们培养了这么优秀的儿子，我很欣慰。虽然他才二十来岁，但是儿子的思想、境界、格局等，我是望尘莫及。相信他日后一定会学业有成、事业有成的。"

　　面对当年质疑我婚姻选择的朋友，我曾开玩笑地说："因为他做了我公司几年法律顾问，赚了我不少钱，我挺不甘心的。思来想去，怎样才能把他从我这里赚的钱要回来呢？唯有嫁给他喽，这样不但可以把他赚我的钱要回来，而且他以后赚的钱也得归我，这生意划算吧？哈哈……"玩笑归玩笑，对于婚姻的选择，却是经过深思熟虑的。外人看来，当年的我才貌双全，且算事业有成，怎么都会嫁个非官即富的子弟。然而，骨子里传统的我，加上在商场打拼了几年，见多了商场、官场的黑暗，很看不惯那些纨绔子弟的德行。而当时的丈夫虽然是"三无人员"，但是他心地善良、乐善好施、性格温和、乐观向上、勤奋努力、为人忠厚、待人真诚、诚信做人、行事稳重。更因为他是律师，在我看来，随着社会的发展、法律的健全，律师行业肯定前景广阔，加上他的品性德行，只要我助他一臂之力，相信他一定会出人头地。如今的丈夫不但事业有成，并且在社会上得到了较高的名望，享有一定的声誉。

在婚姻选择和取向方面，许多人都倾向于"门当户对"。现在的女孩择偶的态度是现实主义，把样貌、钱财摆在首位，好像嫁给帅哥、有钱的人家，是女人最大的本事和荣耀。其实不然，现实中有多少拜金女下场可悲，又有多少嫁入豪门的靓妹过得幸福？因此，对于这种婚姻的取向和选择，我实在不敢苟同。在我看来，对婚姻的取向和选择，人品应该是第一位的，男女地位是等同的。夫妻比翼双飞，在同一频道上互相欣赏、理解、尊重、信任、支持和并进，这样的婚姻才会和谐、美满、幸福和牢固。

儿子也是贴心小棉袄

　　周日，几位姐妹相约在酒楼喝早茶。席间，一位姐妹说："常言道，物以类聚，人以群分，看看我们姐妹几个，个个都是生的儿子，居然没有一个生女儿的，都说生儿子是名气，生女儿是福气，女儿是父母的小棉袄。看来我们都是只有名气没有福气，都没有贴心小棉袄呢。"其他几位姐妹也应和："是啊是啊，我们都是当奶奶的命，不是当姥姥的命，没有贴心小棉袄呢。"我却微笑以答："那倒不一定，只要用心把儿子培养好，儿子也会是贴心小棉袄。"

　　言语间，陪伴儿子成长的22年里，那些让我倍感欣慰、温暖和幸福的点点滴滴像电影镜头似的浮现眼前。

　　2005年夏天的某日傍晚，吃过晚饭，我像往常一样在客厅陪6岁的儿子做游戏。突然间我感到腹部剧痛，我知道又是老毛病肠胃炎或肾结石发作了，于是"哎哟——"一声，双手抱腹连忙走向沙发躺下。"妈妈，您老毛病又犯了？"儿子急切地问。"嗯。"我呻吟着回应。看着我在沙发上躺下，儿子把手中的玩具一丢，噔噔噔地跑向我房间，抱着我的枕头出来："妈妈，来，垫着枕头。"说着左手托起我的头，右手把枕头塞到我的头下，把枕头给我垫好，然后又跑进他的房间，抱着他的玩具熊来到我身边："妈妈，来，抱着小熊，这样压着，肚肚可能会舒服些。"说着就把布熊放到我腹部，我听话地把布熊压在腹部疼痛处。这时儿子一边轻轻地拍着布熊，一边说："小熊小熊，你有无限能量，你跟肚肚说，叫它不要痛了，好吗？"反复说了几遍，看我还是痛得呻吟，便对我说："妈妈，我倒杯温水给您喝吧，暖暖肚肚。"我紧皱眉头无力地说："好吧。"不一会儿，儿子捧着一杯水到我跟前，当我接过水杯往嘴边送时，儿子靠近我，那张小嘴对着我手中的杯子"呼——呼——"吹气，生怕水太烫了。待我喝完水重新躺下，儿子搬一张小塑料凳在我身边坐下："妈妈，我陪您。"一会儿伸手摸摸我额头，一会儿又轻揉我腹部。可是即使这样，我的腹痛不但没有减轻，反而越来越痛，看着我痛苦难忍的样子，儿子焦急了："妈妈，我打电话叫爸爸回来送您去医院吧？您肚子这么痛。"我一边呻吟一边说："你爸爸今天早上出差了，要几天后才回来。""啊？那我打120，叫救护车！"儿子毫不犹豫地说。"你知道120怎么打吗？"我无力地说。"知道，您教过我的。"儿子心急火燎地拿起电话拨号，电话接通后，只听见儿子着急地说："医生你好，我叫刘铸毅，家住东莞市万江区金泰金丰花园E座403，我妈妈病了，肚肚痛得好厉害，我爸爸出差了，家里只有我和妈妈，医生，你快来救救我妈妈吧……"当救护车来时，儿子开门请医生进屋，然后进我房间把我的包拿出来："妈妈，钱在你包里吗？我帮您拿着包包。"说着跟随医生出门上了救护车。到了医院，医生诊断我是肾结石发作，需留医院一晚打吊针观察。在医院来来回回折腾了几个小时，总算安稳下来。夜里12点多，当护士来帮我拔针头时，看着在我病床的床尾蜷缩着熟睡的儿子，我想到了自己发病的这几个小时，年仅6岁的儿子在家对我的照顾，以及到了医院为我忙前忙后——拿钱跟着护士去缴费、拿药，倒水给我吃药，叫医生更换吊瓶，陪我上洗手间，帮我脱鞋子，临睡躺下时还叮嘱我："妈妈，如果您有什么事，一定叫醒我啊！"……想着想着，一股暖流瞬间在血液里律动并温暖全身，眼泪无声落下，那是欣慰、感动、幸福的泪水，儿子真是我贴心的小棉袄啊！

　　2016年6月初，我和先生飞往美国参加儿子的高中毕业典礼。忙完毕业的事情后，我们一家三口在美国游玩了半个月。记得那天下午，我和儿子去美国西北大学参观（丈夫因身体不舒服没有同去）。由于上午已经游玩了几个地方，下午来到西北大学时我已经有些走不动了。为了不影响儿子的兴致，我拖着如铅的双腿继续陪儿子在校园里参观。走着走着，儿子似乎看出了我的疲惫，微笑着对我说："妈妈，我知道您累了，今天我们走了那么多的路，来，我背您走一段。"说着儿子在我面前背对着我跨步半蹲着，并且右手反拍后背几下，示意我说："妈妈，趴上来吧，我背您。"看着近一米八个头但却很苗条的儿子，我有些于心不忍，再说儿子今天也一样走了很多路，他也累啊！我于是笑着说："不用啦！儿子，你也累，妈妈不用你背，我们慢慢走吧，走到有椅子的地方我们坐下歇歇就行。""没事，妈妈，我不累，来吧，我背您，放心，没问题的，我不会把您摔倒的，给我点信心嘛。"说着双手叉着双膝，跨步半蹲着等候我趴到他背上，看儿子坚持，于是我就乖乖地趴到儿子的背上，儿子双手揽抱着我的大腿，用力一挺身，背起我便迈步前行。他一边走一边说："妈妈，小时候您背着我长大，现在我长大了，而您却老了，我背您，背着您陪着您慢慢地变老……"伏在儿子背上的我，听着儿子简单朴实却情深深爱浓浓的话语，无声的泪水一下子涌出来，渗湿了儿子的衣背……

　　不知道是受我的影响，还是儿子的情商所致，他觉得人的情感维系、发展、升华、延续，精神是高于物质的。为此，儿子从小学开始，每年母亲节、我的生日，他不会像别的孩子那样花钱给我买礼物，而是别出心裁地用彩色卡纸做贺卡（或心形，或各种卡通形状）送给我。至今十六年的母亲节、我的生日过去了，我一共收到了儿子送给我的三十二张贺卡。在这些贺卡上，儿子都会写一段暖心窝的话语。

这是2010年8月14日收到的贺卡：

亲爱的妈妈，8月17日（农历七月初八）是您的生日，由于那天不巧是我军训的一天，所以我就先做好贺卡给您，祝您生日快乐！妈妈，感谢您把我带到这个世界，更感恩您把我养育成人，让我有了今天的幸福生活。当我遇到不会的事情，您会帮助我；当我有不懂的问题时，您会耐心地教我；当我做错事了，您会耐心地跟我讲道理，而不是用粗暴的打骂。因此，我认为您是教育有方并且明理的好妈妈。这张贺卡的正面让我想起了您的手心，是那么柔和，不断地给我温暖，让我感到无比亲切。妈妈，您是我自信与力量的源泉。而这张贺卡的背面就像您的手背那样粗糙，您的手背满是辛勤操劳的痕迹，您也因此体质虚弱了不少。但也因此让我更觉得您是个伟大的母亲。妈妈，您每天都十分辛苦，工作日里要上班，休息日里要做家务或忙公益事务，很难有时间好好休息，每天晚上很晚才睡觉。可您还坚持在假期里陪伴我，我真担心您累坏身子啊！等我上了初中，您的压力就能减轻些了，到时候您每天就能早点休息。最后，我再次祝您生日快乐！永远爱您，妈妈。

您的儿子：刘铸毅

2010年8月14日

这是2012年8月24日（农历七月初八）收到的贺卡：

亲爱的妈妈，今天是您的生日，真诚地祝您生日快乐！这一年，您帮助我从悲观走向乐观，从伤心走向开心，从失望走向希望，从自卑走向自信……这里面有太多太多您的帮助，有太多太多您的启迪，有太多太多给我的感动，有太多太多给我的感慨……是您抚慰了我受伤的心，使我勇于面对困难、克服困难，遇到挫折不气馁，善于往积极方面去想。而您为了我却不知不觉地在岁月中衰老，这份深大的养育恩情，我将永远铭记……现在，您仍然像以前那样，在我放假时会在家里陪伴我，在我伤心、郁闷时开导我，在我克服困难时鼓励、帮助我。随着年龄的增长，我也逐渐感受到您作为母亲对我的付出之大，您牺牲了很多，只为我能在人生的道路上高昂正确地行走，让我们在今后的岁月里携手共进吧！

您的儿子：刘铸毅

2012年8月24日

这是2013年5月12日母亲节收到的别致贺卡（电子贺卡）：

亲爱的妈妈，母亲节快乐！以后我可能都是用这种方式给您送贺卡了，而我是喜欢"向前看"的人，所以我在这次母亲节，也很可能是我在国内的最后一个母亲节，打算以这样的形式表达对您的祝福，我期望这种特别不会让您"大失所望"。这一年是我终生难忘的一年，而其重要性无须多言，因为那个剧本早已倒背如流。2012年9月10日开始准备出国留学，到2013年3月25日被学校录取，短短的半年时间我实现了小学时的闪念。妈妈，这与您的努力和付出是分不开的。回想这短暂又漫长、精彩又心酸的过程，您准备厚重的申请资料，为我出钱报培训班，并在这期间不断地鼓励我，帮我处理好因出国与学校产生的许多矛盾。您凭借着自己强大的信念，承受着外界的许多压力，在缺少许多其他出国学生得到的帮助的情况下，帮助我成就了这一切。如果没有您的帮助，那留学就如白日梦般。我衷心地感谢您，我亲爱的母亲，是您无私地付出了巨大的努力，让我得到了我希望有的机遇。我希望我们的情缘，即说是"心灵的系带"，能像这张图片一样以特殊的意义、不同的形式永远相连，随着时间的沉淀愈发明亮！

您的儿子：刘铸毅

2013 年 5 月 12 日

　　一张张感人肺腑的贺卡，一份份衷心的祝福，无不体现着儿子对亲情的维护。光阴似箭，转眼间我陪伴儿子走过了二十二个春秋。在这些光阴里，儿子给我点点滴滴的关心、爱护、照顾让我感到温暖、欣慰的同时，更倍感幸福。都说女儿是父母的小棉袄，然而只有儿子的我却深深地体验——儿子也是贴心小棉袄。

为了儿子，我没有什么不可以

　　日前，几位朋友相约聚在酒店吃饭。席间，大家就孩子的培养问题各抒己见，而我却一直聆听着，微笑而不言语。忽然，阿梅提高嗓门说："大家静一静，我们在这儿一个劲地叽叽喳喳，婷姐却一言不发，其实她最有发言权，她把儿子培养得那么优秀，她的育儿理念、方式、方法及做法，非常值得我们借鉴。那次我参加儿子的家长会，听了婷姐的分享，感觉十分震撼。我觉得她太了不起了，很有智慧。婷姐，今天再给我们分享一下吧，我们也学习学习啊。"面对朋友们热情和渴望的目光，我打开了记忆的闸门……

　　儿子小学二年级下学期的某个下午，我像往常一样去接他。他一见到我就开心地说："妈妈，我们学校明天下午开家长会，班主任说了，要邀请家长参加，妈妈，明天来参加我们的家长会好吗？"面对儿子纯真的笑容和渴望的眼睛，我没有半点犹豫，马上回应："好的，妈妈答应你，没问题。明天妈妈一定准时参加你们的家长会。""耶——谢谢你，妈妈！"儿子开心地拍着小手高兴地蹦了起来。孰料，光顾着儿子的事情，却把跟客户签合同的大事忘了。这可咋办啊？我有些犯难了。这桩生意费了将近半年工夫才谈下来，生意一旦做成，我就可以稳赚八万块钱哪。

这可怎么办呀？我脑子在思考着，心在纠结着……很快就做出了决定。在我看来，陪伴儿子成长的每一天，一旦错过了，将永远无法挽回！而这八万块钱，今天我不赚，以后我一定能赚回来，说不定还能翻倍地赚回来。想到这儿，我打电话给客户，跟他说明情况，并提议签合同改期。没承想客户的回应让我终生难忘："算了算了，这生意不跟你做了，这么麻烦，你们女人就是头发长见识短，家长会有什么大不了的？放着生意不做，一定要参加？笑话！"我没有多言半句，只是淡淡地回应："谢谢！"然而，事隔多年，某天，这位客户突然打电话给我："李总，你好！还记得我吗？"我仍然淡淡地回应："你是钟总吧？""是的是的，谢谢李总还记得我。这次很唐突地打电话给你，一是对当年的做法表示歉意；二是有事求助于你。虽说这么多年我们没联系，但从朋友那里得知你的事业做得挺成功的，儿子培养得也非常优秀。听说这些年你一直在做义务家庭教育，我那两个儿子，真是败家子，要我命啊！唉——我是一点办法都没有了，希望你不计前嫌，帮帮我教教儿子……"看着这位曾经的客户一脸无助的样子，我微笑地回应他："没问题，我会尽最大努力的。"接下来，我为他俩儿子做了三年的义务家教，俩孩子改掉了不良习惯，一家人对我感激不尽。

儿子三年级开始迷上了科学小实验、小发明，并且在学校刘念龙老师的辅导下，有计划地参加省、市青少年科技创新比赛。为此，每天下午放学，儿子就跑进学校的实验室，忙他的实验，一般是晚上7点半才回家，到家后还要做各科家庭作业。所以，儿子每天几乎都要忙到将近11点才睡觉，而第二天早上6点半又要起床上学了。看着小小年纪的儿子如此辛苦，我很是心疼。

一天，儿子跟我说："妈妈，那些家庭作业，很多我在课堂上都已经懂了，所以我不想花时间反复做那些题，浪费时间没意思，我想花更多的时间做实验和早点睡觉，所以有些家庭作业以后我不想做了，妈妈你能理解我、支持我吗？"

我微笑着回答："儿子，这些天看你既要忙实验，又要忙作业，天天晚上忙到那么晚才休息，妈妈很心疼，我们来探讨一下这些问题好吗？"

"好。"儿子回答得很干脆。

于是我们母子俩坐下，我温和地对儿子说："儿子，你觉得做实验和各门功课的学习，哪个重要，或者都重要？"

"当然都重要。"儿子回答。

"那你是想放弃功课学习来专心做实验，还是想两边兼顾呢？"我问。

"当然是想两边兼顾呀！可是，这样的话，每天晚上我不得不忙到很晚才睡觉，我好累，心情也很低落啊。"儿子焦急地说。

我轻轻地抚摸一下儿子的额头，微笑着说："儿子，妈妈理解你的心情，虽然说鱼和熊掌不可兼得，但妈妈从人生经验中知道，只要我们学会管理时间，合理安排时间，高效利用时间，鱼和熊掌是可兼得的。就你目前的情况，如果想两边兼顾好，你有没有想到有效的方法呢？"

儿子歪着脑袋想了几分钟，摇摇头。我轻轻地拍拍儿子的右肩膀微笑着说："你想一下，老师布置的作业是否都是课堂上讲的内容？如果你上课全神贯注地听老师讲课，课堂上把老师教授的知识掌握了，那么课后的作业，你一眼看去就会做的题，就不做了，那些需要花时间思考才会做甚至不会做的题你才做。这样做作业，效率高，也能巩固知识，可以省下时间做实验或早点睡觉，你觉得呢？"

我话音刚落，儿子两眼发光兴奋地说："对呀，妈妈，你说得太有道理了！以后上课我会更加专心听课，争取课堂上就全部掌握老师教授的知识，然后作业就选择性地做。"

"好！儿子，妈妈支持你！不过，还有一个问题，我知道现在的学校教育有个通病，就是每次考试都要根据分数排名次，你选择性地做作业，万一排名比以前落后了，你心里能承受吗？"

"放心，妈妈，只要老师同意我按自己的意愿做作业，我一定保证每次考试班上排名前五，年级前二十。"

"其实，妈妈并不希望你有太大的压力，考试成绩在中等就可以了。记住，学习不是为了分数、排名，而是要让自己身心愉悦、学得快乐。"我启发儿子。

"这我知道，妈妈，只是不知道老师会不会答应呢？"儿子有些担忧地说。

我微笑着拍拍儿子的肩膀说："放心吧，儿子，只要你说到做到，老师那边，妈妈帮你争取。"

"耶——，谢谢妈妈。有您的理解和支持，我一定说到做到！"儿子笑逐颜开。

事后，我专门找了班主任，开始她不答应，担心这样会影响儿子的学习，万一考试成绩下滑，不但影响班里的名次，说不定还会给老师、学校增添麻烦。我晓之以理，动之以情，说："这样吧，我跟你们老师、学校签份合同，约定：如果因我儿子的成绩差影响班级成绩，我甘心受罚，同时不会找老师、学校的任何麻烦。"至此，班主任才同意我和儿子的"任性"。令我欣慰的是，在我"另类"的培养方式下，儿子在小学阶段不但各学科的成绩一直名列前茅，而且在参加省、市每年的青少年科技创新比赛、奥数比赛、计算机编程比赛中都荣获等级奖。

儿子做科学小实验、小发明，需要各种材料、设备、器材。每次儿子把所需用品列好清单交给我，我都会尽力备齐。先在东莞市内陪儿子去买；东莞买不到，为了不耽误儿子上课，我就放下工作，跑广州、深圳等其他城市去买；假若还是买不到，我就托北京、上海等外地的朋友帮着买。总之，无论如何，一定要帮儿子买到他做实验所需要的东西。因此，那些年我在儿子做实验方面，投入了大量的人力、物力、财力和时间。有一天，辅导儿子做实验的刘念龙老师对我说："婷姐，你如此为刘铸毅付出，他不成才都难，像你这样做母亲的，这世间少有，如果有更多的母亲像你这样全身心地为孩子，肯定会有更多的孩子成为栋梁之才。"我微笑以答："这没什么，为了儿子，我作为一个母亲没有什么是不可以的。"

儿子刚满14周岁的第6天，他独自一人飞往美国参加高中国际生招生的考试。儿子临行前几天，丈夫忧心忡忡地对我说："你真的不陪儿子去？你真的放心他一个人去？那可是去美国，不是中国境内，你让他自己一个人出门，万一……你可别后悔。"我淡淡地笑着回应丈夫："我不陪，要陪你陪，我陪伴儿子成长14年，很清楚儿子是一个怎样的孩子，他的独立能力到了什么程度，儿子此次远行，我充满信心。放心，儿子这次出门，万一有什么，所有的责任和后果，我一个人承担。"

一个多月后，就在儿子收到录取通知书的同时，从二姐那里得知情况的母亲打来电话把我好一顿数落和责怪："婷啊，你咋这么硬心肠啊？铸毅才多大？你竟让他独自飞去美国，你就这么一个宝贝儿子，这万一有个什么意外，你哭都没地方，这种事亏你做得出来！你就不能陪他去吗？以前你让他一个人去旅游，那是在国内，你说是锻炼孩子，我没有阻拦你，可现在你做得太过分……"面对母亲的数落和责怪，我只好一个劲地赔不是。可有谁知道此次为了让儿子独自远行，我又经历了怎样的折磨和煎熬呢？我永远无法忘记那天在香港机场，当儿子的身影消失在离境安检口时，我瞬间的崩溃以及撕心裂肺痛哭的两个小时！那是无法用任何语言来表达的担忧和害怕！只是理性终究战胜了情感，让我咬着牙承受所有来成就儿子。我之所以这样做，出于两方面的考虑。一方面，高中去美国留学是儿子自己的选择，为了坚定儿子的信念，同时让他尝试独立生活和检验自己的独立能力，就必须让他迈出这一步，只有让他独立远行，才能锻炼他的心智和能力。另一方面，我了解到，美国很多高中不招收中国留学生的原因之一，是认为中国的学生大多数是"高分低能儿"——考试分数高，但独立生活能力、自主能力、应变能力、生存能力很差。为了树立儿子独立的形象，我决定冒险——让儿子独自飞美参加考试。果然，七天后儿子平安归来，跟我分享的最开心的一件事是：在所有参加考试的国际生中，他是年龄最小，而且是唯一一个独自赴考的考生，其他的学生有中国的、韩国的、日本的、印度的等等，要么是父母一起陪同，要么是父母一方陪同，要么是美国的亲朋好友陪同。为此，五位考官都竖起大拇指夸奖儿子，并且跟他拥抱。结果，儿子的笔试和面试均以全A成绩顺利通过。

　　对于我在教育和培养儿子方面的"另类"，很多人都无法理解。于我而言，之所以这样做，是因为他是我和丈夫的生命延续，我有责任和义务把这个生命培养好，所以我必须全力以赴。养育孩子没有回头路，教育和陪伴孩子成长都是有时效性的，今天错过了，永远无法复制和重来。许多父母有些迷茫，到底是应该全身心地工作赚钱，还是应该先用心陪伴孩子成长？本人愚见，孩子是第一位的，应该先用心陪伴孩子成长。正常情况下，一个孩子呱呱落地，3岁上幼儿园，6岁上小学，18岁背着行囊去外地求学，22岁参加工作，然后结婚组建家庭。这样算来，我们能陪伴孩子成长的时间真的不多。当孩子需要我们陪伴的时候，我们错过了，当我们赚到足够多的钱时，孩子已经长成了我们和他自己都不希望的那个样子。因此，当孩子期盼着你去开家长会，当孩子需要你指导他功课，当孩子央求你陪他做游戏的时候……请不要拒绝孩子，也许下一次他就真的不再需要你了。一棵小树苗，小的时候没有修枝剪叶，大了再想改变怕是要伤筋动骨的，而结果却未可知。因此，在养育孩子方面，我认为明智的父母是：前半场全身心投入，后半场得体退出。而最失败的父母是：前半场自以为是地缺席空岗，后半场自以为是地横加阻拦。另外，培养孩子，最重要的是尊重孩子的人格独立和培养孩子独立自主的能力。在学习方面，家长不要为了迎合学校、老师，更不要为了自己的面子而把孩子逼成学习的机器、考试的工具，而应该以培养和呵护孩子的学习兴趣为主。孩子虽然是父母所生所养，但不是父母的附属品和私有财产，孩子终归会长大，要独立生活，与其把他放在温室里呵护着长大，以后看着他因缺乏独立的生活能力而束手无策，倒不如早些放手让他在风雨中历练，在养成较强的独立能力的同时，练就一颗遇事不惊，能够承受和应对各种艰难困苦的强大内心。

　　因此，为了成就儿子，我没有什么不可以。

培养孩子做家务刻不容缓

　　当今社会，父母都有疼爱子女的共性，甚至是溺爱，特别是独生子女家庭，那就更宠了。就说让孩子做家务这事吧，大多数家长认为：孩子那么小，身子骨弱，干家务会伤了身体；孩子做事毛手毛脚，与其跟在后面收拾，还不如自己伸手做了；家里有老人或保姆，不需要孩子动手，孩子只要好好学习就行。这样的家长表面上看是爱孩子，其实恰恰相反，这样就错过了培养孩子优秀品质的大好机会。哈佛大学一项长达20年的研究表明，爱做家务的孩子跟不爱做家务的孩子相比，就业率为15:1，前者收入比后者高20%，而且婚姻也更幸福。中国教育科学研究院对全国两万个小学生家庭进行的调查结果也表明，做家务的孩子比不做家务的孩子成绩优秀27倍。培养孩子做家务，有4个方面的好处——能够锻炼孩子的生活技能、培养孩子的责任感、增强孩子的自信心、让孩子体会到劳动的快乐和辛苦。从而，让孩子更加珍惜家长的劳动成果。总而言之，会做家务的孩子更热爱家庭，更有责任心，道德品行也会变得更加优秀。因此，作为家长，应该注重从小培养孩子做家务的习惯，莫以事小而不为。

　　有一次，在创新家庭教育公益课堂上，我和其他家长就培养孩子做家务的课题展开了讨论。虽然许多家长都意识到了培养孩子做家务的重要性，可是在如何引导及培养孩子做家务上，又感到困惑和迷茫。于是家长们纷纷提议，要我分享培养儿子做家务的"妙招"。面对家长们渴望的眼睛，多年前引导和培养儿子做家务的事像电影似的在眼前浮现了出来。

儿子出生时，有父母在身边帮忙照顾孩子。然而到了第十个月，由于弟媳妇要生孩子了，于是父母就去弟弟家帮忙了。虽然丈夫建议请保姆，见过了保姆带孩子弊病的我，死活不答应，执意要自己带儿子。于是我上班把儿子带到办公室，下班带着儿子买菜做饭。每天背着儿子去菜市场买菜，每买一种菜，我都会告诉他"这是白菜""这是胡萝卜""这是白萝卜"……如此教儿子认识各种蔬菜，还有鸡、鸭、鹅、鱼、肉、蛋。菜买回来，我就教儿子如何择菜。可是，刚刚一岁的孩子哪里听得懂。儿子常常是胡乱地抓扯那些菜，有时还把菜塞进嘴里，每当此时我都呵呵地笑着说："孩子，菜是生的，一会儿妈妈煮熟了才能吃。"虽然儿子小听不懂，但是我深信通过耳濡目染，对他是有所启发的。于是我天天乐此不疲，带着儿子买菜、做家务。我知道一般孩子都喜欢玩水，于是从儿子一岁多开始，每当洗菜时就让儿子站在小凳子上，手把手教儿子在水盆里洗菜。很多时候，儿子是在玩，或拿菜胡搅菜盆里的水，或把玩具丢进菜盆叫"小鸭子吃青菜喽""小兔子吃胡萝卜喽"……总之，与其说儿子在洗菜，倒不如说他是在玩耍。记得有一次，儿子把洗菜盆的水放满后，并不关闭水龙头，而是让水一直哗哗地流，他则把青菜一根一根地往水盆外拨，嘴里还一边喊叫着："青菜跳水喽，青菜跳水喽，蹦、蹦、蹦。"而溢出菜盆的水在厨房慢慢地流淌着，竟然漫到脚面。儿子则开心地叫着："妈妈，厨房成游泳池啦！青菜、鸭子都在游泳呢，快来看呀——"面对儿子的"杰作"，我没有训斥他，而是笑着说："孩子，你把厨房搞成游泳池了，不错不错，青菜都会游泳了，奇迹啊！"直到儿子说："妈妈，我玩累了。"
我俩才拿来拖把一起把厨房清理了。类似这样让儿子在玩中学、
学中玩的事不胜枚举。也许这样买菜、洗菜有趣吧，儿子六岁那
年的某天竟然主动提出要自己去买菜，我爽快地把钱给儿子，没
承想，儿子不但把想吃的菜买回来了，而且剩下的钱一分不少。
菜买回来后，他还乐呵呵地和我一起做饭呢。

儿子三岁开始，我便有意识地教儿子刷碗、洗小件衣物，比
如袜子、小毛巾、玩具、积木等。记得第一次引导儿子洗碗那天
的情形。那天午饭后，我对儿子说："孩子，今天妈妈和你玩一
个新游戏好不好？""好啊，好啊！"儿子拍着小手回应。于是
我把装碗筷的盆子放到餐桌上，开始做示范，引导儿子把那些碗
碟筷子放进盆里，餐桌收拾干净后，我叫儿子站到洗菜盆旁的凳
子上，然后手把手地教儿子把水放好，再倒入洗洁精。为了让他
觉得好玩，我故意多倒了洗洁精，产生了许多泡沫。在儿子抓泡
沫玩时，我把碗、碟、筷子放进盆里，让他"水中摸鱼"，直到
儿子玩够了，才按正确的方法教他洗碗。虽然那次洗碗花了一个
多小时，儿子也玩得一身湿，但儿子非常开心。此后，几乎每次
饭后，他都说他洗碗，其实他是觉得好玩，而我也就放任儿子洗
碗玩碗。为此，儿子没少打碎碗、碟，但我从来不打骂儿子，每
次都安慰他："没关系，儿子，你现在刚开始学洗碗，不小心打
烂几个碗、碟很正常，妈妈刚开始学洗碗时，打烂的碗比你还多
呢。没关系，只要不伤到手就行。"每次儿子洗好碗，我都对他
表扬一番，然后等他午休或晚上睡觉后，我再把儿子洗过的碗重
洗一遍。其实，我要的并不是儿子把碗洗干净，而是要培养他洗
碗的兴趣。教儿子洗衣物，我同样也是让他在"学中玩、玩中学"
进行的。就这样，儿子不久后就学会了洗衣服。

从小到大，儿子对居家整洁是比较有要求的。特别是他的房

间、书房，可以说是东西摆放有序、被子折叠整齐、室内干净整洁。总之，进他的房间、书房会让人感到清新舒服。儿子的这个好习惯，也是靠从小引导和培养而来的。记得儿子两岁半左右的某天晚上，当他想进房间睡觉时，却愣在房间门口，我故意装傻笑着说："进房间睡觉呀，孩子。""妈妈，这满地玩具，我怎么进呀？"儿子犯难了。"对呀，这满地玩具，怎么进去呢？落脚的地方都没有。"我故意歪着头说。然后蹲下来温和地对儿子说："孩子，你玩累了，要睡觉，可这些玩具也累了呀，它们也要睡觉呢，我们把它们送回它们的房间，让它们好好睡一觉，明天再陪你玩，好吗？""好——""那你知道这些玩具的房间在哪里吗？""不知道。"儿子摇摇头。我微笑着指指房间角落的大纸箱说："在那。"我把纸箱搬过来对儿子说："来吧，孩子，我们一起把玩具送回它们的房间。""好的。"于是我们母子开始收拾玩具，当把玩具收拾好，我对儿子说："孩子，你看，刚才房间地上乱得我们都没法进来睡觉，把玩具收拾好，地上是不是很干净，房间是不是整洁了呀？""嗯。"儿子点点头。"以后玩了之后记得把玩具收拾起来，好不好？""好——""孩子，听，玩具们很开心，它们也回房间睡觉了，在跟你说'谢谢，晚安'呢！"这时儿子对着那几个装玩具的箱子一一说："鸭子，晚安！小火车，晚安！小熊，晚安！好啦，你们都睡觉觉吧，我也要睡觉觉了。"说着他把那几个纸箱盖上，说："我帮你们把门关上啦。"就这样，在经过一段时间的提示和陪伴后，儿子慢慢养成自觉收拾玩具和房间的好习惯。

　　在培养孩子做家务的过程中，我认为，主要应在培养孩子的兴趣上下功夫。再者，就是从小开始培养，最好在三岁前开始，正所谓"三岁定六十"就是这个道理。孩子天性爱玩，当我们把家务变得有趣时，孩子就会乐意接受。另外，要舍得花时间、有耐心，循序渐进，特别是孩子在六岁之前，家长要懂得鼓励孩子，当孩子完成一项家务的时候，一定要善于发现孩子做得好的地方，并及时给予肯定和鼓励，千万不要盯着孩子不完美的地方挑刺数落。那样不仅会把孩子的兴趣磨灭了，而且会让孩子失去做家务的信心。

出于疼爱，很多父母不舍得让孩子干一点家务。有的家长还认为，做家务是大人的事，孩子的任务就是好好读书。可是孩子不做家务专心学习就会更优秀吗？在欧美很多国家，让孩子从小做家务劳动几乎是共识，精英教育从来都不限于课内学习，家庭生活中的劳动锻炼也是重要的一环。看似简单的家务劳动，带给孩子的独立、自信、自强都是一生的财富，因此，家长们应重视培养孩子做家务劳动。

儿子对科学的兴趣

前几天，一位朋友对我说："李婷，有件事我感到好奇怪呀，你们夫妻俩，一个是律师，一个是多能手，但是不管怎样，你们俩从事的职业跟科学一点都不沾边，怎么培养出了一个对科学非常感兴趣的儿子呢？""呵呵，这没什么的，只要用心启发孩子，呵护好孩子的好奇心、动手能力和异想天开的创新思维就行。"我微笑以答。

伴随着朋友的问话，我打开了关于孩子成长的记忆闸门……

记得儿子两岁的时候，一天中午我和儿子吃饭。忽然，随着啪的一声清脆声响，儿子的饭碗掉到了地上。不知所措的儿子茫然的眼神里夹杂着些许害怕，怔怔地看着我。为了消除儿子的忐忑不安，我拍着手笑着说："耶——！落地开花，岁岁平安，好事，儿子。"也许是我的轻松和不责备消除了儿子的恐惧，只见他小脸蛋上立刻绽放出笑容，并且歪着脑袋天真地问："妈妈，碗摔碎了，怎么办呀？"我蹲下来微笑着抚摸几下儿子的头温和地说："儿子真棒！会提出这个问题，对呀，怎么办呢？"说着我吐吐舌头向儿子做了个鬼脸，逗得儿子咯咯直笑，当感觉儿子已经完全放松身心时，我指指地上散落的米饭、菜和碎碗片说："儿子，这些东西，怎么办呀？是让它们继续这样躺地上呢，还是我们把它们移到另一个地方去呢？"儿子用小手抓抓脑门，然后摇摇头，我呵呵地笑着轻轻地刮了一下儿子的鼻子，说："大头儿子，平时我们家的垃圾放哪里呀？"儿子眼睛一亮，惊喜地说："垃圾桶！""对啦，真棒！那接下来我们该怎么做呢？"我继续启发儿子。只见他立即跑向阳台，把扫把和垃圾铲拖到了餐厅。在我的协助下，儿子费了好大的劲才把地面清理干净。看着额头冒着薄汗且有些气喘的儿子，我既欣慰又心疼，毕竟儿子才是个两岁大的孩子呀。但理性告诉我，为了把儿子培养好，我必须得这样做。待儿子把垃圾铲、扫把放回原处，我竖起大拇指夸儿子："儿子，顶呱呱！"这时儿子脸上的笑容像桃花似的。我轻轻地帮儿子抹了抹额头的汗水，说："儿子，妈妈陪你玩个游戏，好不好？""好啊，好啊。"儿子拍着小手叫着。"你看着，妈妈给你变个魔术。"我从消毒碗柜里取出一个不锈钢碗高高举起，"儿子，看着。"然后把手一松，叮当一声，碗掉在了地上。我故意夸张地说："咦？好奇怪哦，刚才你的碗掉地上一下子就碎了，妈妈这个碗为什么摔不碎呢？这两个都是碗哦，儿子，你知道为什么吗？"儿子既好奇又不解地抬头看着我说："妈妈，不知道。"于是我从碗柜里取出一个瓷碗，并且捡起地上的不锈钢碗，把两只碗都放在餐桌上，再把儿子抱上椅子坐下，然后和儿子一人拿一根筷子："来，儿子，跟着妈妈做。"于是我用筷子敲打那两个碗，清脆的当当声和沉闷的咚咚声交替着，儿子一下子来劲了，也挥动手中的筷子敲打起来……玩了一会儿，我对儿子说："儿子，妈妈跟你说，虽然它们都是碗，但是所用的材料却是不同的。一个是陶瓷做成的，容易破碎；一个是不锈钢做的，不容易破碎。知道了吗？"儿子还是不解地摇摇头。我轻轻地拍拍儿子的肩膀说："没关系，妈妈相信日后你会明白的。"

儿子三岁那年夏季的一天下午，我像往常一样打开收录机给儿子听歌，突然儿子对我说："妈妈，我觉得好奇怪耶，为什么收录机插上电源，放进录音带，它就能'唱歌'呢？"面对儿子的提问，我连忙竖起大拇指惊喜地说："儿子，你真棒！这个问题你居然都想得到，妈妈都没想到呢！这个问题提得好！这收录机为什么插上电源放进录音带就会'唱歌'呢？"我故意抓抓脑门佯装犯难的样子。这时儿子说："妈妈，有啦，我们把收录机拆开看看吧？""好啊！儿子，这提议好，行！把收录机拆开，我们来研究一下。""好啊！"儿子开心得伸手就拔掉收录机的电源插头，在我的提示下从工具箱找来几个螺丝刀，我们母子俩坐在客厅的地上合力拆收录机，边拆边研究那些零部件。最后，我建议儿子把被我们拆得七零八落的零部件组装回去。然而，费了半天的劲，我俩也没能组装成功。看着那报废的收录机，儿子有些惋惜地说："唉——，这台收录机报废了，我再也不能听歌了。对不起，妈妈，我又搞破坏了。"我笑着说："没关系，儿子，这台报废了，妈妈再买一台回来，只要你喜欢拆装就好，报废多少台都没关系，钱财都是身外物，不要太在意，我们家有你这'破坏专家'，妈妈很荣幸，开心着呢！拆吧，儿子，明天妈妈再买一台回来给你，妈妈相信，只要你多拆装几台，练得多，总有一天你会组装成功的，别泄气，儿子，加油！"就这样，在我的支持和鼓励下，两年间儿子总共拆装了十台收录机，最后终于组装成功。

　　儿子五岁那年秋季的某个周日，看完动画片的儿子忽然对我说："妈妈，我想拆开电视机看看它里面的结构，为什么打开开关，就有动画片看。"一听儿子这话，我连忙惊喜地说："好啊！儿子，没问题，拆吧，妈妈帮你把电视机搬下来，你去找螺丝刀吧。"说着我费劲地把电视机搬到客厅的地上，这下可把儿子乐坏了。只见他跑到工具箱处，找出几个螺丝刀，一屁股坐在地上，开始拆电视机的后盖，而我也在一旁帮忙。把电视机后盖打开后，儿子探头看着电视机的"内脏"，用螺丝刀这里敲敲，那里拧拧，然后说："哎呀，不行，妈妈，电视机的肚子好像蜘蛛网似的，我不知道怎么弄呢，怎么办？"我微笑着抚摸儿子的头，说："呵呵，那可就麻烦了，妈妈也不会呢，不过妈妈有个建议，我们小区门口有家电器维修店，那里专门维修电视机等电器，要不你午休后妈妈带你到那家店里向维修师傅请教，好吗？""太好了！妈妈，那我们赶紧做饭吧，吃完饭我就睡午觉，睡醒了我们就去找修理师傅。""好的。"我一边回应着，一边把电视机后盖装好归位。

儿子午休时，我下楼找到了那家维修店的师傅，跟他沟通并承诺下午儿子在他店里向他请教电器方面的问题，我给予他每小时50元的报酬。师傅爽快地答应了。下午三点我和儿子到了电器店，一进店儿子就像只快乐的小鸟一般，好奇地向师傅问这个，问问那个。直到晚上将近七点钟，儿子才说回家。我按照承诺支付给了师傅200元的报酬。

儿子六岁那年秋天的一个傍晚，我在厨房做饭，习惯了给我打下手的儿子一会儿帮我洗菜、择菜，一会儿帮我拿碟子，忙得不亦乐乎。炒菜时，我一会儿往菜里放这个料，一会儿往菜里放那个料，儿子好奇地问这问那，我一边忙活一边回答他，并且告诉儿子炒什么菜放什么配料。忽然，儿子说："妈妈，有啦——"说着进洗手间拿出一个脸盆，在酱料架前指着那些配料说："妈妈，我要制造灭蚊水。""咦？制造灭蚊水？怎么制造呀？"我问。"就是用你炒菜的这些配料呀！你同意我试试吗？"儿子歪着小脑袋问。"没问题，儿子，妈妈支持你，只是妈妈现在炒菜，帮不了你哦。""谢谢妈妈，不用你帮，我自己来弄。"儿子说着就忙开了。只见他先往盆里放几勺水，然后把酱料架上的酱油、花生油、芝麻油、盐、鸡精、白醋、陈醋、料酒、生粉等几乎全部倒进脸盆里，再用筷子搅拌成稀糊状，说："妈妈，做好啦！这就是我制造的灭蚊水，又香又酸的，肯定会把蚊子熏走。"儿子似乎对自己的"杰作"很有信心，对着脸盆深吸一口气，很陶醉的样子。看着那半盆稀糊状的东西，我心想：这怎么可能灭得了蚊子呢？但我还是表扬和鼓励儿子："哇——，真不错，这么快就把灭蚊水制造好了，真棒！"儿子乐得脸上笑开了花，说："谢谢妈妈，不过这太重了，请您帮我搬到我房间吧。""好的。"说着我端起盆子向儿子房间走去。晚上，躺在床上准备睡觉的儿子满脸期待地对我说："妈妈，今晚有了灭蚊水，蚊子就不会来咬我了。"我微笑着说："嗯，实验结果明天就知道喽，睡吧，别着急，耐心等待吧。"

　　由于进入了秋天，儿子睡觉我就没再开空调，只是开了窗户通风，也许这样给了蚊子可乘之机吧，连续几天儿子早上一起床，手上、脸上都有几个蚊子的叮咬点，或许这就是儿子制造灭蚊子水的原因吧。为锻炼和培养儿子的独立能力，儿子出生一周后我就让他自己睡一个房间。然而为了培养儿子渴望实验成功的心理，那天晚上我破例陪在儿子的床边，帮儿子驱赶蚊子。第二天早上儿子起床后，第一时间开心地跟我说："妈妈，成功喽，成功喽，我制造的灭蚊水成功喽，昨晚没有蚊子叮咬我啦。你看，我没有新的蚊子叮咬口了。"为了激励儿子的创造热情和信心，我假装惊喜地回应儿子："真的呀？太好了，祝贺你，儿。"连续三天，儿子把那盆灭蚊水留在他房间，直到第四天，灭蚊水发酵，使整个房间充斥着酸臭味，儿子才说："看来我的灭蚊水要改进才行，这么酸臭，虽说可以熏走蚊子，但是人也受不了呀，这不科学，得改进。"然后才恋恋不舍地倒掉那盆灭蚊水。

　　随着儿子逐渐长大，我明显感到自己在引导和辅导儿子进行科学探索上有些力不从心了。于是在他入读小学开始，我就在学校和培训机构等多方寻找能够辅导儿子掌握科学知识的老师，直到他升读三年级，才物色到学校的刘念龙老师。

常常听家长抱怨，"昨天女儿简直把我气死了，她竟然把床单剪了给布娃娃做衣服，我把她一顿好揍""我儿子喜欢画画，但是这臭小子太会挑地方了，叫他在纸上画，他非要在墙壁上乱涂乱画，骂多次都不听，那天让我狠狠地揍了一顿""我家那儿子啊，简直是破坏专家，买给他的玩具没两天就给拆了个稀巴烂，真是气死了"……每当听到家长说这样的话，我心里就隐隐作痛。孩子摔碎几个碗、剪破床单、在墙上画画、把玩具拆烂……比起引导孩子的求知欲，那些算得了什么呢？怎么能因为破坏了东西，就抹杀了孩子的创造力呢？为此去打骂孩子，不仅伤了孩子的身心，更打击了孩子的积极性。孩子的动手能力、学习能力、创造能力等都会因为家长的粗暴行为而得不到发展。这既是孩子的悲哀，也是家长的悲哀！当家长抱怨孩子小时候怎样活泼、好学、聪明，长大却变得懒了、不爱学习了时，想想，这是谁之过啊？

俗话说，三岁定六十。其实，孩子在学龄前的许多"破坏"都是孩子求知欲的具体体现，如果家长能培养好孩子的这些能力，也就为孩子以后的兴趣、学业、职业选择和发展奠定了基础。比如，孩子喜欢在被子上、墙上画画，如果家长引导得好，说不定孩子日后会成为一代绢画、壁画大师呢；孩子喜欢拆玩具，如果家长引导正确，也许孩子以后会是某一机械的设计师或组装能手呢。总之，当家里有"破坏专家"，作为家长，我觉得应该是庆幸而不是抱怨，应该明智地呵护好孩子的"破坏"行为，发掘其创造力。只有这样，才会为孩子铺下一条走向成才的康庄大道。

孩子早恋该如何面对

日前，创新家庭教育公益课堂上，有家长问："李婷老师，请问你儿子有过早恋吗？"面对家长的提问，我微笑着幽默作答："作为母亲，我很想体验孩子早恋的经历，遗憾的是，我儿子不给我机会。"没承想，这话题引起不少家长的共鸣，家长纷纷提议把课堂延长，并诚请我就孩子早恋问题跟他们做一些分享。面对家长们的困惑、焦虑和渴望，课堂内容临时调整，孩子早恋的问题成了这堂课的主题。

儿子初中毕业就赴美国留学，三年后顺利高中毕业。记得毕业那年他回国度假。一天傍晚，我们母子俩在阳台乘凉聊天，儿子说："妈妈，您知道我这次带回来的那幅画是怎么来的吗？""呵呵，儿子，妈妈不知道。"我微笑以答。儿子挠了挠头憨憨地笑着说："妈妈，跟您分享吧，这是藏在我心里的一个秘密。""好啊，儿子，妈妈很乐意听你分享。"于是儿子打开了话匣子："高二下学期开始，明显感觉到有女同学喜欢我、追求我，开始是一个，后来是两个、三个、四个、五个！从她们对我的态度以及她们相互间排斥的言行看，我明显感觉这样的势头不对劲，因为我根本就不想在高中谈恋爱，但是如果生硬地拒绝她们，显然会伤了她们的自尊，这可能会使她们出现心理问题。为这事，我思来想去，最后做出了这样的决定。在高三上学期开学不久的某个星期天，我把那几位女同学邀约到一起开 Party，其间，我先是跟她们分享我留学美国的原因，然后讲我自己的人生理想、追求和奋斗目标，重点分享我对爱情、婚姻的取向和选择，然后建议她们轮流分享，等她们分享完之后，我又跟她们一起交流和探讨，最后我说：'我很感谢你们对我的倾慕，也很珍惜大家对我这份纯洁真诚的友情，但是在读书阶段，无论是高中还是大学，我都不会谈恋爱的，因为我要全身心地投入学业，获取更多的知识，谈恋爱、结婚那是我参加工作后才会考虑的事，同时也希望并祝愿你们都在自己的人生理想、目标和追求上坚持不懈地努力奋斗，不要辜负了自己的青春年华。'那次 Party 过后，那些女同学都成了好朋友，她们和我也一直友好地往来着。在临近毕业时，她们问我想要什么礼物，在我的提议下，这几位女同学合力画了一幅画送给我，就是这次我带回来的那幅画，画上的女孩子，都是她们每个人从游戏动漫里挑选的自己最喜欢的人物组合成的。她们说，虽然我没有接受她们的心意，但是我的坦诚和优秀让她们更加感动，为此，她们也很珍惜这份纯洁真诚的友情，故把这幅画取名为《纯真友谊》，她们希望这份友情能陪伴着我飞得更高、走得更远。"听完儿子的分享，不知道什么时候我已经泪眼婆娑了，情不自禁地握住儿子的双手感动地说："儿子，面对如此难解的感情问题，你能如此明智地处理和解决，妈妈很欣慰，好样的。"儿子呵呵地憨笑着说："妈妈，这都得益于您一直以来用心、用情、用爱、用智慧陪伴我成长啊。"

记得儿子大二暑假回国度假时，丈夫问儿子："你现在大学了，有没有考虑谈恋爱呀？"儿子回应："读书阶段我不考虑谈恋爱，而且我要像妈妈那样先立业再成家，妈妈在你们那个年代都能做到先立业再成家，我一个男子汉，没有理由不青出于蓝胜于蓝。

　　总之，我这辈子不成就一番事业，绝不考虑谈婚论嫁之事。我坚信妈妈说的，只要你是梧桐树，还怕没有凤凰来吗？我可不想学那些'啃老族'，自己的婚姻还要父母操心和掏钱，那样活着太没意思和尊严了。我的婚姻大事，你们不用操心，更不要想着为我掏钱，我会靠自己的能力解决的。"

　　在陪伴儿子成长的过程中，在对待孩子早恋的问题上，许多家长都习惯了"解决问题"，而不懂得甚至没有意识到"预防问题"。也就是说，很多父母都是等到发现孩子早恋后才焦虑、着急、无奈，而不是在早恋之前去做好"预防"。须知，孩子早恋的问题，"预防"比"解决"要容易得多，而且是一劳永逸的。

　　就拿我自己来说吧，从怀孕开始，我就在思考孩子早恋的问题。于我而言，腹中的孩子，不管是男孩还是女孩，都会经历青春期——一个既美好又艰难的阶段，毕竟青春期的情感丰富、脆弱。如何让孩子能身心平安、健康愉悦地度过青春期，这可能是每个为人父母者的难题。为此，怀孕期间，我便着手读书学习查找相关的资料，从而懂得了孩子早恋的一些知识，比如，什么是早恋、孩子早恋的原因是什么、孩子早恋的危害、如何面对孩子早恋、怎样处理孩子早恋的问题等等。学习了这些知识，我明白了孩子早恋主要原因之一：家长忙于自己的工作，很少陪伴孩子、跟孩子沟通。当孩子无法从父母那里得到爱，就会转而在他处寻找爱意，这时早恋就容易产生了。同时，在儿子进入青春期后，一方面我坦诚地跟儿子分享自己青春年少时期所经历的所有情感历程，以及最终自己对爱情、婚姻的观念、定位和取向。另一方面，自己还大量阅读关于孩子青春期心理辅导、性知识指导方面的书籍，比如《怎样与孩子谈性》《青春期，做孩子最好的心理医生》等。我还会买一些关于青少年生理卫生以及科学认识性知识方面的科学书籍给儿子，时常通过书信跟儿子交谈，向他普及性方面的科学知识，让儿子正确认识自己成长过程中身体所发生的变化，以及如何明智地面对青春期的情感问题。

记得儿子高一下学期开学不久，我写了一封长信给儿子，信中我主要针对青春期的情感问题和儿子进行了交流。

"儿子，现在你已进入青春期，无论是从生理还是心理上，你都应该对'性''爱情''早恋'这些问题有科学的了解和认识，这样才有利于你健康快乐地成长。

"儿子，现在的你，正是人生中完善自我、充实自我、提升自我的阶段。这时谈恋爱虽然不能算是错误，或许也很美好，但过多的感情纠结，势必分散精力，甚至会让你付出一定的代价。这个代价是什么呢？妈妈总结了一下，主要有以下几点：一、影响学习。如果这个时期被恋爱问题困扰，必定会分散学习精力，浪费大好时光，这无异于置一生远大前途于不顾。这种所谓的爱情，极有可能葬送你的才华、前途和事业，待到以后定会追悔莫及。二、对你的心理成熟极为不利。因为早恋会受到家长、学校、社会的责备和议论，因此会开始躲躲藏藏，远离人群，长此下去，必然会影响到与家人、同学、朋友、亲戚的关系。与此同时，自己思想上也会产生很多负担，以前的你活泼、开朗，早恋可能会使你转而变得孤僻、冷淡。三、容易出现过激行为，引发犯罪。早恋，大多是由于感情冲动或者是出于对异性的神秘感和好奇心。当强烈的好奇心和冲动构成合力时，十分脆弱的理智防线就会决堤。在这种情况下，往往会出现越线行为，发生性爱关系。如果同时受到黄色书刊、黄色音像影片或教唆犯的引诱，就极有可能走向性行为违法犯罪。

"儿子，也许你觉得你能做到'双赢'，即做到恋爱、学习两不误。当然，妈妈希望并相信你能有这个能力做到。但据我所了解到的情况来看，能做到两者兼顾的人几乎没有。不可否认，现阶段谈恋爱是正常的生理、情感的需求，也没有触及道德、法律的底线，甚至是纯洁的、美好的，但这种纯洁美好的情愫就像温室里美丽娇嫩的花朵，经不起大自然（现实）的风吹雨打。在两个人成长的过程中，这种纯洁美好的情愫随时会遇到严峻的考验。有统计表明，在高中相恋的，最后能够结婚的不足3%，何况这3%的婚姻是否幸福还是一个未知数。所以，爱情，你还是不要过早涉猎为好。总而言之，爱情之花是圣洁的，只有到了一定年龄，能正确理解它，懂得珍惜它、经营它的时候，才能自然栽培并使之永远盛开。对于目前的你来说，现在还没有具备充足的土壤让爱情生长，所以最好把爱情悄悄地埋在心里，耐心等待，等到该绽放的时候它自然会悄然绽放。

"儿子，也许你会说：'当有女孩子追求我的时候，我不知该怎么拒绝啊？'斩断情丝，不仅需要勇气，更需要智慧，但这恰恰是你勇敢做自己的开始。记得你在家的时候，曾经跟妈妈说：'我要像妈妈一样先立业再成家……我至少28岁以后谈恋爱、结婚……'

"儿子，妈妈知道你有远大理想、有抱负、有追求、有自己的人生目标，又是个懂事明理的孩子。妈妈相信你一定能把握、把控好自己，能妥善地处理好你青春期成长过程中的'早恋''爱情'和'性行为'问题，绝对不会让这些问题毁了自己的人生。"

早恋的定义，由于社会制度、时代、人群的不同，因此并没有一个统一的标准。就目前我国的实际情况及社会现象来说，中小学生谈恋爱就属于早恋。而在当今社会，由于物质生活水平的提高，中小学生的生理成长相对来说已经较超前；社会的信息化，使中小学生获取各种不良信息的渠道较多；中小学生学习任务繁重而且竞争激烈；家长忙于工作或缺乏科学的家庭教育，给到孩子真正需要的关心和情感不但少而且不科学；学校在中小学生的生理、心理，特别是性方面没有真正切实可行的科学辅导；社会上不乏有内容不良的书报音像，等等，这些所有因素导致越来越多的中小学生出现早恋。为此，孩子早恋成了让许多家长头痛的事情。如何对待孩子早恋呢？我认为，正确对待"疏通"与"堵塞"的关系，防患于未然，才是明智的选择。

帮人也是帮自己

　　某日，一位家长就女儿初升高的事情来咨询我，在帮她解答了所有问题后，她说："李婷老师，这么多年你一直默默地从事着义务家庭教育和心理咨询，那么多人来找你，你都用心地给予帮助，从不收取任何费用，在这个唯利是图、金钱至上的社会，你能十年如一日地坚守自己的初心，真是很难得。我一直很纳闷，你为什么这样做呢？帮人不但要花时间、精力，有时甚至还要倒贴钱呢！你图个啥呀？"

　　面对家长的困惑，我淡淡地笑了笑，告诉她："不图啥，其实帮人也是帮自己。"

　　"帮人也是帮自己？"她有点不解。

　　"嗯。"我微笑着轻轻地点点头，"跟你分享我经历的几件事吧。"

　　"好啊！李婷老师，跟您交往两年多了，我一直觉得您有学识、有见地、有智慧，相信您的人生经历一定很不平凡，我很想跟您学学做人做事。"

　　面对家长的一脸真诚和渴望，我开始跟她分享……

　　毕业后参加工作，我在广州打拼几年后，于1994年2月来到了惠州。那些年除了自己开服装店外，我还和朋友合伙开公司，承接中央空调、室内外装修、水电安装、土方工程。记得1995年夏季的某天，工地上一位来自重庆的工人因妻子生病住院要请假回家，我了解情况后，除即时支付他应得的工资外，还额外给了他三千元（这相当于他当时工资的五倍），让他回去为妻子治病。两个多月后，这位工人携妻子来找我，一见面，夫妻俩便扑通一声向我下跪，吓得我当时一头冷汗，连忙伸手扶他们起来，然而夫妻俩却跪着不愿起来。男的哽咽着说："李老板，你是好人哪！是你救了我老婆一命！要不是你给的这三千块钱，我老婆真就没命了，没钱做手术啊！你菩萨心肠，我老婆才捡回一条命，今天我带着老婆来答谢你这个救命恩人。我们家穷，没啥可报答你的，唯有给你磕头了。"说着他们又要磕头，我急忙跪下扶住他们，说："大哥、嫂子，使不得使不得，千万别这样，这是折我福呢！快起来快起来，有什么话，我们坐下来好好说，好吗？算妹子求你们了，快起来吧。"坐下后，我陪他们一边喝茶一边聊，最后，那位工人说："李老板，你是好人，也是个好老板，工地上的人个个都夸你，你帮我捡回了我老婆的命，这份大恩大德，我们也不知道怎么报答。我们乡下人有的就是一身力气，以后你有什么粗活重活，只管吩咐一声，我们帮你做，我们夫妻俩就想跟着您，有啥活你就安排我们，即使不给工钱也没关系，我们只求有碗饭吃、有个地方睡就行。"看着如此憨厚老实的夫妻俩，我心里暖乎乎的，很是感动。几天后，我把这夫妻俩安排到了工地上，男的还是做原来的泥水工，女的在饭堂做事。同年11月中旬，我开车发生意外，住院将近一个月。这期间都是这对夫妻日夜轮流在医院照顾我，没有一点怨言和难色。特别是他妻子，帮我擦洗身子、换洗衣服、洗头发、熬汤喂饭，就像亲姐姐般悉心照顾着我。

2012年夏天，我的一位朋友因生意上资金周转困难，开口向我借20万元。当时我也手头紧张，没有资金可借，当我了解到这

20万元对朋友来说如救命稻草一般时，在生意场上摸爬滚打多年的我深知"生意场上时间就是金钱"，于是马上联系银行的朋友，通过信用贷款，两天之内就把从银行贷到的款项转借给了朋友。半年后，朋友如期将20万元借款还给我，至于我从银行贷款20万元的利息我只字没提，都是自己还的。此事过去两年多，这位朋友才从银行的朋友那里得知了情况，在万分感激之余，朋友非要补还我从银行贷款的利息，我坚决不要。说来也真是很奇妙，2016年夏天，由于投资失利，我也出现资金困难，在面对急需要交的儿子在美国留学的学费65万元时，我不得已向该朋友开口借30万元。当朋友把款打进我银行账户时，我打电话给朋友："姐，钱收到了，谢谢！一会儿我写好借条就快递给您。"没承想，电话那头的朋友说："阿婷，借条就不用写啦！那么麻烦干吗？如果你要写借条给我，这30万元我就不借给你了。真是的，你'李婷'这两个字，难道还不值这区区30万元吗？别说你只借30万元，哪怕你要借300万元，只要我能拿得出，一样会借给你的，知道吗？"听了朋友的话，一股暖流瞬间从我心底涌起，感动的眼泪顺腮而下……

很多人都不明白为什么我会十年如一日地从事义务公益和慈善工作，在生活的点点滴滴中力所能及地帮助他人，特别是从事心理咨询和家庭教育咨询，长期地花时间、精力，不但不收取任何费用，还在交通费、买书送人等方面花费不少钱。很多人笑我傻，这么好的赚钱机会和挣钱的本事不好好用来赚钱，那是因为我信奉"人在做，天在看""善有善报""因果报应"。我做的那些事，有人认为我是吃亏了，然而我却觉得吃亏是福。这些年来，许多人都羡慕我事业有成、婚姻幸福、孩子优秀、家庭和美，我所拥有的这些，很多人都认为全是我努力付出的收获，然而我觉得除了我自身努力的因素外，更多的是上天对我的恩赐。从事义务心理咨询和家庭教育咨询，刚开始我也不知道自己能坚持多久，能帮助到多少人，但是一天天、一月月、一年年，我默默地坚持着这项事业。如今，看着十几年来在我陪伴下健康成长的家庭和康复的患者，我很欣慰！虽然在这方面我没有收获任何金钱财富，没有任何鲜花和掌声，但是逢年过节，特别是每年的教师节，许多家长和孩子以及患者通过电话、微信、短信的方式向我表达问候、感谢和祝福时，我倍感温暖、欣慰和自豪！那是再多金钱也买不来更无法替代的人生喜悦，以及活着的意义和价值。

曾经听人说："我也帮过不少人，可是却没见老天爷给我什么回报呀！"我想，如果一个人在行善时心里总有这样的念想，这就失去了行善的意义。"举头三尺有神明。""善有善报，恶有恶报，不是不报，时辰未到。"我一直觉得，只要在生活中用心默默地去行善，上苍绝不会辜负任何一个行善积德之人，天公自有安排。

别忘了，人都有老的时候

　　"人都有老的时候。"今天，我提出这个话题，心情极其沉重。转眼间，我亦将步入天命之年，面临着"老"的到来。老态龙钟、精神恍惚、皓首苍颜、步履蹒跚……这些词语即将用到我的头上。因此，脑子里便时常萦绕着这个极其残酷的话题。

　　当我们生龙活虎、朝气蓬勃、血气方刚的时候，很少有人去考虑自己有一天会步履蹒跚，甚至走向瘫痪状态。然而，当一个历经坎坷的老人磨平了自己的棱角，方才明白了生、老、病、死的自然法则是谁也绕不过去的。人至暮年从机体到精神都会有着不同程度的衰退，衰老死亡是谁也无法逾越的鸿沟，就算是梦想长生不老的秦始皇费尽周折求取长生不老仙药，也没有逃脱长眠骊山的最终结果。自然轨迹，纵然是发达的现代医学科技亦无法改变的。因之，衰老是每一个生物都会面临的问题。

　　小时候，识文断字懂道理的父母经常教育我们兄弟姐妹要尊重老人、爱护老人、帮助老人，不得笑话老人、戏谑老人、打骂老人。上学后，我看到了孟子那句至理名言"老吾老，以及人之老；幼吾幼，以及人之幼"，才明白父母的这些尊老爱幼教育是有文化渊源的啊。有一次，顽皮的弟弟跟着一帮调皮的孩子在镇上往一个破衣烂衫的乞讨老者身上撒土、扔竹条，当厂长的父亲听说了弟弟所做的恶作剧后，提着根木棍怒气冲冲地走向街头，一把拉过调皮的弟弟，把他一阵好揍，打得他"嗷嗷"直叫，从此弟弟再也不敢对老人使坏了。其实，父亲在教育弟弟的同时，似乎也教育、警告了我们每一个兄弟姐妹，以后再也没有谁敢对长辈不敬了。

走向社会之后，潜移默化所形成的"尊老情结"始终萦绕心中，并逐渐成为自己的一种自觉行为。二十多年来，业余时间我一直坚持从事敬老、助残、扶贫等社会公益活动，在帮扶教育、义务咨询、法律资助等活动中，也会见到我的身影。"视老人为父母，视同辈为兄妹，视晚辈如子女"是我做人的宗旨。正因如此，当结识了"自梳女"陈小兰后，我内心感到了一种强烈的责任感。她在年轻时随人下南洋，历尽了千辛万苦，由于下南洋给她带来了太多的伤痛，回国后她发誓终身不嫁，于是束发做了"自梳女"，独自生活。了解了她的情况后，我主动走进她的家门，帮助她洗洗涮涮、打扫卫生，陪伴她聊天、看病等，把她当作娘亲般无微不至地照顾，她也把我视为亲闺女。我一直默默地陪伴了她五个年头，直到她安然地离开人世。她去世后，我不但花钱为她买了一块墓地，还为她守灵出殡，做到了一个"义女"应尽的孝心，受到了周围街坊邻居的高度评价。

一直在做社会教育的我知道，随着社会经济体制和价值观的变化，老年人的心理也在发生变化。现代社会的老年人不仅需要富足的物质生活，还需要健康、长寿、知识、幸福，需要得到精神慰藉，感受来自家庭、社会的尊重和关心。正是基于这一点考虑，我才会心甘情愿地给没有血缘关系的陈小兰做"女儿"。马斯洛需求理论认为，人类的需要是分层次的，由低到高依次为：生理的需要，安全的需要，社交的需要，尊重的需要，自我实现的需要。大多数人可能认为老年人只要生活无忧无虑，就不再需要其他什么了。其实不然，失去劳动能力的老人虽然转变了角色，似乎日子更轻松了，可是他们在精神上却越来越空虚。这些心理需求若得到满足，可使老人感到精神愉快，形成良好和谐的心理环境。若非如此，老人便会失望，出现异常的烦躁和不同的心理问题。时间一长，老年人会比青年人更容易患上各种身心疾病。

"勿以善小而不为，勿以恶小而为之。惟贤惟德，能服于人"的声音蓦然间从历史中冒了出来。这是刘备去世前给儿子刘禅的遗诏中留下的话。这句话的意思是不要因为好事小而不去做，不要因为坏事小而去做。小恶积多了"足以乱国家"。目的就是勉励他要讲德修业，有所作为。国家如此，家庭亦如此。假如说，全社会的青年人都能够意识到"人都有老的时候"，像歌唱家韦唯演唱的"只要人人都献出一点爱，世界将变成美好的人间"那样，上下传承尊老爱老的美德，人们还会害怕"老了的时候"吗？

恍惚间，男低音歌手王晰的一曲流行歌曲飘然而至。著名作词家石顺义通俗感人的歌词，一句句敲打着我的心房："年迈的父亲很孤独，我常要陪他喝杯酒；衰老的母亲很寂寞，你总要陪她走一走；邻家的爷爷走得慢，我常要含笑点点头；陌生的婆婆倒在地，你总要上前搭把手。常言道，人生一世，草木一秋。谁没有老的时候，也许我今日青春年少十八九，也许你现在血气方刚正风流，可是想过没有，二十年后、三十年后、五十年以后，我霜染两鬓，你雪映白头，要不要一颗暖人的心，有没有一双搀扶的手……"一首《人都有老的时候》凄凉低沉。尤其是歌后面提出的严峻问题，"二十年后、三十年后、五十年以后……"曲调逐渐铿锵劲拔，后面几近声嘶力竭的"呐喊"，大有警醒世人之意图。

《人都有老的时候》，恰似黄钟大吕，余音绕梁，锵金鸣玉，令我铭记胸怀，时刻提醒着我：别忘了，人都有老的时候。

后记

梦想成真之感言

　　自然的本性，注定了我如男人般的刚毅性格。我六年前的心愿，终于按照事先的计划一步步在进展中。眼看着就要变成现实，心中不由得暗暗窃喜起来。

　　今生今世，命中注定了桂东南娘家、赣北婆家、莞城小家与我的人生结下了不解之缘。因此，也便产生出写作《圭江流韵》《彭蠡流韵》《东江流韵》三部曲的雄心，有了我的数次行走和感知。

　　我一次次漫步于圭江岸边、大容山下、北流街头、乡村田陌，去领略家乡的韵致与况味。收获了"粤桂通衢"的"金北流"之历史，"富甲一方"的"小佛山"之辉煌，还有我儿时追逐的笑声。每每回到生我养我的沙塘热土，乡愁便盛满心胸，流淌于笔端。正如艾青的诗句那样："为什么我的眼里常含泪水？因为我对这土地爱得深沉……"

　　陶渊明"不为五斗米折腰"、狄仁杰"纵囚"壮举、朱元璋大战陈友谅的历史片段，都是在长江南岸的古彭蠡上演的。我爱这里的山、这里的水，更爱这里的伟岸男人。因此，这里成了我的港湾、灵魂的栖息地。常言道，男怕入错行，女怕嫁错郎。今生有幸，我有了一个疼我爱我的婆家。正因如此，我才如此自由惬意，依次走进了这里的山山水水，触摸到了她们的灵魂所在，感知到了"好处青山惟彭泽"的绝妙诗意。

命运的安排，让我寄身广府文化的发祥地东莞，二十余年间，与丈夫、孩子、友人，游走在东江岸畔，领略到了村头贝丘、东莞虎门、威远炮台、岭南可园、南社古村的文化底蕴，体味到了观音山的灵秀、银屏山的妖娆、松山湖的旖旎、华阳湖的妩媚，还有大岭山的壮美、粤晖园的画意、水濂山的优美、黄旗山的玄妙。当然，也有自己隐贤山庄的浅吟、榴花塔前的低唱、光明路却金碑的感怀、文烈张公祠遗址旁的叹息。还有郭真人古庙、金鳌洲塔、下坝坊、白沙水围、黄大仙庙等，都留下了我的足迹。正是这片富饶的土地，为我"流韵三部曲"的诞生埋下了伏笔。

今天，可以这样说，假若今生没有与广西北流、江西彭泽、广东东莞结缘的话，就不会有我的文学梦，也不会为我的人生添上绚丽的一笔。诚然，还有着诸多的遇见，感恩上苍赐予我一个疼我爱我的丈夫，感谢所有支持我的家人、亲朋好友、父老乡亲、同学，感谢全国各地支持我的老师、文朋诗友和读者。在"流韵三部曲"即将收笔之际，小女子婷婷在此由衷地道一声：谢谢！

我知道，今天的《东江流韵》付梓，并不是我文学之路的终点，而是中途的加油站，最后借屈原先生的名句来表明心志："路漫漫其修远兮，吾将上下而求索。"

李婷

辛丑暮秋于岭南东莞、东江岸边之蜗居